Lunerielle Goldenoak

Le Coven de Brumeterre

Urban fantasy mythologique

Avertissement de contenu sensible :
Ce roman est destiné à un public de plus de 12 ans. Il contient des thèmes sensibles susceptibles de heurter certains lecteurs. Une liste complète des contenus concernés est disponible en fin d'ouvrage.

ISBN : 9782487775121

Illustration de couverture : Lunerielle Goldenoak et Ethan Joe Pingault

Emplacement pour dédicace

Au plaisir de faire ta connaissance lors d'un salon !

En attendant, tu peux me retrouver sur mon site d'autrice : « **www.luneriellegoldenoak.com** ».
Deviens membre VIP : ebooks offerts, chapitres gratuits, goodies uniques, infos en avant-première, promos exclusives, jeux-concours privés, découvertes inspirantes, et bien plus encore ! *(infolettre mensuelle)*

À très bientôt !
Lunerielle

À toutes les créatures magiques au fil des âges :
n'oubliez jamais l'histoire du grand devin
Tirésias, qui se rendit vivant dans le Royaume
des Morts afin de sauver nos vies, les vôtres et
celles de vos enfants.

Première partie :

Tirésias

Prologue :
Vision de cauchemar

Chariclo, la célèbre et respectée Première Oracle, avançait à pas vifs vers le bâtiment où son cercle l'attendait. Le grand jour était arrivé : il était temps de percer les secrets du sombre avenir qu'elle avait découvert lors de sa dernière Vision.

Préoccupée, elle ne s'aperçut pas qu'une silhouette la suivait discrètement, bondissant d'ombre en ombre comme un petit félin silencieux. Deux yeux noirs étaient rivés sur elle, guettant avidement le moindre de ses gestes, vérifiant qu'elle ne se retournait pas avant de s'élancer d'une cachette à l'autre.

Quand elle franchit la porte qui la menait à son destin, son poursuivant hésita un peu. Il reprit sa progression en redoublant de prudence. N'importe qui pouvait surgir à tout instant et découvrir sa présence illégitime. Par chance, il ne croisa finalement personne. Les devins devaient déjà être tous arrivés.

Dès qu'il entra à son tour, il se précipita derrière une rangée de lourdes amphores remplies de vin et de diverses victuailles en prévision du prochain hiver. Il s'y dissimula avec soin, le cœur battant et l'oreille aux aguets. Au bout d'une longue minute, il osa enfin relâcher l'air emprisonné dans ses poumons, en prenant bien garde à émettre le moins de bruit possible.

Ouf, maman m'a pas vu ! Sinon, je crois que je serais bon pour une fessée… C'est vrai qu'elle m'a dit d'aller me coucher, mais je veux savoir ce qu'elle vient faire ici, avec tous ces gens qui font tout ce qu'elle leur dit et qui lui ont donné plein de cadeaux en arrivant à la maison !

Le jeune garçon, un gamin qui n'avait pas quatre ans mais déjà une détermination à toute épreuve – enfin, peut-être pas si on lui avait donné un gâteau au miel en échange de son retour dans sa chambre – leva tout doucement la tête, en proie à la curiosité dévorante qui l'avait amené à désobéir à l'ordre maternel.

Il observa la scène étrange qui se déroulait devant lui. Autour de Chariclo, douze personnes, majoritairement des femmes puisqu'elles avaient des dons prophétiques plus puissants que leurs homologues masculins, étaient en train de prendre place sur des coussins posés au sol à intervalles réguliers. S'il avait pu voir la scène de haut, il aurait constaté qu'ils étaient disposés selon une forme circulaire d'une rigoureuse exactitude. Il aurait sans doute reconnu l'œuvre de sa mère, qui veillait toujours scrupuleusement au bon déroulement des rites.

Les oracles étaient aisément identifiables à leur chevelure d'une blancheur immaculée dès la fin de l'adolescence, et à leurs yeux luisant d'un éclat doré presque irréel. Pour l'occasion, ils avaient revêtu leurs plus belles tuniques de cérémonie. Le petit en oublia presque de se cacher, tant il les admirait avec un enthousiasme juvénile.

Je vois pas pourquoi maman voulait pas que je vienne ! Y a rien que des belles dames et des beaux messieurs. J'aurais peut-être dû mettre la tenue que maman m'a rapportée de son voyage en Égypte…

Les adultes affairés étaient bien loin de ses préoccupations enfantines. L'heure était grave, solennelle, voire dramatique. Ils étaient conscients de la terrible épreuve qui les attendait, et anxieux de savoir s'ils seraient à la hauteur.

Mais pour le garçonnet qui les épiait, il n'y avait rien de très spectaculaire en dehors de leurs vêtements raffinés et de leurs bijoux précieux – les dons des oracles se monnayaient chèrement. Il commença même à s'ennuyer lorsqu'ils demeurèrent assis sur leurs coussins sans bouger pendant de longues minutes…

Soudain, un mouvement de sa mère le fit réagir.

Qu'est-ce qu'y se passe ? On dirait que maman a peur ou qu'elle a mal ! Pourtant, y a personne qui la touche… Oh non, elle pleure, maintenant ! Est-ce que je dois aller voir ce qui lui arrive ? Non, j'ai pas le droit, elle va me gronder très fort si je la dérange… Mais pourquoi elle pleure comme ça, maman ?

Brusquement, l'afflux d'émotions le submergea et éveilla, tout au fond de son esprit, le pouvoir de sa lignée qui y sommeillait depuis sa naissance.

Il s'enfonça malgré lui dans un autre monde qui n'existait pas, tout en étant plus réel que le monde lui-même.

Un instant, il contempla dans toute sa splendeur la Tapisserie du Destin dont les extrémités se prolongent presque à l'infini dans le passé et dans l'avenir, puis une minuscule silhouette focalisa son don encore balbutiant, mais qui se renforçait déjà à chaque seconde.

Il voulut crier mais aucun son ne sortit de sa bouche qui n'en était plus vraiment une. Incapable de s'exprimer, il ne pouvait que penser, mais ce fut une pensée assourdissante qui chassa tout le reste.

Maman, tu es là ! Attends-moi !

Son âme s'engouffra à la suite de sa mère. Celle-ci progressait avec vaillance mais difficulté vers une énorme ombre mouvante qui semblait dévorer progressivement la Tapisserie jusqu'à la réduire à néant. En la Regardant, l'enfant sentit la terreur la plus primitive et abjecte s'insérer à l'intérieur de sa tête et marquer sa mémoire de façon indélébile.

Il faillit tourner les talons et s'enfuir, sans savoir qu'il se perdrait ainsi pour l'éternité dans les méandres insondables du domaine de l'inflexible Déesse du Destin. Heureusement pour lui, l'envie de rejoindre sa mère à la présence rassurante s'allia à sa détermination à la protéger de son mieux, ce qui lui insuffla un courage invincible.

Sans comprendre comment, il se retrouva tout à coup juste derrière la figure maternelle qui continuait son pénible chemin, soutenue tant bien que mal par l'énergie des personnes assemblées en cercle dans le monde des vivants. Sans qu'elle s'en aperçoive tant elle était concentrée sur son but, son trop jeune fils franchit donc avec elle la limite obscure du gigantesque nœud de la Tapisserie…

* * * * *

Des Visions d'horreur pure se succédèrent jusqu'au centre de ce Vortex de folie furieuse. Par chance pour lui, il était trop jeune pour comprendre tout à fait ce qu'il Voyait, mais cela suffit à le plonger dans le désarroi et le dégoût.

Des femmes au corps meurtri jetées dans les flammes qui les consument tandis qu'elles hurlent leur effroyable souffrance.

Des hommes enragés déchiquetant de pauvres créatures magiques, arrachant le cœur de licornes, piétinant des fées, massacrant des métamorphes moins bestiaux que leurs actes immondes.

Des individus s'acharnant sur leur propre famille, blessant, torturant, détruisant tout autour d'eux dans une frénésie insatiable.

Des mères dévorant vivants leurs nouveau-nés encore reliés à leur matrice par leur fragile cordon.

Partout dans l'immensité du futur, des corps déchiquetés par des armes, des ongles, des dents…

En un instant, plus rien !

La Vision prit fin après être allée jusqu'au bout d'elle-même.

Jusqu'au bout de l'enfer.

* * * * *

Brutalement rejeté dans la réalité, l'enfant se blottit dans le coin le plus éloigné du cercle des oracles épuisés, dont les plus faibles avaient même perdu connaissance. Ses bras se crispèrent autour de ses jambes en une vaine tentative de se protéger du mal auquel il venait d'être confronté avec une violence inouïe.

Ce qu'il venait de Voir aurait choqué le plus solide des hommes ; alors que dire de l'effet dévastateur que cela provoqua dans son esprit de petit garçon secoué de gros sanglots convulsifs ?

Tout à coup, une présence chaude, familière, lumineuse, mit un baume magique sur son âme meurtrie. Elle le prit dans ses bras et le berça de toute sa tendresse inquiète.

La confiance, cette confiance absolue qu'on éprouve en bas âge pour la figure quasi tutélaire de sa mère, tira l'enfant de la démence où il aurait pu s'enfoncer.

Maman est venue me sauver ! Elle me gronde même pas alors que je lui ai désobéi comme un vilain garçon ! Oh, maman, ma maman chérie…

Sa voix douce fut une caresse à son oreille après la cacophonie des hurlements d'agonie.

— Dis-moi, Tirésias, est-ce que tu as Vu toutes ces choses horribles ?

— Oui, maman. C'était tellement affreux, tous ces gens et toutes ces créatures magiques qui criaient et qui se faisaient tuer par ces méchants hommes et ces méchantes femmes !

— C'est vrai, mon chéri, mais ne t'en fais pas. Regarde autour de toi : tout cela a disparu, maintenant. C'était une sorte de rêve spécial. On appelle ça la Vision oraculaire. C'est un aperçu d'un avenir potentiel dans la vaste trame de nos destins entremêlés. Je ne sais pas si tu comprends ce que je veux dire, mais ne t'inquiète pas si ce n'est pas le cas. Je vais t'apprendre à maîtriser ce don qui existe depuis toujours dans notre famille.

— D'accord, tu vas m'apprendre à Voir ces rêves bizarres de quand on dort pas.

— C'est exactement ça. Tu as très bien compris, comme d'habitude. Je suis tellement fière de toi, mon petit garçon si intelligent !

Pendant qu'elle lui séchait gentiment les joues avec un pan de sa tunique, une question angoissante lui vint aux lèvres.

— Maman ?

— Oui, Tirésias, qu'y a-t-il ?

— Ça veut dire que c'est fini, toutes ces choses horribles ?

Un petit temps de pause, puis la réponse qu'il aurait voulu ne jamais entendre.

— Hélas non, mon pauvre petit cœur. Cela ne fait que commencer.

Effrayé, il se serra de plus belle contre sa mère.

Ce n'est que le lendemain, sous la lueur réconfortante du soleil, qu'elle découvrit qu'une mèche des cheveux du bambin était devenue blanche et que ses yeux noirs brillaient désormais d'un éclat légèrement doré.

De mémoire d'oracle, on n'avait jamais connu un don aussi précoce. Ce n'était pourtant que le commencement de la réputation du devin Tirésias de Thèbes…

Chapitre 1 :
Veillée funèbre

Mon premier souvenir est celui d'un cri… Non, ce n'est pas tout à fait exact. C'était un chœur de cris, de hurlements entremêlés de dizaines, de centaines, de milliers de gorges torturées. Je n'étais alors qu'un garçonnet de trois ans à peine. J'ai toujours pensé que c'était cela qui m'avait sauvé de la folie. J'étais simplement trop jeune pour comprendre. Heureux les ignorants, dit le vieil adage. Sans cela, en serais-je là aujourd'hui, à espérer que la mort vienne me frapper dans la force de l'âge ?

Je me rappelle aussi la douceur maternelle qui a su extirper mon âme enfantine de cette Vision de cauchemar. Ô vénérée mère, comme mon cœur se serre à l'idée que mes yeux ne te reverront plus !

Un soupir du vieux Timon me tire de la torpeur mélancolique où l'attente m'a plongé. Le moment est-il arrivé ?

Non, ce n'est pas encore pour cette fois : il reprend son souffle. Un souffle rauque, d'une émouvante faiblesse, le dernier fil qui le rattache encore à sa vie si longue. Je me souviens de l'été dernier, où toute la cité de Thèbes a célébré ses quatre-vingt-dix ans en grande pompe. Jamais je n'aurais cru qu'un homme puisse vivre aussi longtemps ! Et maintenant, tandis que le printemps renaît, je suis à son chevet en attendant sa mort – et la mienne.

Je maîtrise in extremis une envie de m'étirer et de soupirer d'impatience. Ce ne serait pas respectueux pour la malheureuse Stonissè. Timon l'a toujours présentée comme sa « jeune épouse », plein du même amour qu'au jour de leur union, mais cette expression tendre devient presque risible pour cette femme de soixante-quinze ans. Comme lui, elle doit être touchée par la grâce des Dieux et des Déesses car, malgré son âge vénérable, elle n'a jamais souffert de la moindre maladie. Sa silhouette fine et musclée pourrait faire illusion, sans les sillons du temps gravés sur son visage et les fleurs d'ombre piquetées sur sa peau tannée.

Pour la millième fois peut-être, j'explore du regard la petite chambre où repose le mourant, à la recherche d'un détail capable de distraire un instant ma langueur.

Les rayons de la pleine lune prêtent main-forte à la lueur tremblotante de deux lampes à huile allumées depuis la tombée du jour, et à celle dansante d'une bougie rituelle dont l'odeur de cire embaume l'air et apaise mes nerfs.

Un lit, quelques sièges, deux petites tables composent l'essentiel du mobilier patiné par la main des propriétaires depuis des décennies. Sur le lit, des coussins garnis de plumes et des couvertures finement tissées apportent du confort et trahissent l'aisance derrière l'apparente simplicité des lieux.

Par la porte ouverte qui donne sur la pièce principale, j'aperçois le foyer qui répand les bienfaits de sa lumière et de sa chaleur.

Juste à côté, à la place d'honneur de la maison, s'élève l'autel de pierre où s'amoncellent de multiples statuettes. Devant elles, sont disposées une coupe de vin remplie chaque matin en l'honneur des divinités, et des offrandes de gâteaux au miel et de fleurs.

Je peux sentir d'ici le parfum doucereux des jacinthes, celui plus subtil des branches de genêts aux boutons à peine éclos, et même l'effluve épicé de deux couronnes séchées d'hélichryses. Plus tôt dans la journée, Stonissè m'a expliqué, la gorge serrée, que son époux et elle avaient coutume de tresser chaque été ces délicats bijoux d'or solaire en souvenir de leur mariage.

Mais ce n'est pas ce temple domestique miniature qui attire sans cesse mes yeux ; non, c'est l'objet le plus luxueux de cette demeure, éblouissant de couleurs et criant de vie. Je l'ai vue tant de fois sans me lasser de la contempler, cette statue grandeur nature du divin Asclépios portant son bâton autour duquel s'enroule un serpent ! Ce chef-d'œuvre est né du marbre le plus fin, ciselé par les mains d'un maître sculpteur venu exprès de la glorieuse Knossos. À Thèbes, nul n'a oublié la cérémonie lors de laquelle, il y a de cela douze ans, la cité reconnaissante a offert ce cadeau exceptionnel à celui qui y exerçait l'art de la médecine depuis un demi-siècle.

Timon était devenu de plus en plus célèbre au fil de sa longue existence. Rien de plus logique : un homme capable de vivre aussi longtemps était forcément un médecin talentueux ! À son soixantième anniversaire déjà, alors que je n'étais qu'un enfant, les puissants se pressaient à sa porte pour obtenir la guérison de leurs maux ou de ceux de leurs proches. C'était un défilé qui venait de la Grèce entière, et même au-delà.

Cela m'a permis de rencontrer pour la première fois des représentants de la lointaine et glorieuse Égypte. J'admire toujours autant la finesse de leurs vêtements de lin et la beauté de leurs traits fardés, sans parler des merveilles innombrables que j'ai découvertes depuis en visitant leur contrée.

Parmi les patients de Timon, qu'ils soient modestes ou illustres, qu'ils viennent de la cité voisine ou du bout du monde civilisé, bien rares sont ceux qui savent que ses compétences de médecin ne viennent pas seulement de ses propres connaissances, apprises auprès de son maître puis affinées au fil du temps. Pour ma part, je connais son secret depuis longtemps mais je l'ai toujours tu, comme le souhaitait Stonissè. C'est pourtant en grande partie grâce à elle que le vieil homme a attiré les faveurs de la fortune. C'est que son épouse n'est pas une femme comme les autres, loin de là !

Ses longs cheveux sont blancs, certes, mais ce n'est pas seulement l'âge qui leur a conféré cette pâleur neigeuse, la même que celle de ma propre chevelure depuis mes sept ou huit ans. Nous partageons aussi ce reflet d'or qui fait briller nos yeux d'un éclat irréel. Ce qui nous touche ainsi tous les deux, et qui fait que nous nous ressemblons tant alors que nous ne sommes pas liés par le sang, c'est la marque des oracles.

Je connais la méthode employée par Stonissè, pour l'avoir moi-même testée à quelques reprises pour mes filles… Oh, mes filles, mes petites chéries, pourquoi faut-il que moi, votre pauvre père, je doive disparaître à jamais ?

Les larmes troublent ma vue, m'obligeant à battre frénétiquement des paupières pour ne pas embarrasser mon hôtesse par une tristesse supplémentaire à la sienne.

Je m'oblige à canaliser mes pensées, à reprendre le fil de mes réflexions. Ah, oui, la méthode de Stonissè… Quand un patient se présente auprès de son époux, elle emploie discrètement ses dons oraculaires pour Voir s'il existe un avenir potentiel dans lequel il recouvre la santé. Si tel est le cas, elle remonte le fil de sa vie dans la Tapisserie du Destin, jusqu'à découvrir le moyen de guérison employé. Ensuite, Timon prépare le remède et l'administre au malade.

Je ne remets pas en cause ses compétences médicales. D'ailleurs, il exerçait déjà sa profession avec succès bien avant sa rencontre avec Stonissè, lorsque sa première épouse était encore en vie. Mais grâce à sa Vision de celle-ci, ses réussites se sont multipliées, contribuant à sa réputation croissante. Je sais qu'il a voulu rendre à sa femme l'hommage qu'elle méritait au sein de leur duo, mais elle s'y est toujours ardemment refusée. Elle tenait à ce que son rôle reste secret, caché dans l'ombre de son illustre mari. Quand on Voit ce que l'avenir nous réserve si je ne suis pas capable de mener ma quête mortelle à bien, on ne peut que lui donner raison d'être prudente en veillant à dissimuler son talent hors normes…

Je regarde la vieille femme qui me fait face, le visage tristement baissé, une main amoureusement et désespérément posée sur celle de l'homme condamné à périr, l'homme dont elle partage la vie depuis plus de cinquante ans, l'homme qu'elle n'ose encore pleurer pour ne pas lui montrer sa peine immense. À chaque fois qu'il a rouvert ses yeux presque aveugles, elle s'est approchée de lui avec un doux sourire, qu'il lui a rendu tant bien que mal. J'admire la force de leur amour après tout ce temps. Je ne saurai jamais, moi, si ma bien-aimée Telfousa…

Mes yeux s'embuent à nouveau à cause de la morosité de mes pensées. Non, je ne veux pas. Je ne dois songer qu'à la tâche qui m'incombe.

Pour me changer les idées, je vérifie une énième fois que tout est en place pour le moment ultime. La petite fiole posée sur la table à côté de moi. Le pendentif ensorcelé au cou de Timon. Son double suspendu au mien, posé contre ma peau sous ma tunique.

Je me répète les paroles du rituel, que je connais par cœur depuis des semaines. Il n'a pas été facile de dénicher une copie fiable de ce parchemin, tout droit venu du plus sacré des sanctuaires égyptiens. Nous avons tant à apprendre de ce grand peuple dont la brillante civilisation éclaire notre monde depuis l'époque bénie où les Dieux et les Déesses vivaient encore parmi nous… mais c'est déjà trop tard. Leur fabuleuse maîtrise de la magie va bientôt s'effacer ; soit dans la brutalité la plus absolue, soit dans les brumes les plus impénétrables. D'une manière ou d'une autre, le parchemin que j'ai eu tant de mal à obtenir ne servira plus à rien d'ici quelque temps.

Un nouveau soupir du vieillard me fait penser que cela rendra l'exercice de la médecine encore plus délicat. De nos jours, pour les praticiens les plus avertis, la médecine théurgique égyptienne est la plus efficace de toutes, même si d'autres contrées ont développé la leur. Elle mêle intimement les connaissances les plus avancées sur l'usage des plantes, des minéraux et d'à peu près tout ce qui constitue notre monde, à des formules invocatoires à même de modeler les traces de l'ancienne puissance divine afin de vaincre les maladies les plus virulentes et de cicatriser les plaies les plus profondes. Bien sûr, il faut avoir le temps et les moyens pour garantir ces résultats, mais quand tous les ingrédients peuvent être réunis, le miracle se produit inéluctablement.

Hélas, bientôt, très bientôt, la magie n'aura plus l'effet bénéfique escompté. Il ne restera que la science de la nature. Je connais assez les remèdes prescrits pour avoir conscience que seuls, ils ne seront pas toujours suffisants, loin de là. Peut-être qu'un jour, nos descendants sauront mieux maîtriser cette médecine non magique, mais je gage que ce ne sera pas avant des siècles… À condition qu'il leur reste assez de temps pour en arriver là, bien sûr !

Mais je m'égare dans des réflexions qui me dépassent. De toute façon, je ne vivrai pas assez longtemps pour voir si un tel futur deviendra effectivement réalité. Je regarde à nouveau Stonissè, avec la tendresse et le respect qu'elle m'inspire depuis que je suis en âge de comprendre ses actions et les raisons de son silence. À cause de moi, cette femme aimante et aimée doit affronter seule le décès de son compagnon. À cause de moi, sa famille ne peut pas être là pour l'entourer de son affection et de son soutien.

C'est vrai, les enfants de Timon ne sont pas ceux de Stonissè, mais ceux qu'il a eus de son premier mariage. Cependant, elle a su s'en faire aimer comme une seconde mère, surtout par la plus jeune, Aglaïa, qui n'a jamais connu sa mère biologique puisque celle-ci a perdu la vie en la mettant au monde. Les deux fils aînés, Elissaios et Néoklès, ont mis à peine plus de temps à accepter leur belle-mère. Il faut dire que, quand elle a épousé leur père, le plus âgé des garçons n'avait que six ans d'écart avec elle.

J'ai entendu ma grand-mère, qui connaissait bien Timon, raconter que Stonissè, malgré sa bonté et la relative fortune de sa famille, avait renoncé à l'idée de trouver un jour un mari. À plus de vingt ans, âge où toutes ses amies d'enfance étaient déjà des épouses et des mères, elle n'avait jamais eu de prétendant sérieux.

Tout le monde savait évidemment pourquoi. Sa propre mère portait la marque des oracles, comme la plupart des femmes de sa famille. Quand Stonissè était née, l'accouchement avait été difficile. La sage-femme avait déclaré qu'elle ne pourrait pas avoir d'autres enfants que cette unique fille.

Désolée, la jeune mère avait alors commis une cruelle imprudence : elle avait Regardé l'avenir de sa fille. Elle avait exploré fiévreusement les motifs mouvants de la Tapisserie mais, parmi tous les futurs possibles qui s'offraient à elle, elle n'y avait jamais Vu de descendance. La sentence était tombée : Stonissè était stérile. Elle ne pourrait donner aucun héritier à un époux. Aveuglée par le chagrin de voir sa lignée s'interrompre, la mère s'était épanchée sur l'épaule de ses proches. La tragédie fut consommée quand une bouche indiscrète révéla la vérité à Stonissè, lorsqu'elle eut son premier sang de femme. Depuis ce jour, elle avait informé chacun de ses prétendants de son état, et tous avaient aussitôt renoncé à cette union qui ne porterait pas de fruit.

Un jour, elle s'était blessée en glissant sur une marche du temple. Elle avait été conduite chez un médecin veuf récemment installé à Thèbes, après avoir quitté Knossos où le souvenir de sa défunte femme était trop prégnant. Il se raconte que l'amour naquit dans le cœur de Timon dès le premier regard porté sur cette jeune femme mélancolique. Leurs deux âmes s'étaient vouées à la solitude, mais Éros ne l'entendait pas ainsi.

Timon ne fut pas repoussé par la stérilité de Stonissè, puisqu'il avait déjà trois enfants. Elle accepta avec bonheur de les élever en sa compagnie, mais aussi d'employer son don afin de l'aider dans son travail. Elle qui ne pouvait donner la vie, elle trouva là le moyen de la préserver chez les autres. Cela apaisa sa peine de ne jamais être mère comme elle l'aurait tant souhaité.

Comme tous les enfants des environs, j'ai profité des gâteaux au miel qu'elle distribuait généreusement à tous les jeunes patients pour qu'ils supportent mieux les soins. J'ai même été particulièrement gâté, en tant que petit-fils de l'une de ses meilleures amies. Quand ma chère grand-mère a hélas quitté ce monde, Stonissè a su trouver les mots et les gestes pour apaiser un peu ma peine.

Et moi, en guise de récompense, je lui fais porter une part de mon fardeau en la séparant de sa famille au moment où elle subit la pire souffrance de son existence !

Sans réfléchir, le cœur débordant de compassion et de regret, je me précipite pour m'agenouiller auprès d'elle, comme le ferait ce fils aimant qu'elle n'a malheureusement pas pu avoir.

— Pardon pour ce que je t'inflige en ces heures si sombres, chère, très chère Stonissè, et merci d'avoir accepté ma requête si douloureuse pour toi.

Elle relève la tête, étonnée peut-être par mon attitude ; ou peut-être pas, car je vois l'or de ses yeux se voiler d'émotion.

— Tu n'as pas de pardon à me demander, Tirésias. J'ai Vu le nœud d'ombre, moi aussi, celui que tu appelles le Vortex Majeur, et même si je n'ai pas pu m'en approcher comme ta mère ou toi, j'ai ressenti l'horreur qui se terre en son centre. C'est plutôt à moi de te remercier, comme chaque homme et chaque femme de ce monde devraient le faire, car tu es notre seul espoir d'échapper à ce chaos destructeur.

Malgré ses paroles lénifiantes, je reste à genoux devant elle, la tête baissée à mon tour. Mes larmes s'écrasent au sol mais cette fois, je n'essaye pas de les retenir.

C'est elle, cette femme tellement maternelle, qui finit par m'essuyer les joues avec un coin de sa tunique, comme le faisait ma propre mère quand j'étais un petit garçon.

— Je voudrais pouvoir te donner mes forces, si faibles soient-elles, pour affronter le destin qui t'attend.

Je me redresse et me serre un instant contre elle.

— C'est ce que tu fais, ma chère Stonissè, sois-en sûre.

Elle me rend mon étreinte puis, au moment où je la relâche, elle m'embrasse sur le front comme une parente m'accordant sa bénédiction. Nous ne sommes pas si seuls, finalement…

— Merci de prendre soin de mon épouse bien-aimée.

Je me redresse d'un bond, surpris par cette voix sifflante. Je n'aurais jamais cru que dans son état, Timon pourrait encore parler.

— C'est l'heure, exhale-t-il dans un dernier souffle. Je quitte ce monde en attendant de te retrouver dans le suivant, ma merveilleuse Stonissè… Tu sais quoi dire aux enfants.

— Oui, je le sais, ne t'inquiète pas. À bientôt dans l'au-delà, mon tendre amour.

Elle pose une dernière fois ses lèvres sur celles déjà bleuies de son époux, puis elle se tourne résolument vers moi. Il y a tant de force dans ce corps que l'âge a rendu si faible !

— Le moment est venu, Tirésias. J'ai Vu cet instant précis où l'âme de mon bien-aimé va quitter son corps en t'entraînant avec elle. Bonne chance face à la mortelle Déesse…

Elle ne peut rien dire de plus, car les sanglots qu'elle a retenus toute la journée la secouent cruellement. De toute façon, je n'aurais pas pu l'entendre plus longtemps.

Je m'empare de la fiole et la débouche d'un geste. Aussitôt, la pièce s'emplit de lumière et de parfum. De l'autre main, j'enserre la pierre gravée attachée au cou du mourant.

Je commence à prononcer les paroles du rituel. Dès les premiers mots, je sens la magie tournoyer autour de nous. Elle provient de l'autel, de la statue du Dieu de la médecine, de Stonissè, des rayons de la lune, de tout ce qui m'environne.

Dans ma main, le bijou ensorcelé devient chaud et se met à pulser comme aucun objet normal ne saurait le faire. Celui de mon cou lui fait écho au même rythme. Plus ils vibrent à l'unisson, plus ils me brûlent la peau, et plus le froid envahit tout mon corps. Un froid intense, insensé, inhumain. Le froid du Royaume des Morts.

La dernière parole ensorcelée quitte mes lèvres glacées, presque aussi figées que celles de marbre d'Asclépios. Je n'ai plus qu'un geste à accomplir pour achever cette macabre sorcellerie qui plie le monde à sa volonté. Mes muscles sont crispés, terriblement endoloris, mais ma résolution est implacable. Dans un ultime effort, je bois le liquide odorant et luminescent du minuscule flacon.

Tout s'efface en un instant : la chambre et ses occupants, le monde qui nous entoure…

J'emporte avec moi une dernière vision de ma vie perdue : la fiole vide se brise sur le sol de pierre, faisant sursauter Stonissè, désormais seule dans la pièce avec son époux défunt.

Chapitre 2 :
Limbes lugubres

Je m'éveille dans une totale obscurité.

Je me retourne et j'avance le bras vers la chaleur familière de ma tendre Telfousa… Mais je ne rencontre que le vide. S'est-elle déjà levée au milieu de cette nuit sans lune ? J'essaye de tâter notre couche à la recherche de sa tiédeur, mais il n'y a rien… pas même notre lit ! Où suis-je ?

La panique éveille brusquement ma mémoire. Hélas, mille fois hélas, il n'y a plus de lit conjugal pour moi. J'y ai renoncé, comme à tout ce qui faisait ma vie, afin d'accomplir l'impossible.

J'ouvre les yeux. Enfin, je crois. Je ne vois rien dans ce néant. Ou alors, peut-être que je suis devenu aveugle ? Mon corps fonctionne-t-il seulement encore, maintenant que je suis passé de l'autre côté en m'accrochant magiquement à l'âme mourante de Timon ?

J'essaye de me tâter moi-même, terrifié à l'idée de ne rien ressentir. Mais si : mon corps est bel et bien là ! L'espace d'un instant, mon soulagement est total. Je ne suis pas un pur esprit incapable d'agir. Cependant, l'angoisse reprend bien vite le dessus : que dois-je faire à présent ?

Mon cœur se met à battre la chamade et ma respiration à s'accélérer. Étrangement, ces manifestations physiques de ma panique me calment. Si je peux respirer et entendre la vie circuler dans mes veines, alors je peux bouger. Me lever. Progresser à tâtons dans le noir absolu. Je vais bien finir par voir quelque chose !

Finalement, ce n'est pas la vue qui me guide. J'entends soudain un murmure infime, à peine audible. Je m'immobilise pour tendre l'oreille et comprendre ce que me dit cette voix invisible, que je ne tarde pas à reconnaître comme étant celle de mon guide, le vieillard qui m'a entraîné avec lui dans l'au-delà.

— Timon, peux-tu parler plus fort ? Je n'arrive pas à comprendre ce que tu me dis.

Un silence, qui me fait craindre d'avoir été victime d'une hallucination ou d'avoir rompu le charme. Heureusement, la voix revient, juste assez forte pour que j'entende les mots qu'elle prononce. Des mots simples mais efficaces, à la manière du médecin quand il exerçait encore.

— Suis-moi, Tirésias, suis-moi !

Toujours aveugle, je me fie au son de cette voix et j'entreprends de la suivre. Dommage qu'elle n'ait plus de corps dans lequel s'incarner ; j'avoue que j'aurais adoré pouvoir être pris par la main !

J'ignore combien de temps dure ma progression. Parfois, mes pieds heurtent un obstacle, peut-être un rocher, un muret, une marche, ou n'importe quoi de plus effrayant. J'essaye de ne pas y penser.

Au fil des minutes et des heures, je me mets à douter. Et si tout cela n'était qu'un cauchemar ? Et si la voix m'emmenait vers un piège ? Et si j'étais perdu à jamais au sein d'une nuit infinie ? Et si…

Tout à coup, j'ai l'impression de distinguer une vague lueur dans le lointain. L'esprit de Timon se fait plus pressant, et sa voix devient parfaitement audible.

— Suis la lumière, Tirésias ! Moi, je reste ici, j'attends ma Stonissè !

Je me sens abandonné et effrayé comme un enfant qui a perdu sa mère au milieu de nulle part, puis je me reprends. J'ai cessé d'être un enfant depuis que j'ai Vu l'intérieur du Vortex. De plus, ce qui m'amène ici est plus important que mes craintes ridicules. Il n'est pas question de laisser la peur triompher de ma détermination.

— Merci pour tout, cher Timon.

— Merci à toi de tout risquer pour les vivants, me répond-il avant de s'éteindre pour de bon.

Ma gratitude envers lui et son épouse, qui m'a tenu à peu près les mêmes propos, m'emplit d'un courage renouvelé. C'est vrai que cette fois, je suis vraiment seul, mais ne dit-on pas qu'on est toujours seul face à sa mort ? Pas de quoi en faire un drame ; je suis prêt à partager le sort de tous ceux qui sont morts avant moi. Il ne sera pas dit que le fameux devin Tirésias de Thèbes s'est conduit comme un pleutre parce qu'il avait la frousse de subir le sort que tout le monde doit subir un jour ou l'autre !

Je continue donc seul ma progression vers la lueur que je devine poindre à l'horizon ; si tant est qu'ici, il existe un horizon. J'avance pendant des heures, puis d'autres heures encore, sans que rien ne change autour de moi. Il ne fait pas plus clair. Je n'y vois pas mieux.

Mais il y a toujours ce gris au loin, au lieu du noir absolu qui m'enserre.

C'est alors que je réalise quelque chose d'encore plus étrange que cet univers impénétrable qui s'étend à perte de vue. Je n'ai pas faim, ni soif, et les muscles de mes jambes ne crient pas de fatigue. C'est vrai que grâce à mon père, qui a toujours tenu à ce que je m'entraîne comme un héritier de sa lignée de guerriers valeureux, j'ai une excellente forme physique, mais tout de même, je ne suis pas un héros demi-dieu ! J'en déduis que c'est quelque chose d'ici qui me rend insensible aux vicissitudes de mon état ordinaire de mortel. Je ne pense pourtant pas être mort. Le rituel que j'ai accompli et la Larme Divine que j'ai bue, appelée aussi Larmange, m'assurent le passage dans le monde des défunts avec mon corps de vivant.

Du moins… je l'espère, sinon tout cela est vain.

— Non, je n'ai pas fait tout cela en vain !

Mon cri tente de percer les ombres mais, alors qu'il sort de ma bouche avec toute la force de ma résolution, il s'étouffe presque aussitôt. S'il y avait quelqu'un d'autre en ma compagnie, je doute qu'il entendrait autre chose qu'un faible murmure. Malgré tout, je me surprends à tendre l'oreille dans l'espoir insensé d'une réponse. Une autre présence me mettrait du baume au cœur, c'est certain…

Évidemment, il n'y a rien. Encore rien. Toujours rien. Je repense au fantôme de Timon déterminé à attendre sa chère épouse dans la nuit complète. À moins que, pour les âmes libérées de leur prison charnelle, cette nuit ne soit qu'un mirage. Après tout, il avait l'air de savoir parfaitement où j'étais, et il m'a emmené jusqu'à la lueur sans la moindre hésitation. Quoi qu'il en soit, je lui souhaite bonne chance et surtout, de merveilleuses retrouvailles avec celle qui a partagé son existence pendant tant de lustres.

Je m'aperçois que, tandis que je songeais à l'amour qui unit ces deux êtres si intensément qu'il perdure après leur décès, la lueur a augmenté. Enfin ! Je baigne maintenant dans un univers anthracite où je suis à nouveau capable de distinguer mon propre corps. Avec un ravissement béat, j'agite mes mains devant mes yeux. Quel bonheur de ne plus être aveugle !

Le cœur plein d'une nouvelle énergie, j'allonge le pas vers la zone la plus claire, là-bas, loin là-bas. Peu m'importent les heures qui défilent, je suis empli d'une allégresse qui ne faillit pas à l'idée que je vais voir encore plus clair, puis encore un peu plus. Tant pis si j'y passe des jours entiers, tant que la promesse de l'espoir me donne de l'élan comme si mes talons étaient soudain munis des ailes d'Hermès, le Dieu messager. De toute façon, je soupçonne qu'ici, le temps ne s'écoule pas de la même façon que chez nous. Qu'est-ce que la sensation de quelques heures ou de quelques jours, quand on a l'éternité devant soi ?

J'ai suffisamment progressé depuis un temps incertain, pour que j'y voie à présent comme dans une aube grise d'hiver lorsque la brume s'étire sur les rives du lac Yliki, où vivait ma chère grand-mère Eunoé. J'ai passé tant de jours heureux chez elle lorsque j'étais enfant et que mes parents étaient pris par leurs obligations respectives, mon père en tant qu'hippeis[1] et ma mère en tant qu'oracle réclamée par les plus grands dirigeants de l'empire crétois et de ses voisins. Comme à chaque fois que ma mémoire me ramène auprès d'elle, je souris avec une triste tendresse au souvenir de tout notre bonheur partagé puis de toute ma douleur depuis son trépas.

— Ne sois pas affligé, mon enfant.

Je sursaute. Cette voix… Est-ce possible ?

— Grand-mère Eunoé, est-ce que c'est toi ?

Seuls le silence et le vide me répondent. Est-ce que la fatigue m'étreint finalement, et trouble mes pensées ? Suis-je victime d'une hallucination ? Ou est-ce l'envie désespérée de compagnie qui me fait prendre mes désirs pour des réalités ? Autant de questions qui restent sans réponse. Je ne peux m'empêcher de tendre l'oreille un moment encore, immobile, retenant jusqu'à mon souffle pour être sûr d'entendre tout autre bruit ; mais rien, encore et toujours rien.

Je soupire puis je reprends ma progression.

À présent que j'y vois assez clair pour que mes pieds soient dans mon champ de vision, je me rends compte que je marche sur un sol sablonneux. Ce n'est pas un sable doré par le soleil, bien sûr. On dirait qu'ici, tout est gris. Moi-même, je suis vêtu d'un tissu grisâtre, et ma peau semble décolorée. Je me surprends à tirer la langue et à loucher ridiculement pour vérifier sa couleur ; elle est à peine rosée.

Je me demande si mes sens sont morts, d'une certaine façon. Ou plutôt, éteints. Ce ne devrait être qu'un détail par rapport à

---

[1] Soldat grec assez riche pour posséder un ou plusieurs chevaux.

l'importance de ma mission, je le sais parfaitement. Même si je devais perdre la vue et retourner dans le noir de tout à l'heure, ce ne serait pas une raison suffisante pour renoncer. Cependant, ces infinies nuances de gris me plombent le moral. On dirait un jour de pluie sans fin, morne et terne, sauf qu'il ne pleut pas. Je n'ai jamais aimé la pluie, mais bizarrement, elle me manque. Au moins, là où il y a de la pluie, il y a de la vie !

À perte de vue – laquelle n'est pas encore très étendue – il n'y a que ce désert insipide, ni sec, ni chaud, ni froid, ni venteux. Je ne m'attends pas à voir surgir de la végétation, mais il n'y a même pas un rocher pour interrompre cette monotonie insupportable. Comme les collines qui bordent Thèbes me manquent, elles aussi ! C'est en perdant tout qu'on ressent l'importance des plus petites choses.

Je m'arrête une nouvelle fois et je m'agenouille pour prendre un peu de sable dans ma main. Non, ce n'est définitivement pas du sable. Je ne sens pas de grains s'égrener entre mes doigts. C'est une substance presque immatérielle, une sorte de cendre qui ne tâche pas. Pourtant, la surface n'est pas friable sous mes pieds. Ils ne s'y enfoncent pas du tout. Ils n'y laissent absolument aucune empreinte. C'est comme si je n'avais jamais marché nulle part. Comme si j'existais si peu que le monde autour de moi ne voyait pas la nécessité de marquer mon passage.

Cela ne me dérange pas vraiment. Depuis mon jeune âge, beaucoup de gens – essentiellement de l'entourage de ma mère, des oracles eux aussi – s'exclament que j'ai un destin extraordinaire, que je suis une personne très importante, mais ce n'est pas ce que je ressens envers moi-même. Je suis convaincu que chacun de nous a la même importance. Chaque être vivant n'est-il pas l'être le plus important de sa propre vie ? De ce fait, l'impact que nous avons sur les autres est forcément limité. Comme ces galets que je lançais enfant sur la surface lisse du lac Yliki : quelle que soit la taille de l'onde qu'ils provoquaient, celle-ci finissait inéluctablement par disparaître comme si elle n'avait jamais existé. Je me suis toujours dit que la quête de gloriole des hommes et des femmes qui se prennent pour l'un de ces galets plus grands que les autres, est aussi ridicule et inutile que ce bref clapotis sur l'eau !

Quand je me relève, je n'ai plus aucune trace du sable dans ma main, ce qui ne m'étonne pas particulièrement. Je recommence à marcher vers l'inconnu.

Dorénavant, la pâle lumière semble identique de tous les côtés. Même quand je me retourne, je ne perçois aucune obscurité derrière moi. Est-ce que j'avance toujours dans la bonne direction ? Ma foi, tant que je ne replonge pas dans la nuit, je peux supposer que oui. J'ai l'intuition que mon chemin est tracé vers sa destination. D'après les récits des rarissimes individus qui sont parvenus à revenir de l'au-delà, les limbes ne sont qu'une étape à franchir pour atteindre le Royaume des Morts, quelle que soit la durée de cette étape. J'ai lu le témoignage d'une revenante qui pensait avoir erré pendant des mois entiers et qui, à son retour, avait constaté qu'une seule journée s'était écoulée dans le monde des vivants. D'ailleurs, moi-même, j'ai à la fois l'impression de marcher depuis d'innombrables heures et de n'être là que depuis quelques instants.

Quand je sors de mes réflexions, je découvre une nouveauté, comme si les limbes avaient compris qu'il était inutile de faire durer davantage cette épreuve à mon intention. Je vois un haut mur dans le lointain. Il me faudra sans doute encore beaucoup de non-temps pour l'atteindre, mais au moins, je n'ai plus aucun doute sur la justesse de ma destination.

Plus je m'approche et plus il grandit. Il est si démesurément haut qu'il paraît toucher le ciel, ou ce qui en tient lieu. Bien sûr, il est gris, lui aussi, mais plus foncé que le sol sableux.

Je finis par m'approcher assez de lui pour distinguer qu'il n'est pas fait de pierre, comme je l'avais cru tout d'abord. Je parie que sa matière n'existe nulle part ailleurs. Ce doit être du néant solidifié, ou quelque chose de ce genre. Un mur infranchissable fait de rien ; c'est presque logique pour cet univers !

J'avance, encore et toujours, inlassablement, vers cet obstacle énorme et opaque que je qualifie de mur tout en devinant qu'il est bien plus que cela.

Je peux le toucher à présent. Il n'est ni chaud ni froid, lui non plus. C'est simplement une séparation entre les limbes du dehors et le mystère du dedans, un mystère qui ne peut ordinairement être percé que par les yeux des morts.

Un mystère que je suis venu dévoiler de force, avec un orgueil fou et une humilité totale.

Une nouvelle fois, ce monde semble réagir à mes pensées car soudain, je m'aperçois qu'à quelques centaines de pas à ma droite, s'élève une porte aussi immensément haute que la muraille qu'elle traverse.

Chapitre 3 :
Royaumes macabres

Quelle porte incroyable !

Je n'ai jamais rien vu de pareil. Tout ce que j'ai découvert jusqu'ici du monde de l'au-delà n'est plus que broutilles face à cette porte monumentale, que dis-je, titanesque ! Les plus impressionnants palais cyclopéens ne sont que des jouets en comparaison.

Elle est si haute que je suis obligé de m'éloigner de plusieurs centaines de pas afin de la contempler sans me briser le cou en me reversant la tête en arrière. Je ne sais qui, ou quoi, en a sculpté la surface, mais ce n'est sans doute pas un humain. Il faut être d'une autre nature pour créer une si épouvantable merveille.

De part et d'autre du double battant, la structure semble composée des os géants de formidables créatures qui échappent à l'imagination. Ils encadrent une succession de panneaux sculptés, qui se répondent face à face en une symétrie parfaite.

Chaque panneau représente une scène funèbre dont je ne perçois que partiellement le sens. Je reconnais des groupes de mes semblables éplorés autour de corps gisants dans des lieux divers. Là, un bateau ; ici, des pierres tendues vers le ciel ; ailleurs encore, une caverne à la gueule béante ; oh, une de ces fabuleuses pyramides que j'ai découvertes en visitant l'Égypte ! Je crois comprendre qu'il s'agit des rites funéraires de mon espèce, même si certains me sont totalement étrangers. Le monde est si vaste et le passé si profond !

Mais ce n'est pas le plus surprenant, loin de là. Il n'y a pas que des humains qui ornent ces sculptures qui exercent sur moi une fascination sinistre. De nombreuses créatures magiques sont elles aussi plongées dans le deuil, rendant hommage à leurs façons aux proches qu'elles pleurent. C'est un tourbillon de faunes, de fées, d'humanoïdes à têtes animales, de dragons légendaires, de centaures musculeux, et de bien d'autres que je suis incapable d'identifier en dépit de mes nombreux voyages.

J'ignore pendant combien de temps je suis resté perdu dans ma contemplation de ce monument mortuaire invraisemblable quand soudain, je me rends compte à quel point je dois avoir l'air d'un barbare vêtu de peaux de bêtes qui découvre en bavant l'une de nos glorieuses cités civilisées. Un peu de dignité, quand même ! Je ferme la bouche et j'essaye de convaincre mes yeux de ne pas s'écarquiller autant. J'époussette une poussière imaginaire sur mes épaules, je rectifie les plis de ma tunique, je passe une main dans ma barbe et mes cheveux bouclés à la blancheur marmoréenne : me voilà prêt à repartir avec l'apparence d'un véritable citoyen grec.

Je reviens vers la porte, en me demandant comment faire pour qu'on m'ouvre cette immensité soigneusement close. Je me sens si petit, minuscule, infime, qu'une vague de découragement m'inonde soudain le cœur. Quelle folie est la mienne de vouloir m'opposer au monstre funeste qui déforme et dévore la Tapisserie du Destin ? Même si je parviens à mener ma quête à son terme, comment puis-je croire un instant que ma force sera suffisante pour démêler les trames imbriquées de nos descendants afin de leur éviter l'horreur innommable qui les attend ? Quels que soient mes efforts, quel que soit l'éclat de ma réussite incertaine, de toute façon, ne devrons-nous pas tous mourir ? Pourquoi devrais-je lutter afin que le flux des naissances puisse continuer à travers les siècles, alors que l'issue inéluctable de la mort n'épargnera personne ?

Puis je repense à tout ce qui me manque depuis ma plongée dans les limbes sempiternellement grisâtres. Les chants des oiseaux qui célèbrent chaque nouveau jour. La douceur des rayons du soleil matinal qui réchauffe ma peau. L'odeur des fleurs et des plantes aromatiques multicolores qui embaument les collines. Le goût incomparable de chaque aliment qui réjouit ma bouche. L'amour absolu qui m'étreint quand je contemple les visages de mes parents, de ma compagne, de mes filles chéries. Nos enfants, et leurs enfants après eux, ont le droit de goûter le bonheur éphémère d'être en vie. C'est pour eux que je suis ici et que je vais me battre jusqu'au bout de mes forces.

En pensant au défilé infini des générations qui m'ont précédé et qui me suivront, je suis saisi d'un vertige. Je m'appuie sur la porte pour ne pas tituber, mais à ma grande surprise, elle ne me retient pas. Cette énormité à la démesure sans égale est aussi légère qu'un rideau de perles !

Je me retrouve donc projeté à l'intérieur en quelques pas mal assurés. Je manque de m'étaler sur le sol, mais je retrouve mon équilibre de justesse. Quelle chance, me dis-je l'instant d'après ; car je ne suis plus seul. Devant moi, une file d'individus s'étire sur des centaines de mètres. Les plus proches de moi se sont retournés à mon arrivée peu glorieuse. J'en vois certains sourire, mais ce ne sont pas les rictus moqueurs auxquels je m'attends. Tout le monde semble bienveillant, compatissant même, comme s'ils comprenaient ma situation pour être tous passés par la même épreuve ; ce qui est sans doute le cas, d'ailleurs. Pourtant, je n'ai vu personne de l'autre côté de la porte. Ou alors, c'est parce que j'étais trop perdu dans mes pensées ?

Je veux la franchir à nouveau pour scruter le désert de faux sable que je viens de quitter, mais c'est impossible. Je viens pourtant de l'ouvrir avec une facilité déconcertante… Mais là, elle me résiste de tout son poids.

Je gage que même le plus puissant des Titans ne saurait la faire bouger d'un iota !

— Il est aisé d'entrer dans le Royaume des Morts, mon enfant, mais en ressortir est pratiquement impossible, m'explique gentiment une voix féminine.

Malgré sa douceur, je suis parcouru tout entier d'un frisson incontrôlable. Mes oreilles sont-elles victimes d'une nouvelle illusion ?

J'ose à peine tourner la tête pour le vérifier. Mais cette fois, ce n'est plus le vide cruel qui me fait face ; au contraire, une silhouette familière apparaît dans mon champ de vision, que viennent aussitôt troubler les larmes qui jaillissent du fond de mon cœur.

— Grand-mère Eunoé ! Est-ce que je rêve ?

— Non, Tirésias, c'est bien moi. Ne trouves-tu pas logique que je sois ici ?

Sa réplique me fait sourire à travers mes pleurs. Combien de fois l'ai-je entendue me répéter de faire preuve de logique ! L'observation et la déduction ont peut-être été les plus importantes leçons de ma vie. À cette heure, j'observe qu'elle me tend les bras et je déduis qu'elle ressent la même joie à nos retrouvailles ; je me précipite donc pour serrer sa fine silhouette contre moi. Nous restons enlacés de longues minutes avant que j'arrive à m'arracher à son étreinte pour la regarder mieux. Contrairement au mien, son corps est entouré d'une sorte de halo lumineux, comme celui de toutes les personnes qui sont ici. Cependant, ce n'est pas ce qui m'interpelle le plus dans son apparence.

— Je pense que je ne t'ai jamais connue si jeune, grand-mère.

Cela la fait rire.

— Crois-tu que j'avais envie de séjourner ici sous les traits d'une vieille femme au corps déformé par le poids des ans et au visage creusé par les rides ?

— Non, sans doute pas. On peut donc prendre l'apparence que l'on veut, ici ?

— Pas tout à fait, non. Seulement celle qu'on a dans l'esprit quand on pense à soi-même sans les contraintes du monde des vivants. C'est pour cela que tout le monde est jeune et beau, dans l'au-delà.

Mon regard revient sur la longue file à quelques pas de nous. C'est vrai que chaque silhouette se dresse fièrement dans la plénitude de la jeunesse et de la forme physique.

— Toi, bien sûr, tu ne peux pas prendre une autre apparence que la tienne, puisque tu es venu avec ton corps de vivant, relève mon ingénieuse aïeule. Ainsi, tu as trouvé le moyen de dénouer l'épouvantable nœud qui déforme la Tapisserie.

— Le moyen d'essayer, en tout cas, précisé-je.

— Quelles chances ta mère te donne-t-elle ?

Grand-mère est toujours aussi directe !

— Environ une chance sur dix.

— Bien… C'est déjà cela. Explique-moi ton projet en détail, et surtout, n'oublie pas de me parler de notre famille !

Eunoé nous a quittés peu de temps après la naissance de mes jumelles, Mantè et Istoris. Ma première parole est donc pour lui apprendre que six ans plus tard, Telfousa et moi avons eu le bonheur d'accueillir Daphné parmi nous.

— Elle n'a que dix ans, mais elle me fait beaucoup penser à toi par sa curiosité et la concentration dont elle fait preuve dès qu'on lui explique quelque chose, quel que soit le domaine. J'ai veillé à lui donner la même éducation qu'à ses aînées, bien sûr. Les grammatistes de Thèbes ne tarissent pas d'éloges sur sa précocité ! Mère a même commencé à lui apprendre les secrets des scribes dès sa cinquième année.

Chariclo avait en effet demandé à recevoir ce prestigieux enseignement égyptien en échange de ses talents d'oracle auprès de Pharaon ; d'où le fantastique voyage initiatique dont j'ai bénéficié à cette occasion, entre mes douze et mes quinze ans.

Mon récit dure des heures. Grand-mère veut tout savoir, jusqu'aux détails les plus infimes de nos vies. Je regrette beaucoup qu'elle ne puisse pas assister en personne à l'épanouissement de mes filles, qui auraient pu apprendre tant de choses de leur arrière-grand-mère. Hélas, la vie est ainsi faite que nous sommes toujours privés trop jeunes de l'affection de nos ancêtres.

— Ne sois pas triste, Tirésias. Je finirai par les rencontrer, tu sais, comme j'ai moi-même eu le bonheur de retrouver mon cher époux Léandre.

Pour la première fois de mon existence, la mort ne me semble plus une idée si épouvantable.

— Tu as raison, bien sûr. Peux-tu me présenter grand-père ?

Il était un marchand qui a fait fortune dans le commerce avec les contrées les plus lointaines, mais qui a hélas péri lors du naufrage de l'un de ses navires, deux ans avant ma venue au monde.

— Je suis désolée de te décevoir, mon cher petit, mais le temps n'est pas encore venu pour toi. Tu n'es pas une âme défunte, aussi ne peux-tu te rendre dans les provinces du Royaume des Morts.

— Comment cela, les provinces ?

— Comme tu le sais, chaque peuple a ses propres divinités. Par exemple, Hadès est notre Dieu de l'au-delà, comme le sont les Dieux Anubis et Osiris pour les Égyptiens, ou encore les Déesses Ereshkigal pour les Sumériens et Lelwani pour les Hittites. Chacune de ces divinités accueille les défunts de son peuple dans sa propre province. Il y a même une province sans chef pour les âmes de ceux qui ne souhaitent rendre aucun culte.

— Bien sûr, c'est logique ! déclaré-je avec assez d'emphase pour faire sourire Eunoé.

— Mais toi, tu n'es pas ici pour leur offrir ta dévotion, poursuit-elle avec sérieux. C'est à la Déesse originelle des Morts que tu dois t'adresser pour lui faire part de ta requête, celle qui est la vraie Reine de ce Royaume depuis la mort du premier d'entre nous et qui le sera jusqu'à la fin du dernier, quelles que soient les formes que la foi puisse prendre.

— Effectivement, c'est elle que je suis venu supplier de m'accorder sa faveur divine. Sais-tu où je peux la trouver ?

— Puisque tu n'es pas mort, tu vas devoir t'adresser à son chambellan pour lui demander audience.

— D'accord, et où puis-je trouver ce chambellan ?

Grand-mère me désigne la file qui progresse lentement vers une petite bâtisse qu'on discerne à peine dans le lointain.

— C'est lui qui est chargé de répartir les âmes entre les provinces.

Lente est notre progression entre les âmes qui attendent leur tour. Il y en a des centaines, que dis-je, des milliers avant nous, et bien d'autres viennent progressivement s'ajouter derrière nous. Cependant, je ne vois pas le temps passer, car ma chère Eunoé me tient compagnie. On ne s'ennuie jamais avec elle !

Tout à coup, une étrangeté me frappe.

— Grand-mère, tu m'as expliqué la division du Royaume des Morts en autant de provinces qu'il y a de croyances en l'au-delà, et tu m'as dit que chaque âme devait faire part de sa destination au chambellan de la Reine.

— Exactement, tu as bien retenu la leçon.

— Mais toi, grand-mère, tu n'es dans aucune de ces provinces ; comment cela se fait-il ?

— Réfléchis, Tirésias, et tu trouveras toi-même la réponse logique à cette question.

Je repense au rôle joué par Eunoé lors de son vivant. Après la mort de Léandre, elle a souhaité que mon oncle Xanthos prenne la suite de son commerce naval. Comme elle, il a la particularité d'être blond et non brun comme les autres membres de la famille. C'est une rareté que partage ma douce Istoris. D'après ce que je sais, cette couleur de cheveux provient du père de Léandre, qui était lui-même un grand marchand venu des lointaines contrées du nord.

Eunoé s'est donc retirée dans une belle demeure sur les bords du lac Yliki, où elle a mis ses dons à profit pour venir en aide aux villageois des environs. Mais bien sûr, ses dons ! Elle aussi était une devineresse, même si sa puissance limitée ne lui a jamais permis d'exercer les fonctions de Première Oracle comme le fait ma mère depuis avant ma naissance.

— Tu as Vu que j'allais venir vivant dans le Royaume des Morts et tu as décidé de rester dans son antichambre afin de m'apporter ton aide, déduis-je.

— Bravo, c'est tout à fait cela ! Mes Visions n'ont jamais été que parcellaires, mais après ta naissance, j'ai prié Chariclo de m'autoriser à être le centre d'un cercle d'oracles afin de mieux Voir l'avenir de notre lignée. Je ne savais pas pourquoi, mais je pressentais que c'était quelque chose d'extrêmement important pour moi ; c'est pourquoi elle m'a accordé ce vœu malgré sa désapprobation et les risques encourus.

Il est effectivement très dangereux de chercher à Voir l'avenir de ses proches. Connaître les circonstances de leur trépas peut amener à commettre des folies pour essayer de changer les choses ! C'est donc une pratique totalement réprouvée.

— Ce fut une expérience très déstabilisante. Seule une petite partie du fil de ton destin m'est apparue nettement dans les motifs de la Tapisserie : celle où je te Voyais franchir vivant la porte du Royaume des Morts. C'est alors que j'ai su que je t'y accueillerai, afin de t'aider à faire ce que tu étais venu faire par cet acte réellement *surnaturel*. Voilà pourquoi j'ai attendu ta venue au lieu de suivre mon époux dans la province d'Hadès.

— Je te remercie infiniment pour ce choix, grand-mère. Tu m'apportes un réconfort que je n'aurais pas cru possible en ces lieux.

— Je suis heureuse de le faire. Avec tous les dangers que tu encoures, tu mérites bien une pause au sein de l'amour de ta famille. Hélas, nos chemins vont bientôt se séparer, jusqu'à ce que tu reviennes ici une fois que tu seras vraiment mort.

Étonné par la soudaine tristesse de sa voix, je lève la tête. Notre progression fut très lente mais comme toute chose, elle arrive à son terme. Nous sommes presque à la hauteur de la bâtisse où officie le chambellan de la Reine des Morts.

Ce monument n'en est pas tout à fait un, d'ailleurs. C'est plutôt une stèle, la plus haute et large que j'ai jamais vue. Je découvre avec stupéfaction qu'elle est couverte d'inscriptions mouvantes. En regardant mieux, il s'agit en fait d'une liste de noms, dont certains ont une sonorité plus qu'étrange à mes oreilles, et qui défile lentement.

— C'est la liste des âmes qui sont dans la file d'attente, n'est-ce pas ?

— C'est bien cela, confirme Eunoé avec ce petit sourire satisfait dont elle me gratifie toujours quand l'une de mes suppositions tombe juste.

— Nos noms sont presque tout en bas, prêts à disparaître pour être remplacés par ceux qui descendent petit à petit, comme l'ont fait ceux qui étaient inscrits avant nous.

— Quand les âmes trouvent leur destination, elles n'ont plus de raison de faire partie de cette liste d'attente. Elles sont envoyées directement dans la province de leur choix.

— Est-il possible de voyager d'une province à l'autre ?

— Figure-toi que c'est une question assez souvent posée au chambellan ! D'après ce que j'ai compris, c'est effectivement possible pour rendre visite à des personnes que l'on a connues de son vivant mais qui ne rendaient pas les mêmes cultes funéraires. Je crois qu'il faut obtenir une sorte de laissez-passer. Cela me réjouit, car j'ai beaucoup voyagé dans ma jeunesse avec ton grand-père. Comme j'aimais naviguer et découvrir de nouvelles cités ! J'ai arrêté à la naissance de ton oncle Xanthos, car j'ai préféré m'occuper de mes enfants plutôt que de risquer ma vie à courir les mers, mais j'ai gardé des contacts avec les amis que j'ai rencontrés ici et là. Ce sera une grande joie de les revoir, et une consolation face à la séparation que nous allons subir une deuxième fois tous les deux.

Cette fois, je ne réponds rien d'autre qu'un petit sourire qui ne doit pas faire illusion. Je suis content pour grand-mère Eunoé à l'idée qu'elle va très bientôt retrouver son époux et les autres personnes qui ont compté dans sa vie, mais moi, trouverai-je une consolation ?

Il n'y a plus que deux âmes devant nous. C'est seulement maintenant que je me rends compte qu'après le passage d'un défunt devant le chambellan, son halo brille brièvement plus fort puis disparaît en même temps que son propriétaire. Je suppose que cela signifie qu'il est envoyé directement dans sa résidence définitive, sans avoir besoin de franchir de nouveaux horizons infinis comme ceux des limbes. Cela signifie surtout que dans quelques instants, mon aïeule va connaître le même sort !

Dans un tendre élan de nos cœurs désolés, nous nous serrons l'un contre l'autre. Je suis si heureux de l'avoir revue de façon inattendue, et si malheureux de la perdre une nouvelle fois… J'ai envie de lui dire « à bientôt » ou quelque chose de ce genre, mais je me retiens. Elle n'a jamais apprécié les banalités.

— Je t'aime, grand-mère Eunoé.

— Je t'aime aussi, mon petit Tirésias. Sois sûr que je vais interroger tous les morts qui arriveront pour connaître ton sort avant que tu ne viennes me le raconter toi-même !

Nous rions tous les deux. Même depuis sa paisible retraite près du lac Yliki, Eunoé a toujours su se tenir au courant de tout ce qui se passait un peu partout en Grèce et dans les contrées voisines. Mon oncle Xanthos aimait dire affectueusement que sa mère était la meilleure source d'information pour faire fleurir son commerce.

Notre tour est venu. Il n'y a plus que le décideur du sort des âmes défuntes qui se dresse devant nous. Grand-mère se glisse subrepticement derrière moi : elle veut connaître l'issue de ma demande sans avoir besoin d'interroger quiconque.

J'écarquille les yeux en découvrant l'aspect du chambellan. Contrairement aux autres défunts qui patientent en ces lieux, il ne ressemble pas à ce qu'il était de son vivant. C'est un squelette animé, enveloppé dans une grande cape… évidemment grise.

Lui aussi a la bouche ouverte en me voyant, ou plutôt les mâchoires béantes.

— Ça alors, un vivant, ici ? Je n'en avais pas vu depuis des temps immémoriaux !

Sa remarque, faite d'une voix sépulcrale qui n'est ni masculine ni féminine, me remet les pieds sur terre ; enfin, façon de parler. Mon cerveau, motivé par la présence de grand-mère, tourne à toute vitesse afin de sortir quelque chose d'intelligent.

— Pardonnez ma curiosité, mais êtes-vous un squelette afin qu'on ne sache pas à quel peuple vous appartenez ?

— Et un vivant à l'esprit subtil, en plus ! Vous êtes une véritable rareté, mon jeune ami. Que venez-vous faire dans le Royaume des Morts alors que votre heure n'est pas venue et que la Reine ne vous y a pas accueilli ?

Je me retourne vers Eunoé.

— Tu as été accueillie par la Reine elle-même ?

— Bien sûr, mon enfant. As-tu oublié les leçons de tes maîtres sur les Dieux et les Déesses ?

Non, bien sûr, mais j'avoue qu'elles m'étaient sorties de l'esprit avec toutes les aventures que j'ai eu à affronter ces derniers temps…

— Pardon, j'ai parlé sans réfléchir. Je me souviens qu'on m'a expliqué que la Déesse de la Mort vient recueillir l'âme de chaque défunt au moment de son trépas. Je pensais que c'était métaphorique, puisque cela veut dire qu'elle doit se trouver à plusieurs endroits à chaque instant.

— C'est son pouvoir divin, Tirésias. Qu'y a-t-il d'étonnant à ce que cela échappe à notre compréhension de simples mortels ?

J'acquiesce en silence, troublé par l'évocation de cette puissance qui dépasse l'entendement, et à qui je vais devoir demander service.

— Et donc, que venez-vous faire ici ? reprend la voix sépulcrale.

— Je suis venu demander une audience à la Déesse de la Mort.

— Laquelle ?

— Comment cela, laquelle ?

— Eh bien, nous avons de nombreux Dieux et Déesses de la Mort, ici, figurez-vous. Il me faudrait le nom de la vôtre pour pouvoir vous envoyer dans la province qu'elle commande.

— Oh, je me suis mal exprimé. Je requiers une audience avec la Déesse primordiale de la Mort, celle qui accueille les âmes en son Royaume depuis l'aube des temps et jusqu'à la fin du monde, celle qu'on surnomme la Mère Ultime, celle qu'on appelle Nuée.

Je me demande si la mâchoire inférieure de mon vis-à-vis va se décrocher et tomber sur le sol, tant ma demande le stupéfie. J'entends ma grand-mère étouffer un rire derrière l'abri de mon dos ; elle doit se poser plus ou moins la même question que moi.

Se rendant compte qu'il est la source de cette risée, ce qui ne doit pas lui arriver souvent non plus, le chambellan reprend contenance.

— Bien, très bien, un vivant qui veut rencontrer la Reine elle-même. J'espère pour vous que votre requête ne lui déplaira pas, misérable mortel !

Sur cette déclaration emphatique et lourde de menace, il esquisse un geste de sa main osseuse. Un soudain flot de lumière m'environne et tout disparaît autour de moi.

Chapitre 4 :
Mère Ultime

Ou plutôt, c'est moi qui ai disparu aux yeux de tous, rectifié-je intérieurement en me rematérialisant. Je repense à Eunoé avec peine, mais mon esprit est bientôt distrait par mon nouvel environnement. C'est un contraste total avec ce que j'ai pu voir depuis que je suis passé dans l'au-delà !

Plus rien n'est gris, ici. Au contraire, tout explose de multiples couleurs rehaussées par du métal brillant et des pierreries étincelantes. Les splendides palais d'Égypte et de Crète que j'ai eu la chance de voir ne lui arrivent pas à la cheville. Malgré leurs riches décorations, ils ne ressemblent qu'à de pâles copies de celui-ci. De nouvelles questions m'assaillent aussitôt. En est-il autant pour l'expérience de la mort ? Est-ce que l'existence qu'on vit sur Terre n'en est aussi qu'un terne reflet ? Voilà qui me trouble…

Je secoue la tête. Trêve de méditation ; je ne suis pas venu jusqu'ici pour jouer les philosophes mais pour m'acquitter d'une tâche bien précise. Même si je soupçonne que le temps ne s'écoule pas d'une façon identique, je ne souhaite pas en perdre plus que nécessaire.

— Noble Déesse, êtes-vous là ?

Ma voix se répercute en un étrange écho sur les murs et les plafonds, comme si je répétais ma demande à de multiples reprises. Le son s'atténue lentement jusqu'à s'éteindre tout à fait. J'attends en silence, le souffle court, mais aucune réponse ne me parvient. Dois-je renouveler mon appel dans le vide ? Cela me paraît ridicule. Si la Déesse est ailleurs, je ne vais pas m'époumoner en vain dans sa demeure comme un idiot solitaire.

Ailleurs… Oui, sans doute, que je suis bête ! Elle doit être très occupée à accueillir en son sein les âmes de celles et ceux qui viennent de mourir. Ne m'a-t-on pas parlé d'une guerre dans les confins du royaume hittite ? De toute façon, que ce soit ici ou là, je ne doute pas que mes semblables trouvent un peu partout des raisons de s'étriper au lieu de profiter de la brève vie qui nous est offerte… Sans parler des épidémies, des naufrages, des multiples accidents qui viennent si aisément trancher le fil fragile de nos existences. Le découragement m'envahit une nouvelle fois. Va-t-il falloir que j'attende un moment où aucune mort ne sera à déplorer sur Terre, afin de pouvoir rencontrer la Déesse que je suis venu trouver en son royaume où elle ne doit être que bien rarement ? Si tel est le cas, je risque de devoir patienter longtemps, très, très longtemps…

À moins que… Les paroles de grand-mère Eunoé me reviennent en mémoire. Elle m'a confié que son âme avait été accueillie par la Déesse elle-même, comme celle de tous les morts, puisque son pouvoir lui permet de se trouver à plusieurs endroits en même temps. Je n'arrive pas à imaginer comment un tel don d'ubiquité est gérable par un seul esprit, mais comme mon aïeule me l'a fait remarquer, c'est bien normal puisque je ne suis qu'un simple mortel. Elle est Nuée, celle qui, comme un essaim d'abeilles, est en même temps une et multiple. Il est donc possible qu'elle réside en sa demeure tout en accomplissant son devoir divin. Je décide d'explorer le palais dans l'espoir de la trouver, peut-être dans une salle du trône. Et puis, j'avoue que j'ai également très envie de satisfaire ma curiosité en visitant, si je puis dire, le lieu de vie de la Mort.

La taille de ce bâtiment – si tant est que ce soit un bâtiment et pas une suite de pièces jaillissant au milieu de nulle part – est réellement titanesque. J'ai déjà pu admirer une cinquantaine de pièces aux décors très divers. Certains me sont plus ou moins familiers, rappelant ceux que j'ai pu voir lors de mes voyages. D'autres en revanche me sont totalement étrangers : statues de créatures inconnues, peintures d'hommes et de femmes aux tenues bizarres, maquettes de constructions plus mystérieuses encore que les stupéfiantes pyramides…

Tout à coup, j'arrive dans une sorte de grotte aux parois ornées de motifs primitifs. Je distingue des silhouettes animales mais je ne les reconnais pas toutes. Il ne m'est pas difficile d'identifier des chevaux et de gros bovidés aux cornes impressionnantes. Je vois aussi des félins majestueux qui poursuivent des antilopes. Là, ce sont des corps humains simplifiés à l'extrême, qui brandissent apparemment des lances ou qui jettent des sagaies sur leurs proies. En revanche, je reste stupéfait en découvrant un monstre gigantesque, dont le dos paraît couvert d'une épaisse et longue fourrure et dont le nez s'étire presque jusqu'au sol, environné de deux énormes défenses recourbées. Quelle créature redoutable ! Les humains représentés autour d'elle ont l'air minuscules.

Je prends conscience de l'étendue de mon ignorance. Je suis heureux d'avoir visité d'autres pays car rares sont les chanceux qui peuvent en faire autant, mais malgré cela, je n'ai jamais rien vu qui se rapproche de la scène de chasse hors du commun que j'ai sous les yeux. Un peu plus loin, c'est un tigre aux dents démesurées qui me fascine. Combien de merveilles insoupçonnées le monde peut-il receler ? Si je le pouvais, je deviendrais un voyageur éternel, le cœur grand ouvert, l'esprit plein d'une curiosité insatiable ! Je pense avec un certain mépris à ces personnes qui croient tout connaître et qui se permettent de tout juger, alors qu'elles n'ont jamais fait l'effort d'essayer de comprendre le monde qui les entoure.

À regret, je quitte cette grotte qui, je le pressens sans en avoir la certitude, a hébergé nos ancêtres dans un lointain passé.

Combien d'heures ou de jours ai-je erré dans cette fabuleuse demeure divine ? Je suis évidemment incapable de le dire.

La nouvelle pièce – la millième, peut-être, mais j'en ai perdu le compte depuis longtemps – dans laquelle je pénètre est entièrement recouverte de fresques végétales. Ce n'est pourtant pas ce foisonnement sculpté et peint qui attire mon regard. En face de moi, pour la première fois depuis mon arrivée, l'ouverture dans le mur n'est pas fermée par une porte séparant les lieux et les époques. C'est une arche béante, garnie d'un léger voilage dansant, qui semble mener… à l'extérieur !

J'avais fini par penser que la bâtisse constituait l'unique réalité de cette partie du Royaume des Morts, mais une fois de plus, j'avais tort. Il faut vraiment que j'arrête de projeter mon imagination limitée de mortel sur le monde des divinités.

Je m'approche à petits pas prudents de l'ouverture, incertain de ce que je vais découvrir de l'autre côté. Un léger courant d'air agite ma tunique et caresse ma peau. Je frissonne malgré sa tiédeur, non de froid mais d'impatience. J'ai toujours préféré les grands espaces naturels plutôt que les cloisons d'un bâtiment, quel que soit le talent de l'architecte et des décorateurs. J'écarte le voile du tissu le plus soyeux qu'il m'ait été donné de toucher, à tel point que je ne peux résister au plaisir d'y frotter mon visage. Et là… Je suis cloué sur place.

Devant moi, s'étend un jardin dont nul être humain n'a seulement osé rêver. Je dirais plutôt que c'est LE jardin. À perte de vue, des buissons de fleurs multicolores, des arbres aux branchages majestueux, de hautes tiges folâtres, des dizaines, des centaines, des milliers de variétés de plantes composent une harmonie aux motifs infiniment variés. Le paradoxe, c'est que j'ai en même temps l'impression du savant ordonnancement d'un jardinier sélectif et du joyeux fouillis d'une nature surabondante.

À mes pieds, une allée sinueuse du même sable gris que dans les limbes m'invite à suivre ses méandres. J'accepte volontiers sa suggestion et je me livre aux caprices de son cheminement fantasque. Il est évident que ce n'est pas un humain qui a tracé cette voie qui échappe à toute logique ; du moins, à toute logique à la portée de ma compréhension. Peut-être que si j'avais des ailes, je verrais de là-haut que cela trace des paroles prophétiques dans une langue qui n'existait qu'à l'aube des temps.

À présent que je suis plongé dans ce jardin des merveilles, je peux admirer les fleurs de près. Il y a celles qui sont modestes comme le thym ou la mandragore, celles qui se dressent fièrement comme la lavande ou le coquelicot, celles qui éclatent d'exubérance comme le lotus ou la pivoine. Il y a surtout toutes celles dont je découvre l'apparence et dont j'ignore le nom ! Les arbres eux-mêmes croulent sous les fleurs. Point de printemps, d'été ou d'automne : qu'importent les saisons de la Terre, ici toutes les fleurs sont écloses et tous les fruits sont mûrs en même temps.

Et ce parfum ! L'air embaume de senteurs multiples, subtiles ou capiteuses, enivrantes mais pas entêtantes. Seul le plaisir des sens doit être autorisé dans ce domaine divin, sans aucun excès désagréable.

Afin de parfaire ce tableau enchanteur, de sublimes papillons battent de leurs ailes féeriques, passant d'une fleur à l'autre en un ballet exquis. D'innombrables abeilles s'affairent, elles aussi, fidèles butineuses infatigables. Je gage que leur miel surpasse le nectar réputé de l'Hymette. C'est peut-être lui que la fille du roi crétois Mellisseas venait récolter pour en nourrir le grand Zeus lorsqu'il était enfant.

Partout où se portent mes yeux et mes oreilles, le jardin de la Mort bruisse de vie. Je crois que je tiens là une leçon capitale qui…

— Un mortel au milieu de mes fleurs, voilà qui n'est pas banal !

Surpris et envahi par une soudaine angoisse, c'est à peine si j'ose me retourner vers la source de cette voix…

Je finis par trouver assez de courage. C'est Elle. Cela ne peut être qu'Elle.

Elle est indescriptible. Non pas que je manque de vocabulaire ou que je ne la voie pas nettement à quelques coudées de moi, mais parce qu'il est inutile de chercher à décrire une divinité. Tout le monde sait que son apparence dépend du mortel qui la regarde. Son véritable aspect est inaccessible à nos pauvres sens. Ou alors, son véritable aspect est justement celui qui correspond à l'idée que s'en fait chacun de nous. Selon moi, Elle est vêtue à la mode grecque et Elle ressemble à une femme de mon peuple, mais je suis conscient qu'il en irait de même pour un Égyptien ou un Nordique. Si nous étions mille à la voir en cet instant, elle aurait mille corps différents, et pourtant toujours le même...

Un unique mot tourne en boucle dans ma tête, celui qui définit le mieux Celle qui règne sur l'au-delà : bienveillante. Je dois lutter contre l'envie de courir vers elle et de me blottir dans ses bras comme dans ceux d'une mère aimante... la Mère Ultime.

Je me concentre pour essayer de dire quelque chose d'intelligent, mais je sens bien que ce ne sera pas le cas malgré mes efforts.

— Je vous adresse mes plus respectueuses salutations, noble Déesse Reine du Royaume des Morts.

— Comme tu es cérémonieux, mon enfant, s'amuse-t-elle. Habituellement, tes semblables sont simplement soulagés de me trouver prête à les accueillir au sein de mon Royaume, mais il est vrai qu'ils viennent de subir le terrible traumatisme de leur trépas.

Tout à coup, en moins de temps qu'il ne faut pour cligner des yeux, elle est toute proche et sa main effleure la mienne. Son contact est chaud et doux comme celui d'une chair palpitante de vie.

— Alors, Tirésias le devin de Thèbes, que viens-tu faire vivant dans ma demeure ?

Mon air ébahi, pour ne pas dire niais, paraît augmenter son amusement.

— En te touchant, je sais qui tu es et tout ce que tu as fait jusqu'à cet instant. En revanche, j'ignore quelles sont tes motivations. Seule ma sœur la Tisseuse peut décrypter les destinées des mortels qui s'entremêlent sur la trame de sa Tapisserie, celle-là même que tes pouvoirs te permettent de Voir partiellement.

Un nouvel instant infime et elle désigne une table couverte de victuailles et deux sièges garnis de coussins qui n'existaient pas auparavant.

— Allons nous asseoir, puis tu me raconteras ce qui t'amène.

Je la suis et je prends timidement place en face d'elle.

— Tu n'es pas obligé de rester tout au bord de ton siège, tu sais !

Un peu penaud, je me rassieds plus correctement. Elle m'invite à me servir en nourriture et en boisson, comme elle le fait elle-même avec un plaisir évident. Je suis sûr que si je fermais les yeux, j'aurais le sentiment que c'est ma mère qui se tient devant moi et qui me gâte de ses bons petits plats comme lorsque j'étais enfant.

Je mords dans le meilleur gâteau de ma vie avant de réaliser mon impolitesse. J'avale à toute allure ma bouchée, manquant de m'étouffer au passage. Ce serait un comble d'échouer dans ma mission en mourant ici de façon aussi grotesque !

— Je vous remercie infiniment pour votre accueil si aimable, ô noble Déesse.

— Je t'en prie, Tirésias, tutoie-moi comme je le fais pour tous mes enfants sages. Je ne vouvoie que les meurtriers avant de les punir.

Quelque chose dans sa voix douce me glace le sang. Je prie pour ne jamais l'entendre me vouvoyer !

— Prenons le temps de finir notre collation. Ne dit-on pas qu'un ventre affamé n'a pas d'oreilles ? Or, je tiens à bien écouter tout ce que tu vas m'expliquer sur les raisons de ta présence en mon Royaume.

Maintenant que j'y pense, c'est vrai que je n'ai rien avalé depuis mon passage dans l'au-delà, il y a déjà si longtemps. Je n'ai pas vraiment faim mais je suis heureux de déguster ces mets qui réjouissent mon palais et mon cœur. Quelques gorgées d'hydromel achèvent de me rasséréner. Désormais, je me sens prêt à faire part de ma requête à ma divine interlocutrice.

Je me concentre afin de lui donner des explications claires et concises. J'entends presque la voix de grand-mère Eunoé me prodiguer ses conseils, comme quand j'étais petit garçon : « Sois simple et direct, Tirésias. Si tu veux me raconter ce qu'a fait le chat, tu n'as pas besoin de me préciser son poids, sa taille, la couleur de ses poils et la longueur de ses moustaches ! » J'esquisse un sourire mélancolique à ce souvenir, puis je prends une profonde inspiration. L'heure est venue de révéler à la Déesse quelle faveur je viens la supplier de m'accorder.

— Ma mère Chariclo et ma tante Endaïs sont jumelles et toutes deux dotées du pouvoir des oracles. Quand elles étaient adolescentes, elles se sont lancé un défi : savoir jusqu'où elles seraient capables de Voir les motifs de la Tapisserie du Destin. Elles se sont donné la main comme si elles formaient un cercle oraculaire à elles deux, afin de démultiplier leurs capacités respectives. C'est ainsi qu'elles ont Vu un nœud dans la Tapisserie, un nœud énorme, encore très lointain mais qui semblait engloutir tous les fils des destinées à perte de Vue. Elles ont tenté de s'en approcher pour en Voir le contenu, mais elles n'y sont pas parvenues. La noirceur était trop épaisse et terrifiante. Ma tante en est ressortie si épouvantée qu'elle n'a plus jamais voulu Revoir ce nœud dévorant qu'elles ont appelé le Vortex Majeur. En revanche, ma mère est devenue totalement obsédée par la volonté de percer ce sombre et menaçant mystère. Un peu avant ma naissance, elle a été nommée Première Oracle. Quand j'ai eu trois ans, elle a profité de ce statut pour réunir un grand cercle des plus puissants de nos semblables. Grâce à leurs pouvoirs rassemblés, elle a enfin pu franchir la limite du Vortex et plonger au cœur de cet abyme. Hélas, le stupide petit curieux que j'étais alors, l'a suivie sans qu'elle s'en aperçoive…

Je suis obligé de marquer une pause. Depuis que, sans le vouloir, j'ai partagé cette expérience avec ma mère, cette Vision hante mes cauchemars sans discontinuer. Toute l'horreur indicible de notre avenir, ce chœur de cris, de hurlements entremêlés de milliers de gorges torturées !

En reprenant mes esprits, je m'aperçois que la Déesse a posé ses doigts sur ma main tremblante. Elle n'a plus l'air amusée…

— Je viens de partager ta Vision. Ainsi, les êtres humains vont finir dans un bain de sang et de souffrance… Ma sœur aurait dû m'en parler, même si elle cultive le goût du secret pour ce qui concerne sa Tapisserie !

Je me racle légèrement la gorge pour trouver la force de contredire la parole divine.

— En fait, ce n'est pas encore tout à fait sûr. Normalement, l'avenir est de plus en plus mouvant et fluctuant au fur et à mesure qu'on s'éloigne de l'instant présent. Le Vortex est en train de figer la destinée de l'humanité, mais il reste encore une chance de le résorber. Hélas, cette chance s'amenuise au fil des mois et des années, et dans quelque temps, elle disparaîtra tout à fait. C'est pour tenter de saisir cette chance infime que je suis venu ici pour Vous… pour Te trouver, ô Déesse de la Mort.

— Toi, Tirésias, tu prétends être capable de sauver ton espèce de son autodestruction barbare ?

— Oh, non, je ne prétends rien de tel. C'est ce qu'ont Vu les oracles convoqués à plusieurs reprises par ma mère.

— Es-tu venu me demander de tuer les personnes dont les descendants seront à l'origine de ces épouvantables massacres ? Si tel est le cas, tu perds malheureusement ton temps. Je suis certes la Déesse de la Mort, mais je n'inflige pas la mort moi-même.

— J'en suis conscient, ô Mère Ultime, ô Nuée qui accueille tous les morts un à un quels que soient le lieu et le moment de leur trépas.

— Je suis flattée de constater que certains mortels connaissent encore les noms qui me sont attribués depuis mon commencement. Expose-moi donc ta requête, et sois assuré que si elle est en mon pouvoir, j'y répondrai favorablement. Malgré ses nombreux défauts, je ne désire pas que ton espèce s'éteigne aussi brusquement. Je suis donc prête à t'aider à saisir cette chance infime que tu as évoquée.

— Merci infiniment, ô noble Déesse. Ce que les autres oracles ont Vu dans mon avenir et qui permettrait de sauver les nôtres, c'est que tu m'accordes le droit de retourner vivre sur Terre, non pas dans mon corps d'homme mais dans celui d'une femme.

— Tu fais donc partie de ces quelques erreurs d'attribution des corps aux âmes qui vont rejoindre le monde des vivants ? Je sais que parfois, il arrive que le mauvais sexe soit choisi, et que cela entraîne un profond malaise chez le mortel qui en est malheureusement victime.

— Pour tout avouer, ma vie d'homme m'apporte entière satisfaction, mais je suis prêt à y renoncer et à devenir une femme, car les femmes sont toujours des oracles beaucoup plus puissantes que leurs homologues masculins. Or, en tant qu'homme, je suis déjà pratiquement au même niveau que ma mère, qui est la plus douée des oracles actuellement en vie. Si je reviens au monde comme femme, mes capacités seront inégalées. A priori, elles me permettront de Voir précisément l'échappatoire au Vortex qui menace d'emporter tous nos descendants dans quelques siècles.

La Déesse garde un silence que je n'ose briser, de peur d'interrompre ses réflexions et de provoquer son courroux. Ses yeux infinis se mettent à étinceler d'un million d'étoiles tourbillonnantes.

Je me surprends à m'accrocher au bord de la table pour ne pas m'y perdre.

Finalement, quand elle pose à nouveau son regard sur moi, il redevient simplement d'une profonde bienveillance.

— Ta requête est véritablement déconcertante. Tu souhaites donc que j'accorde la mort à ton corps d'homme puis la vie à ton futur corps de femme, c'est bien cela ?

— C'est tout à fait cela, ô Mère Ultime.

— Soit. Comme je te l'ai dit, je suis prête à t'accorder ta chance, Tirésias de Thèbes. Cependant, j'y mets une condition. Tu veux mourir et revivre en dehors du cycle naturel, mais je veux que tu ressentes le poids de la mort comme chacun de tes semblables.

— Je comprends. Je suis honoré de mourir de ta main, ô Déesse.

— Non, tu ne comprends pas, mortel. Je te l'ai dit : je n'inflige pas la mort. C'est toi qui vas devoir affronter le deuil en coupant définitivement les racines de ton passé. Tu as franchi la barrière de l'au-delà à la pleine lune ; je te laisse jusqu'à la prochaine pour t'acquitter de cette cruelle tâche.

— Pardonne-moi, Déesse, mais que veux-tu que je fasse exactement ?

— Tu as l'esprit assez vif et résolu pour avoir trouvé le moyen de te rendre vivant dans mon Royaume. Je suis certaine que tu sauras quoi faire. Cependant, je suis consciente du trouble que la mort impose à ceux de ton espèce. Je te confie donc ces deux objets pour t'aider à accomplir ton devoir.

Tout à coup, les reliefs du repas disparaissent de la table comme s'ils ne s'y étaient jamais trouvés. La Déesse y dépose un flacon entièrement noir, sans aucune fioriture.

— Cette fiole contient une substance dont une seule goutte inflige la mort en un instant sans causer de souffrance.

Elle ôte ensuite un collier de son cou et le fait glisser délicatement dans ma main. Sa chaîne finement ciselée par un orfèvre divin dans l'or le plus pur retient un étrange pendentif cristallin, qui représente un petit crâne à l'allure bizarrement primitive.

— Mon Premier Né sera ton guide si tu hésites sur la marche à suivre. Nul autre que toi ne l'entendra. Sois aimable avec lui, Tirésias.

Aimable avec un bijou ? Mille questions se pressent dans mon esprit, mais je n'ai le temps d'en poser aucune. Une nouvelle fois, tout s'évanouit autour de moi tandis que je suis envoyé dans un autre lieu en un battement de cils...

Chapitre 5 :
Premier deuil

Je me retrouve à nouveau dans le noir. Toutefois, je suis rapidement soulagé de constater que ce n'est plus l'opacité impénétrable qui a suivi mon passage dans les limbes, lorsque je me suis cru frappé de cécité.

Je réalise soudain que c'est ce que vit en permanence mon cousin Épaminondas, qu'une maladie a rendu aveugle lorsque nous étions adolescents. Il ne se plaint jamais de sa condition, et il connaît si bien la maison familiale et ses environs que ceux qui ne le connaissent pas, peuvent ne pas se rendre compte de son handicap. Quand nous sommes ensemble, on nous confond régulièrement car nous nous ressemblons énormément ; rien d'étonnant à cela puisque nos mères sont jumelles. En revanche, son don oraculaire est très loin d'atteindre le mien. Cependant, ses prédictions sont très appréciées par les cultivateurs et les marins, car il a une grande affinité avec les phénomènes météorologiques qu'il peut prévoir précisément jusqu'à une semaine avant leur survenue.

Il a hérité cette capacité de notre grand-père Léandre, qui pouvait dans une certaine mesure ressentir les courants de l'air, voire les manipuler à sa guise. Hélas, cela lui a donné une trop grande confiance en ses talents de navigateur, ce qui l'a finalement mené à sa perte en affrontant une tempête trop puissante pour lui, son navire et son équipage. À cause de ce drame, mon cousin n'a jamais vraiment essayé de développer ce potentiel, mais il transparaît malgré lui dans l'utilisation de sa magie oraculaire.

En tout cas, pour l'heure, c'est un ciel nocturne sans nuage qui me permet de contempler le scintillement des étoiles. C'est extraordinaire : les constellations sont identiques à celles que je vois depuis chez moi. Je me demande dans quel secteur du Royaume des Morts j'ai été envoyé, et ce que je vais devoir accomplir pour satisfaire la volonté de la Déesse, que j'ai trouvée assez énigmatique.

— Bon alors, toi qui as des jambes, qu'est-ce que tu attends pour t'en servir ?

Je sursaute violemment et me retourne d'un bond. Mes yeux se sont accoutumés à l'obscurité pendant que je songeais à mon cher cousin, mais je ne parviens pas à distinguer l'homme qui vient de s'adresser à moi en ces termes d'une amabilité discutable. Pourtant, sa voix m'a semblé très proche…

— Et puis tant qu'on y est, tu pourrais m'accrocher à ton cou au lieu de me garder serré dans ta main moite !

Dans ma main ? Qu'est-ce que… Oh, c'est vrai, le collier de la Déesse ! Je le porte à hauteur de mes yeux. Serait-il possible que ces mots viennent de ce petit crâne de cristal bizarre ? Ses arêtes sculptées accrochent et reflètent la moindre lumière, surtout là, au fond de ses orbites qui semblent s'ouvrir démesurément, au point que j'en ai le vertige et que je sens mes jambes flageoler…

— Eh bien, tu vas rester longtemps planté là, à me fixer d'un air ahuri ? Je sais que j'ai un impressionnant regard de séducteur, mais il va falloir te remuer, mon gars !

— Tu… tu parles ?

Pas ma meilleure réplique, je l'admets, mais la stupeur empêche mes pensées de s'ordonner.

— Ça me paraît évident ! Tu vois un autre crâne sculpté dans une Larme Divine, dans le secteur ?

— Une Larme Divine ? Mais, on ne peut pas sculpter une Larme Divine ! C'est un liquide brillant capable de guérisons miraculeuses et de…

— Oui, bon, disons plutôt une larme de mortel cristallisée par la Déesse Nuée, si tu veux. Ce que tu es tatillon ! C'est quoi, ton nom, déjà ? J'ai pas fait attention quand la Dame t'a parlé. Faut dire que j'pensais pas qu'on allait se retrouver à faire ami-ami sous ses ordres !

— Je m'appelle Tirésias de Thèbes. Et toi ?

— T'as les oreilles bouchées quand la Dame te cause, ou quoi ? Je suis Premier Né !

— Premier Né ? C'est un nom, ça ?

— C'est comme ça qu'on m'appelle, en tout cas, que ça te plaise ou non !

Je sens que j'ai vexé ce… crâne de cristal. Or, en dépit de son apparence inhabituelle, c'est lui qui doit me servir de guide, si j'ai bien compris. Il serait donc judicieux que je m'attire ses bonnes grâces plutôt que sa colère.

— Accepte mes excuses, Premier Né. Je ne suis qu'un mortel ignorant.

— Ouais, ça, tu peux le dire !

Il grommelle, mais je dois l'avoir amadoué un peu car, si son faciès reste évidemment inexpressif, il poursuit d'un ton moins âcre.

— Bon, Premier Né, c'est surtout le surnom que m'a attribué la Dame. Autrefois, on m'a donné plusieurs noms. C'était comme ça, de mon temps. Pour beaucoup, j'ai été Celui-qui-taille-les-pierres, car mes outils étaient les meilleurs de mon clan et des clans aux alentours. J'ai souvent pu en échanger contre de la nourriture, ce qui m'a permis de vivre vraiment très vieux, jusqu'à plus de quarante soleils. Mais ceux qui me connaissaient le mieux m'appelaient surtout Celui-qui-verse-l'eau. Ça doit te sembler curieux que je dise que j'ai vécu très vieux à cet âge-là, n'est-ce pas ? Je sais qu'à ton époque, il n'est pas rare de dépasser les soixante ans. J'ai même rencontré quelques personnes qui sont mortes à plus de quatre-vingts ans. Le double de mon âge, c'est tellement incroyable ! De mon temps, c'était autre chose. La vie était beaucoup plus rude et incertaine. Si je t'apparaissais sous ma forme d'alors, je te semblerais petit et bizarre, sûrement, alors que c'est toi qui es un grand type bizarre. J'te parle pas non plus de nos huttes de branches ; elles feraient bien pâle figure à côté des maisons de pierre de ton peuple. Te rends-tu compte à quel point t'as de la chance, Tirésias de Thèbes, avec tes vêtements, tes plantations, ta demeure solide qui te protège de la pluie et du froid ? Et t'as pas non plus à craindre les énormes tigres à dents-de-sabre qui faisaient régulièrement des incursions dans notre camp et que nous essayions de chasser en leur lançant des pierres. Ah, et si tu m'avais entendu parler avec les miens, tu te serais sûrement moqué de moi, et tu m'aurais baptisé « *bar-bar* » comme le font ceux de ton peuple envers ceux qu'ils considèrent comme moins civilisés ! Dis, tu m'écoutes, ou tu rêves ?

Son histoire, si éloignée de mon propre quotidien de riche Thébain, m'interpelle vraiment. Je considère le crâne d'un œil neuf. Ses espèces de déformations m'évoquent tout à coup les traces d'une forme d'être humain plus ancienne, voire très, très ancienne. Viendrait-il des temps immémoriaux dont j'ai eu un aperçu dans le palais de la Reine des Morts ?

— Je t'écoute très attentivement, sois-en sûr, et je n'ai aucune envie de me moquer de toi. Au contraire, je pense que tu es un être exceptionnel, un ancêtre digne du plus grand respect. Cependant, je voudrais te poser une question sur quelque chose que je ne comprends pas très bien, si tu me le permets.

— Pose-la si tu veux, j'te répondrai si je veux.

— Pour quelle raison ceux qui te connaissaient, t'appelaient-ils « Celui-qui-verse-l'eau » ?

— C'est parce que j'ai été le tout premier à pleurer à cause de la mort d'une des nôtres. C'était celle qui m'avait donné la vie et je tenais beaucoup à elle. Elle était généreuse avec moi, même après m'avoir sevré. Je me souviens de son sourire quand je lui offrais des petits cadeaux, des coquillages quand l'océan près d'un de nos campements saisonniers était assez calme, et aussi des fleurs quand venait la saison douce. C'est elle qui m'avait appris à tailler des pierres, et elle était très fière de voir les merveilles que j'accomplissais dans ce domaine. Elle était douée, mais je l'étais encore bien davantage. J'étais heureux de partager avec elle ce que je recevais en échange de mes outils, et elle était heureuse de partager avec moi ce qu'elle trouvait de son côté, une fois qu'elle et mon jeune frère ou ma jeune sœur du moment avaient mangé à leur faim. Les autres avaient du mal à comprendre la joie de ces partages, mais on s'en fichait. On a continué à le faire jusqu'au terme de son existence, ce triste jour où elle n'a pas su courir assez vite pour échapper à une meute d'hyènes venues nous disputer le cadavre encore chaud d'une grosse proie que nous venions de trouver…

Le crâne garde un instant le silence. Je crois qu'il ressent toujours la même peine après tant de siècles, peut-être de millénaires, voire davantage. Je me tais moi aussi pour ne pas troubler son recueillement filial. Il finit par reprendre son récit presque poétique, invraisemblable aède de cristal.

— J'aime à croire que si c'était moi que les hyènes avaient tué ce jour-là, elle aurait versé quelques larmes pour moi, elle aussi. Quand elle est morte, j'ai ressenti tant de douleur ! J'étais comme perdu. Je me sentais terriblement seul même au milieu de ceux de mon clan. Elle me manquait tant que, sans trop savoir pourquoi, je suis retourné sur le lieu de sa mort dès que les hyènes se sont éloignées. J'ai coupé ses longs cheveux si doux où elle aimait accrocher des fleurs. Je les ai gardés avec moi pour me souvenir d'elle. Je lui parlais souvent même si elle n'était plus vraiment là, parce que pour moi, c'était comme si elle était toujours là, d'une certaine manière. Les autres ne comprenaient pas, bien sûr. Ils me regardaient comme si j'étais d'une autre nature qu'eux, quand je parlais à la présence de ma mère, quand je versais encore des larmes en pensant à elle bien après son trépas, quand je tressais des fleurs fraîches dans ses cheveux coupés... Sais-tu le plus étonnant ? Ils se sont dit que j'avais des pouvoirs extraordinaires et que je communiquais avec des esprits invisibles. Certains m'ont même donné de la nourriture pour cela, sans que j'aie besoin de leur fabriquer un de mes outils en échange !

Ma cervelle se remet enfin à fonctionner.

— Tu es le premier être humain à avoir pleuré un mort, et c'est pour cela que la Mère Ultime t'appelle son « Premier Né ». Tu es le premier qu'elle a pris sous son aile et accueilli au sein de son Royaume.

— C'est à peu près ça. T'es peut-être pas aussi stupide que je le croyais, finalement ! Elle dit que ce sont mes larmes qui l'ont éveillée de son sommeil dans le grand non-temps primordial. M'en demande pas plus sur ce sujet, car ce sont des choses que seul un esprit divin peut réellement comprendre. Quand elle m'a accueilli en son royaume, il était presque vide, évidemment. Il n'y avait que l'âme de ma mère, que la Dame avait recueillie en tant que première de notre espèce à avoir provoqué un deuil. Quel bonheur j'ai ressenti quand je l'ai retrouvée ! Pendant longtemps, nous avons été les seuls occupants de l'au-delà. Il a fallu des générations à nos semblables pour reproduire ce que j'avais fait. Petit à petit, c'est devenu de plus en plus fréquent au fil des âges. Le Royaume des Morts se peuplait à vue d'œil. Et puis un jour, ma mère a voulu retourner dans le grand cycle des vivants. Bien sûr, je la revoyais à chacune de ses morts. Elle venait tout me raconter et passer du temps avec moi avant de repartir, mais je me sentais de plus en plus seul. Pourtant, j'avais pas envie de quitter la Déesse, même pendant le bref temps d'une vie. Elle a été touchée par ma fidélité. C'est là qu'elle a créé cette réplique miniature de mon crâne dans la première larme que j'avais versée, et qu'elle avait transformée en cristal afin de la conserver pour l'éternité. Au lieu de me laisser avec les autres morts qui m'étaient tous étrangers, elle m'a proposé de transférer mon âme dans ce crâne et de me porter à son cou. Depuis, je ne me suis plus jamais senti seul. Je crois qu'elle aussi, elle apprécie ma compagnie, car je sais parfois la faire rire.

— Tu es vraiment extraordinaire ! m'exclamé-je avec une admiration non feinte. Je me rends compte que malgré mes connaissances, je sais si peu de choses sur le Royaume des Morts. Par exemple, je ne savais pas qu'une âme défunte pouvait accéder à une nouvelle vie !

Encore un silence, plus long que le précédent, et que je n'ose pas perturber non plus.

— T'es pas prêt à apprendre ces choses, Tirésias de Thèbes. Tu me fais trop parler ! Tu ferais mieux de te concentrer sur la mission que la Déesse t'a confiée. Allons-y ! On aura le temps de bavasser en chemin, si tu tiens à me faire la conversation et à me redire à quel point je suis formidable.

Je devine qu'il ne me servirait à rien d'insister pour en savoir plus sur l'au-delà, du moins pour l'instant.

— D'accord, comme tu veux. Et où allons-nous ?

— Ah, Tirésias de Thèbes, est-ce que ce j'ai pris pour de l'intelligence n'était qu'une étincelle éphémère ? Sers-toi de tes yeux et de ce qui est censé être logé à l'intérieur de ton crâne ! Ah, et tant que tu y es, accroche-moi à ton cou, cette fois. J'ai envie de voir un paysage plus intéressant que ta tête de mortel.

J'obéis machinalement à l'exaspérant Premier Né. Je ne sais pas s'il fait souvent rire la Déesse mais moi, il me provoque plutôt des grincements de dents. Toutefois, je dois bien avouer qu'il a raison. Transporté par son récit, je n'ai pas prêté attention au paysage qui m'environne.

L'aube aux doigts de rose fait pâlir la robe piquetée d'étoiles de la nuit. Malgré l'heure matinale, je prends conscience du fait que je n'ai pas froid. L'air est à peine frais, presque déjà tiède.

Mon champ de vision augmente progressivement avec la lumière ambiante. Sur le flanc de la colline en haut de laquelle je me trouve, des pieds de vigne tordent leurs branches couvertes de larges feuilles. Je descends de quelques mètres pour les examiner de plus près. Des grappes de petits grains verts me confirment que l'été bat son plein, alors que le printemps débutait à peine quand j'ai franchi l'invisible seuil de l'au-delà. Je me demande un instant si c'est l'été qui suit mon départ. Combien de temps ai-je perdu dans le Royaume des Morts ?

La clarté est suffisante à présent pour que je puisse contempler l'horizon. Les silhouettes alanguies et verdoyantes des collines sur ma gauche me sont familières. Stupéfait et vaguement inquiet, je tourne la tête vers la droite. Serait-il possible que… Mais non, cela n'aurait aucun sens ! Et pourtant…

Là-bas, à moins d'une heure de marche, la cité de Thèbes dresse ses murs blancs au milieu des champs et des oliveraies. Je peux même distinguer, un peu à l'écart, la maison familiale que je ne pensais plus revoir de mes yeux d'homme.

La Déesse de la Mort m'a renvoyé dans le monde des vivants ! Mais pourquoi… ?

Mon cœur se serre violemment dans ma poitrine. Le souffle me manque. J'ai peur de comprendre, tellement peur…

— Elle m'a dit que je devais couper définitivement les racines de mon passé et expérimenter le poids du deuil… Va-t-il falloir que je fasse boire son funeste poison à mes propres parents ?!

— Mais c'est qu'il est futé, quand il veut, ce petit mortel !

— Non, c'est impossible ! Elle réprouve les meurtriers et veut faire de moi le pire d'entre eux, assassin de mon père et de ma mère ?

— Elle veut jauger la valeur de ta requête, Tirésias de Thèbes. Tu prétends être prêt à tout pour accomplir ta mission, mais ce ne sont que des mots dans la bouche changeante d'un simple mortel. Prouve-le par tes actes.

Je m'effondre à genoux, le corps secoué de sanglots. Par tous les Dieux, que vais-je devenir ? Plus qu'un réprouvé, un monstre !

— Un parricide et un matricide… C'est… C'est innommable !

La douleur qui envahit mon esprit est si intense que j'ai l'impression de devenir fou.

— Ce n'est peut-être même pas le pire, soupire le crâne, qui semble touché par mon sort de damné.

— Quoi ? Comment cela ? Qu'est-ce qui pourrait être encore pire que d'arracher la vie à ceux qui me l'ont donnée ? Toi qui as pleuré le premier la mort d'une mère, tu devrais me comprendre !

— Je te comprends, je t'assure, et je compatis à ton désespoir. C'est à toi de savoir si ta quête vaut un tel sacrifice, et même un sacrifice plus grand encore.

— Plus grand ?

Ma bouche s'assèche. Je voudrais crever mes tympans pour ne pas entendre les mots que je pressens avec effroi. Je voudrais plonger mes mains dans ma poitrine et en extirper ce cœur qui bat comme un fou de terreur.

Mais je ne peux pas. Je ne peux pas. Je repense au destin de fureur autodestructrice qui attend toute l'humanité si je ne suis pas capable de m'y opposer. Le Vortex Majeur est un ennemi absolu, qui réclame un sacrifice absolu.

— Je vais devoir tuer ma bien-aimée aussi, n'est-ce pas ?

— Je suis désolé pour toi, Tirésias.

Un dernier espoir avant de m'effondrer…

— Et mes filles adorées ? Elles ne sont pas les racines de mon passé, mais les graines de mon avenir !

— Les ordres de la Dame sont implacables, malheureux mortel. Si tu veux véritablement qu'elle accède à ta requête, tu dois porter le deuil de toute ta famille : tes parents, ta compagne et tes enfants, avant la prochaine pleine lune.

Chapitre 6 :
Dernier combat

Quelle magnifique journée ! Je suis assis sur le banc devant la maison, à l'ombre du vieil olivier qui a vu grandir mon grand-père et mon père avant moi. J'entends ma mère rire avec Telfousa dans la cuisine. Quel bonheur que les deux femmes de ma vie s'entendent aussi bien ! Je devrais plutôt dire les cinq femmes de ma vie, car voilà que mes jumelles Mantè et Istoris, la petite Daphné sur leurs talons comme toujours, reviennent du marché les bras chargés de victuailles. Mon père les suit de près, escorte attentive dont la puissante silhouette de guerrier inspire encore la méfiance des individus mal intentionnés, malgré sa barbe désormais presque aussi blanche que la mienne.

La fête bat son plein dans toute la province de Thèbes pour célébrer le dixième anniversaire de l'arrivée au pouvoir de notre roi, un homme bon et juste qui sait veiller au bien-être de son peuple. Nous remercions les Dieux et les Déesses pour les bienfaits dont nous sommes comblés depuis une décennie : pas de guerre, des récoltes abondantes, peu de maladies mortelles. Si seulement cela pouvait devenir le quotidien de toute l'humanité pour les temps à venir…

Hélas, la sombre menace du Vortex ne quitte jamais tout à fait mon esprit, empoisonnant ces moments heureux de son ombre infecte. Je m'efforce de retrouver mon état d'esprit insouciant et gai des minutes précédentes, mais au lieu de cela, je sens une sourde angoisse m'éteindre graduellement le cœur et le corps. Les rires de ma famille s'éloignent comme un rêve fragile. À leur place, les hurlements de souffrance trop familiers viennent prendre d'assaut ma pauvre tête…

Puis j'entends un bruit inhabituel. Je tends l'oreille. C'est une voix d'outre-tombe qui résonne de plus en plus fort dans mon crâne, scandant mon nom comme un battement de tambour. « Tirésias ! Tirésias ! TIRÉSIAS ! »

Mes yeux s'ouvrent en grand et je reprends mon souffle comme si j'avais plongé trop longtemps dans les eaux du lac Yliki, où j'ai failli me noyer adolescent quand j'ai cru que cela pourrait faire taire les hurlements qui me hantent jour et nuit. Pourtant, il n'y a pas d'eau près de moi. Je suis toujours sur l'une des collines qui surplombent ma ville natale.

— Ah, te r'voilà enfin ! J'aurais presque pu finir par m'inquiéter, grince une voix familière à mon cou.

Tout me revient d'un seul coup en mémoire. Les larmes jaillissent de mes yeux en flots incontrôlables. Après de longues minutes, je parviens à balbutier quelques mots entre mes mâchoires crispées par les sanglots.

— Dis-moi… Dis-moi qu'il existe une autre solution que d'assassiner toute ma famille !

— Eh bien, en fait, y'en a une, effectivement.

Cette annonce inattendue tarit mes cascades lacrymales. Je renifle profondément en oubliant toute élégance.

— Quoi, il y a une autre solution et tu attends que je te le demande pour me le dire ?

— Je pensais que tu l'aurais trouvée toi-même, réplique mon imperturbable interlocuteur.

— Crois-tu vraiment que les circonstances me permettent de réfléchir correctement ?

— On dirait que non.

Il ne dit plus rien. Cette fois, l'impatience me force à briser le silence.

— Et alors, c'est quoi ?

— C'est quoi, quoi ?

— La solution !!

— Ah, mais tu ne l'as vraiment pas trouvée ! J'ai cru que tu plaisantais.

— J'AI L'AIR D'AVOIR ENVIE DE PLAISANTER ?!

— Holà, calme-toi ou tu vas finir par mourir d'un coup de sang. Avoue que ce serait ballot ! Aspire un bon coup par ce gros appendice qui te sert de nez. Ah ça, on n'avait pas des machins qui dépassent autant du visage, de mon temps ! Et pourtant, on sentait bien plus d'odeurs que vous autres. Enfin, c'est l'évolution, comme on dit, pour le meilleur et pour le pire… Ça y est, ça va mieux ? On dirait que oui, ton cœur n'essaye plus de jouer du tam-tam derrière tes côtes. La solution, puisque je dois tout faire à ta place, c'est que tu renonces à ta requête. Si t'as rien à demander à la Dame, t'as rien besoin d'accomplir en contrepartie. C'est pourtant simple, pas vrai ?

Je reste ébahi, figé sur place comme si je venais de croiser le regard *stupéfiant* de Méduse. La simplicité des propos du crâne est plus limpide encore que le cristal qui le constitue. Et pourtant, derrière cette apparente candeur, les répercussions sont d'une infinie complexité. Il a raison : si je veux que mes proches survivent à mon intervention fatale, il suffit que je choisisse la vie. Leur vie. Notre vie.

Je devine notre avenir presque aussi clairement que si j'avais une Vision. Nous coulerons des jours heureux ensemble, aussi heureux que peuvent l'être nos incertaines et fragiles existences humaines. Je serrerai ma tendre Telfousa contre moi comme un mari aimant enlace et embrasse son épouse. Je rirai aux facéties de notre petite Daphné. Je serai un père comblé de mener à l'autel Mantè, peut-être avec ce jeune homme timide qui la regarde si intensément, après y avoir conduit sa jumelle Istoris il y a quelques mois. Je rendrai chaque jour mes respectueux et affectueux hommages à mon père Évérès et à ma mère Chariclo, jusqu'à ce que le grand âge les emmène rejoindre grand-mère Eunoé et mes autres aïeux dans l'au-delà. J'aurai la chance de faire sauter sur mes genoux mes futurs petits-enfants, puis de les voir grandir et découvrir le monde à leur tour. Je m'éteindrai finalement sous le poids des ans, prêt à élire domicile pour de bon dans le Royaume des Morts et à en percer les insondables mystères.

Et cela durera pendant des générations, puisque de nombreux siècles se succéderont avant que la menace du Vortex se concrétise en une effroyable réalité qui mettra un terme définitif à la folie de l'espèce humaine, emportant bien d'autres espèces innocentes sur son passage…

Après tout, je ne suis pas responsable des choix déments qui provoqueront la perte de tous à cause de l'ego surdimensionné de quelques-uns et de la stupidité collective de nombreux autres !

Pourtant, ce ne sont pas ces mots de sagesse résignée, ou d'abandon fataliste, qui sortent de mes lèvres.

— Je ne peux pas renoncer à ma mission. Je suis le seul à pouvoir Voir clairement dans la Tapisserie du Destin l'échappatoire que j'ai entraperçue pour nos descendants. Je dois tout faire pour y parvenir et pour cela, il est indispensable que je puisse exercer mes dons d'oracle en tant que femme. Si je capitule maintenant, autant que j'aille égorger moi-même chaque nouveau-né et ses parents ; ce sera un destin moins cruel que celui qui annihilera notre futur.

— Y'a pas à dire, tu sais prononcer de belles et fortes paroles, Tirésias de Thèbes, même si elles sont un peu répugnantes. Y te reste qu'à apporter la preuve de ta détermination et pour ça, tu sais ce que tu as à faire : avancer vers ton propre destin !

Il a raison, je le sais, mais je suis incapable d'amorcer le moindre pas. Le goût âcre de la bile envahit ma bouche. Mes membres se remettent à trembler comme ceux d'un homme souffrant. J'ai peut-être de la fièvre, d'ailleurs, car j'ai à la fois trop chaud et trop froid. Est-ce que je vais vomir… ?

— Hé, si tu t'affales encore sur le sol, arrange-toi au moins pour tomber sur ce carré d'herbes sur ta droite. J'ai tapé sur un caillou tout à l'heure, et j'ai horreur de tinter comme une cloche !

Je réponds machinalement à cette remarque acerbe ; une de plus de la part de mon charmant compagnon.

— Désolé, j'espère que ça ne t'a pas fêlé !

— Non, t'en fais pas, je suis invulnérable. C'est du cristal divin, quand même. Ah ça, on peut dire que j'ai la tête dure ! Ah ! Ah !

Son rire est encore plus grinçant que sa voix.

— Tu pourrais rire un coup, ça te détendrait peut-être un peu ! Je crois que j'ai jamais rencontré un type aussi *mortel* que toi ! Ah ! Ah !

Je préfère m'abstenir de répondre. Son affreux rire finit par cesser.

— Et alors, c'est quoi, ton plan, Monsieur le sérieux ? grommelle-t-il en comprenant que je ne romprai pas le silence le premier.

— Je vais rejoindre mes proches et leur expliquer la situation.

— Tu vas carrément leur dire que tu dois les tuer ?

— Bien sûr. Un oracle dit toujours la vérité, qu'elle soit facile à entendre ou pas. Si nous mentions, plus personne ne pourrait avoir confiance en nos Visions. D'ailleurs, nous avertissons toujours ceux qui viennent nous consulter, que nos révélations risquent de chambouler radicalement leur vie. De plus, mes proches ne sont pas des objets que je peux manipuler à ma guise. Ils méritent de connaître le sort qui les attend.

— C'est vraiment le plan le plus débile que j'aie jamais entendu ! Et s'ils refusent de boire le poison, tu feras quoi, pauvre idiot ?

Cette fois, il commence à m'échauffer les oreilles. Je suis patient et respectueux des ancêtres, mais là, la coupe est pleine.

— Tu vis depuis de nombreux siècles, voire de nombreux millénaires, n'est-ce pas, Premier Né ?

— Si on peut appeler ça vivre, effectivement, je vis depuis plus de millénaires que tu pourrais imaginer !

— Et pendant tout ce temps, tu n'as jamais réussi à apprendre la politesse ?

Ma réplique cinglante le laisse sans voix, puis à ma grande surprise, il me gratifie d'un nouveau rire de cristal crissant.

— Elle est bien bonne, celle-là ! Je m'y attendais pas. Finalement, t'es peut-être plus sympathique que t'en as l'air, sous tes abords de rabat-joie.

J'ouvre la bouche pour rétorquer – et, je l'avoue, pour prolonger un peu ce débat qui me permet de penser à autre chose qu'à ma terrible mission – mais ce n'est pas le son de ma voix qui résonne.

— Ainsi, mon fils, tu es bel et bien revenu, mais tu es toujours un homme.

Je me retourne d'un bond. À cause de ma discussion chaotique avec le crâne, je n'ai ni vu ni entendu mon père approcher.

Son visage ridé n'a pas changé. Sa silhouette puissante est exactement la même que dans mes souvenirs. Je ne sais pas exactement combien de temps je suis resté absent, mais cela ne doit guère faire plus de quelques mois.

— Ta mère a Vu ton retour, ajoute-t-il. C'était flou, évidemment, mais elle était presque sûre que c'était cet été et cette colline. Cela fait près d'un mois que je monte ici chaque jour pour en avoir le cœur net.

Je prends la mesure de ses paroles. La Première Oracle elle-même a transgressé le tabou de nos semblables en Regardant l'avenir de son fils. Cependant, sachant ce qui est en jeu, comment lui en vouloir ? Rien d'étonnant non plus à ce qu'elle ait eu du mal à le faire en dépit de ses grands pouvoirs : nos destins sont fortement liés, et elle ne peut pas Voir son propre futur.

— Je suis heureux de te revoir, papa.

Il est rare que je l'appelle par ce terme enfantin. Je constate que cela l'interpelle aussitôt. Il a développé un sens de l'observation hors norme au fil de sa vie aventureuse, dans sa jeunesse en tant que guerrier puis en tant qu'époux et père de deux oracles aux propos parfois nébuleux.

— Je suis heureux également, mon fils, mais ma tristesse est égale à mon bonheur de te revoir.

Je baisse les yeux, incapable d'affronter son regard perçant. Le regard d'un homme qui connaît son destin.

— Ta mère m'a supplié de n'accepter aucune boisson de ta part. Je suppose qu'elle faisait référence à cela.

Il désigne la fiole noire sur laquelle ma main est crispée à en faire pâlir les jointures.

— Oui, parvins-je tout juste à murmurer.

— Les Dieux n'offrent pas leurs services pour rien, c'est bien connu, poursuit-il d'un ton neutre.

Mon admiration pour mon père est déjà très élevée, mais elle monte encore d'un cran face à sa tranquille abnégation.

— Il est malin, papa de Tirésias, sifflote soudain le crâne.

— Ne manque pas de respect envers mon père Évérès !

— Je suppose que tu ne t'adresses pas à moi, mon fils, mais je ne vois personne d'autre en ta compagnie. S'il y a quelqu'un d'invisible ici, permettez-moi de vous saluer.

Je ne peux plus tergiverser. Il faut que je lui explique les raisons de mon retour…

Quand je termine mon récit, mon père renouvelle ses salutations envers le crâne de cristal qui pend à mon cou. Je me fais l'interprète de ce dernier puisque, comme la Déesse m'avait prévenu, nul autre que moi ne semble pouvoir l'entendre. Sans doute me parle-t-il directement dans mes pensées, d'ailleurs ; après tout, il n'a pas de bouche pour articuler le moindre mot.

— Quand ta mère m'a supplié de ne rien boire venant de toi hors de sa présence, j'ai su que tu reviendrais pour nous tuer.

Il ne tremble pas en prononçant cette phrase pourtant cauchemardesque. Depuis combien de temps imagine-t-il mon retour comme une funeste menace au lieu de la joie de revoir son unique enfant ?

— J'aurais voulu te rendre la tâche plus facile, mon fils. Sincèrement, j'ai tout fait pour me convaincre de ne pas lutter contre l'exigence divine qui s'impose si cruellement à notre famille. Mais je n'ai pas pu. Je n'ai pas pu me résoudre à la regarder mourir près de moi sans rien pouvoir faire…

Cette fois, sa voix se fêle. À peine, juste une seconde d'égarement, mais qui me suffit à comprendre le poids immense de sa douleur à l'idée de perdre ma mère. Il ne vit que pour elle depuis si longtemps.

Lui, Évérès, fier fils d'une cité qui voue un culte inébranlable au divin guerrier Arès, a abandonné ses frères d'armes pour se dévouer entièrement à la femme qu'il aime.

Les siens ne lui ont pas pardonné. Ils l'ont rayé de leur vie, même pas comme s'il était honorablement mort au combat, mais comme s'il n'était pas venu au monde. Il leur a rendu la pareille avec une inflexibilité identique. Je ne connais mon grand-père Oudaïos que de nom ; quant à ma grand-mère, tout ce que je sais d'elle, c'est qu'elle est morte en couches lors de la naissance d'un autre enfant. J'ignore même combien d'oncles et de tantes je peux avoir du côté paternel, mais je ne m'en soucie pas. Ce genre de personnes obnubilées par l'illusion de la gloriole militaire à tout prix ne m'intéresse guère. Depuis que j'ai Vu la folie furieuse du Vortex quand j'avais trois ans, j'ai choisi le camp de ceux qui préfèrent la solidarité entre les vivants plutôt que leurs instincts meurtriers et isolationnistes. Je ne rends d'ailleurs jamais de grâces à Arès. Ce serait hypocrite alors que je considère la guerre comme un chancre purulent pour l'humanité.

Mon père rive ses yeux noirs dans les miens. Rares sont ceux qui osent affronter le regard doré des oracles, mais il ne craint évidemment pas notre pouvoir, lui qui nous côtoie de si près.

— Te souviens-tu des leçons que je t'ai apprises, mon enfant ?

J'aurais du mal à les oublier. Depuis que je suis en âge de marcher, il a tenu à m'inculquer une éducation guerrière afin que je sache non pas attaquer, mais défendre mon existence et celle de mes proches. Ses leçons ont été strictes mais profitables. Elles ont endurci mon corps et développé mes réflexes et mon sens de l'observation dans les situations compliquées. Sans me vanter, le maniement des armes m'est presque aussi naturel que celui de ma double Vue. J'excelle particulièrement à l'arc, ce qui m'a souvent permis de rapporter du savoureux gibier pour agrémenter les repas quotidiens de mon foyer.

Quant au maniement de l'épée, cela m'a déjà servi à quatre reprises contre des attaques de bandits, que je n'avais pas pu Voir puisqu'elles me concernaient. Mes nombreux voyages aux confins du monde civilisé ne sont pas exempts du risque de faire de mauvaises rencontres. Cependant, je me suis contenté de blesser mes agresseurs afin qu'ils se découragent face à une proie trop dangereuse et qu'ils prennent la fuite. Jusqu'à la terrible exigence de la Déesse, je n'ai tué personne ; à moins que l'un ou l'autre de ces brigands ne soit mort de ses blessures. Une plaie s'infecte si facilement, surtout quand on a des conditions de vie précaires. Si c'est le cas, je n'éprouve pas de remords. Après tout, ces individus ont choisi une carrière risquée et indigne plutôt qu'un honnête labeur de paysan ou de tailleur de pierre, alors qu'on a toujours besoin de bras honorables dans les cités et leurs champs.

— Bien sûr, père, et je gage que ceux que j'ai combattus, se sont dit que j'avais eu un excellent maître d'armes !

Il sourit avec une triste fierté.

— Tant mieux, Tirésias, tant mieux. Tu n'auras donc pas de mal à satisfaire la dernière volonté de ton vieux père.

Il pose le sac que je n'avais pas vu dans son dos, puis en sort deux rapières de bronze d'une facture admirable, dont la lame fine et légère étincelle sous les rais ardents d'Apollon. Tant de beauté pour un objet si funeste…

— J'ai offert avec joie ma vie à ta mère, comme tu le sais. Je l'ai suivie partout. Chaque jour, je me suis émerveillé de sa beauté et de son intelligence. À ses côtés, j'ai vécu la vie la plus heureuse dont je pouvais rêver. Mais à présent que l'heure de ma mort est venue, je désire choisir ma façon de quitter ce monde, comme le guerrier que je n'ai jamais cessé d'être au fond de moi… Me comprends-tu, mon fils, ou ne suis-je qu'un vieil homme égoïste et apeuré à l'idée de voir son épouse mourir près de lui ?

Ma gorge laisse à peine passer un filet d'air, mais je dois lui répondre sans le laisser attendre. La lueur angoissée dans son regard m'oblige à accomplir mon devoir, plus encore peut-être que l'injonction de la Déesse.

— Je te comprends, père. Chaque être humain mérite de mourir avec la dignité à laquelle il aspire.

— Ah, Tirésias, même si je n'ai aucun don de vision, je vois pourquoi tu es le meilleur espoir pour la survie de l'humanité et des créatures magiques ! Puisse ta sagesse être la lumière éloignant les ténèbres.

Nous tombons dans les bras l'un de l'autre. J'ai peine à croire que c'est la violence et le deuil qui vont succéder dans un instant à toute notre tendresse…

J'ai l'impression que ce n'est pas vraiment moi qui saisis l'épée que me tend mon père après notre étreinte. Ma tête est soudain vide de toute émotion. On dirait que je suis le spectateur d'une pièce de théâtre et non l'acteur d'un drame sanglant.

Nous nous saluons respectueusement puis nous engageons le combat. Nos gestes sont d'abord lents, un peu hésitants, puis la fièvre du combat s'empare de nos muscles. Nos lames s'entrechoquent, imprimant des marques dans le métal.

Le premier sang jaillit ! Le bras de mon père s'ouvre à présent d'une longue estafilade. Il ne grimace même pas, mais nous savons tous les deux que cela signifie que la fin de cette lutte ignoble approche. Il a beau être expérimenté et s'entraîner presque chaque jour, j'ai l'avantage de la jeunesse, de la force, ainsi que de ma haute taille.

Il s'écarte hors de portée de ma lame et rive à nouveau son insondable regard dans le mien.

— Merci pour ce combat, mon cher fils. Tu es un excellent combattant, le meilleur de ceux que j'ai affrontés autrefois.

Il m'a souvent conté ses souvenirs des champs de bataille dont il est revenu. Des souvenirs douloureux, bien éloignés de la pseudo-gloire dont certains soldats se vantent pour avoir arraché la vie de gens qui, dans d'autres circonstances, auraient pu être leurs voisins. Leurs amis. Leurs frères. Le guerrier Évérès a tué quatorze adversaires, et les visages de chacun d'eux ont hanté sa mémoire pendant toute sa vie… A-t-il conscience du fait que ses sombres récits ont engendré en moi un dégoût absolu envers toute cette violence absurde ?

Je recule vivement sous le nouvel assaut que mon père me lance. Il se bat bien, lui aussi. Ce n'est pas un animal inoffensif qui tend innocemment sa gorge palpitante à la lame du boucher ou du prêtre sacrificateur. Il a trop l'instinct du guerrier pour se résigner, quand bien même il connaît l'issue qui l'attend.

— Le moment est venu d'accomplir ta quête, souffle la voix caverneuse du crâne qui tressaute à mon cou à chacun de mes gestes.

Je l'avais presque oublié, celui-là ! Hélas, il a raison, je ne le sais que trop bien…

D'un geste vif et souple, j'écarte le bras de mon père et je plonge ma lame directement dans son cœur. Au moins, qu'il ne souffre pas, par pitié !

Un instant d'éternité immobile se fige.

J'entends son dernier souffle qui s'exhale de sa poitrine meurtrie.

Je vois la lumière de la vie s'éteindre dans ses yeux.

Je ressens, à la limite de ma conscience, une présence divine dotée d'ailes géantes. La Mère Ultime vient recueillir l'âme de mon père en son sein.

Lâchant le bout de métal glacé qui vient de me transformer en assassin parricide, j'ouvre mes bras pour empêcher son pauvre cadavre inerte de s'effondrer sur le sol comme le tas d'os et de chair qu'il est désormais…

Mais soudain, son corps disparaît ! Il ne reste plus rien de mon père, pas même la rapière dans sa main crispée, ni la mienne fichée entre ses côtes, rien d'autre que le sac vide à quelques pas de moi !

— Qu'est-ce que… Mais où est mon père ?!

— Il n'est plus dans ce monde, Tirésias de Thèbes.

— Ça, je le sais bien ! Mais pourquoi a-t-il disparu ? Les corps des humains ne s'évanouissent pas dans les airs, normalement, je te signale !

— Non, bien sûr, mais penses-tu vraiment être un humain normal ?

Tout à coup, mon esprit s'éclaircit.

— C'est la Déesse, n'est-ce pas ? Elle a pris le corps de mon père en même temps que son âme, afin que je ne sois pas accusé de son meurtre avant d'avoir eu la possibilité d'exécuter les autres membres de ma famille !

— Quelle amertume dans ta voix, Tirésias de Thèbes. Tu devrais plutôt lui être reconnaissant de veiller sur toi et de te donner les moyens de payer ton dû envers elle, toi qui n'as pas hésité à profaner son Royaume pour exiger d'elle un service qu'elle n'est pas censée accorder à un mortel.

J'en reste sans voix. Non seulement je n'ai pas envie d'une nouvelle joute verbale avec mon insupportable interlocuteur cristallin, mais surtout, je dois reconnaître qu'il a raison, encore une fois. Qui suis-je pour juger les actions d'une divinité, alors que celle-ci a eu la bonté d'entendre ma folle requête ?

Chapitre 7 :
Dernière vision

— Il n'a pas pu se résoudre à me perdre, mon adorable vieux fou ! Je l'ai deviné dès que j'ai vu qu'il ne rentrait pas avant midi comme d'habitude. Oh, mon cher enfant, quelle terrible destinée est la tienne !

Ma mère, qui vient de courir jusqu'en haut de la colline sans que je m'en aperçoive, se jette à son tour dans mes bras. Ses larmes inondent mon épaule, faisant couler les miennes en écho. Tandis que je la serre contre moi, la vérité me frappe avec une violence inouïe.

J'ai tué mon père.

J'ai tué mon père.

J'ai…

— Où est-il ? Où est le corps de mon bien-aimé ? A-t-il roulé en bas de cette colline ?

Ma mère s'essuie les yeux et regarde de tous côtés, intriguée, puis incrédule.

— Je ne le vois nulle part… Comment est-ce possible ? Est-ce que par hasard, il ne serait pas venu ici ? Est-ce qu'il…

Je ne peux décemment pas la laisser se bercer de ce fol et vain espoir.

— Non, mère, il est bien venu me rejoindre ici. Il a voulu que nous nous battions à l'épée, car c'était la mort qu'il avait choisie.

Je lui raconte tout, depuis mon passage dans l'au-delà jusqu'à la disparition surnaturelle du corps de mon père, de cet époux qu'elle chérissait tant depuis près de quarante années d'amour partagé.

Ses grands yeux dorés ne pleurent plus. Au contraire, son doux visage affiche un léger sourire.

— Louée soit la Déesse de la Mort en sa grande mansuétude. Puisse-t-elle m'accueillir à mon tour et me permettre de rejoindre mon cher époux Évérès et ma chère mère Eunoé. Je suis prête, mon fils. Donne-moi la fiole de poison divin.

— Mais… protesté-je faiblement. Je ne suis pas prêt, moi, maman !

Je me sens affreusement égoïste, comme un petit enfant qui réclame l'attention de sa mère. Elle me comprend aussitôt, avec son admirable faculté de se mettre à la place des autres. Même quand elle annonce les avenirs les plus cruels, aucun de ses solliciteurs ne peut lui en vouloir, tant elle partage sincèrement sa peine. Bien des fois, j'ai pensé que si tout le monde s'efforçait d'être aussi empathique qu'elle, notre espèce cesserait de tout emporter sur son passage égocentrique au risque de causer sa perte irrémédiable. Le poids de cette pensée et de mon destin m'écrase une fois de plus. Je suis tellement insignifiant, et j'ai si peu de temps devant moi, pour essayer de sauver ce qui pourra l'être !

— Viens, mon enfant, rentrons à la maison. Tu m'as dit que tu n'avais que jusqu'à la prochaine pleine lune pour accomplir ta mission, mais cela nous laisse au moins cette journée à passer ensemble. En y réfléchissant, je ne suis plus tout à fait prête, finalement. J'ai envie de passer quelques heures en compagnie de mon fils avant d'être obligée de l'abandonner.

En se retournant, elle aperçoit le sac vide, seule trace tangible du passage de mon père. Elle se baisse pour le ramasser puis le presse contre son sein en un geste empli de tendresse.

Bizarrement, notre combat m'apparaît tantôt comme un cauchemar insensé, tantôt comme un crime qui m'étouffe. Ces sensations contradictoires se bousculent dans mon esprit, me rendant presque délirant. J'ai du mal à me concentrer mais l'avantage, c'est que cela éloigne temporairement ma tristesse et ma culpabilité. Je ne sais pas laquelle des deux est la plus profondément insupportable, mais je suis sûr que les jours et les semaines à venir me permettront d'éclaircir ce point…

La noble Chariclo de Thèbes, Première Oracle, Grande Prêtresse à la stature hiératique que les années n'osent altérer, appuie fermement son bras sur le mien.

— Je reste avec toi, Tirésias, mais s'il te plaît, fais-en autant pour moi. Chassons les ombres de nos cœurs et profitons ensemble de la fin de cette journée.

— Oui, maman. Je veux graver chaque instant partagé dans ma mémoire, en attendant le jour béni où je vous rejoindrai enfin dans l'au-delà, au terme de ma quête.

— Tu réussiras, mon chéri, j'en suis persuadée. En ces heures sombres, tu es le fanal qui guidera la barque des vivants vers des terres plus sereines.

Je suis troublé par ses paroles si proches de celles de mon père. Ont-ils discuté de moi de cette façon durant mon séjour dans l'autre monde ? Ou n'est-ce qu'une étrange coïncidence qui…

Bah, qu'importe. Pour le moment, je ne veux me consacrer qu'aux dernières heures heureuses en compagnie de ma très chère mère.

Nous cheminons paisiblement, bras dessus bras dessous, admirant au passage une fleur qui s'abandonne aux caresses de la brise, un papillon qui butine avec appétit, un nuage paresseux qui glisse dans l'azur infini des cieux.

— Vous êtes vraiment remarquables, pour des mortels, commente le crâne.

Il ne peut pas s'empêcher d'ajouter son grain de sel, celui-là, mais je refuse de m'occuper de ses excentricités plus ou moins philosophiques. Peut-être comprend-il qu'il est importun, car je ne l'entends plus parler de la journée.

Le temps au cœur de pierre ne ralentit sa course pour aucun mortel, me dis-je soudain en surprenant les ombres s'allonger autour de nous. En arrivant, nous nous sommes installés dans le jardin fleuri que ma mère affectionne. Une servante nous a apporté de quoi manger et boire, puis elle a été priée de rentrer chez elle, ainsi que les autres serviteurs qui prennent soin au quotidien de la devineresse la plus célèbre du pourtour méditerranéen.

Mes parents tiennent en effet à n'employer que des personnes indépendantes qu'ils rétribuent plus que correctement. Ils ne cautionnent pas l'esclavage qu'ils jugent indignes de l'humanité ; une position très rare dans notre société, qui fait qu'on les prend généralement pour des rêveurs dépourvus de sens pratique. Ces médisances ne les affectent pas, car ils n'ont guère de considération pour celles et ceux qui s'en font l'écho, plus intéressés par leur condition financière que par la condition humaine. Je les ai toujours entendus répéter qu'un être doté d'intelligence est fait pour être libre et vivre dignement. Comme j'aimerais les entendre le redire encore et encore !

Peut-être les choses seront-elles plus à leur goût dans l'au-delà. Il me semble qu'un mort n'a plus de prétexte pour tenter de justifier le traitement infâme infligé par quelques vivants à ceux qu'ils prétendent inférieurs à eux, pour des raisons vaseuses et grotesques comme la perte d'un combat ou, plus stupides encore, la couleur de peau ou le lieu de résidence. J'espère ne pas me tromper ; sinon, à quoi bon mourir ?

Mais pour quelques instants encore, je ne veux penser qu'à la vie. Ces secondes avec ma mère s'égrènent comme un collier de perles chatoyantes, chacune plus précieuse que la précédente. Étonnamment, nous avons beaucoup ri durant cet inoubliable après-midi. Nous nous sommes livrés à des confidences comme nous avons rarement pris le temps de le faire. Sots que nous sommes au quotidien, à oublier de profiter de tous les moments privilégiés que nous avons l'inestimable chance de passer en bonne compagnie !

La nuit éteint inexorablement les derniers feux du couchant. La lune s'élève lentement sur l'horizon. Sa grosseur gibbeuse m'effraie et me glace le sang, annonciatrice d'une plénitude prochaine. Il ne me reste que trop peu de temps…

En écho à mes funestes pensées, ma mère presse affectueusement ma main entre les siennes. Elle se lève gracieusement de son siège et se penche vers moi pour m'embrasser sur le front. Mille souvenirs de soirées d'enfance ressurgissent du tréfonds de ma mémoire. Que j'ai été heureux d'avoir une telle mère, un tel père, une telle famille ! Aussi heureux que je suis à présent désespéré de devoir les perdre ainsi, que dis-je ? Les assassiner si brutalement…

Nous entrons dans la maison de mes parents, celle qui m'a vu grandir, celle à côté de laquelle j'ai bâti la mienne afin d'y élever mes propres enfants dans la joie et la bonté familiales.

— L'heure est venue pour Chariclo la Première Oracle de fermer les yeux sur ce monde et sur celui de ses Visions, don et malédiction mêlés, psalmodie-t-elle de ce ton étrangement distant que ceux de notre espèce prennent pour dévoiler l'avenir. Ne pleure pas trop, mon fils, mon bien-aimé Tirésias. Que l'espoir de retrouver bientôt les tiens dans l'au-delà console un peu ta tristesse.

— Je chérirai cet espoir comme le plus beau trésor, maman. Lui seul m'apportera du réconfort lorsque j'aurai achevé mon effroyable mission.

Je sors la fiole de ma poche. J'ignore dans quel matériau elle est taillée, mais sa noirceur est absolue. Elle ne reflète aucune lumière, même quand je l'expose aux flammes dansantes du brasero qui lutte vaillamment contre la fraîcheur nocturne.

Ma mère doit me la prendre des mains car je suis incapable de la lui donner. Elle ne me reproche pourtant pas ma faiblesse ; au contraire, elle me tapote gentiment le bras pour m'encourager. C'est elle qui va mourir et c'est elle qui prend encore la peine d'essayer d'adoucir mon affliction…

Curieuse, elle examine le petit objet si simple d'apparence, puis elle en ôte délicatement le minuscule bouchon.

Un tout petit *plop* se fait entendre mais surtout, une odeur inattendue emplit toute la pièce. Je n'ai jamais rien senti de pareil, pas même avant de boire la goutte de Larmange qui m'a emporté avec Timon dans l'au-delà. La myrrhe et l'encens les plus rares ne sont que de vulgaires remugles en comparaison avec la suavité de cette fragrance.

— Qu'est-ce donc que cela ? Est-il possible que cela sente aussi merveilleusement bon ?

— C'est du Nectar divin, précise aimablement le crâne à mon cou.

Sa voix sépulcrale me fait sursauter. J'avais pratiquement oublié son existence !

Ma mère ne pouvant l'entendre, je lui répète sa réponse.

— Mais… N'est-ce pas la boisson des Dieux ? Comment se fait-il que la Déesse de la Mort s'en serve comme poison ?

— En fait, c'est le poison le plus mortel de tout l'univers, mais c'est aussi la boisson au goût le plus exquis. Les Dieux n'ont pas réellement besoin de se nourrir, mais ce Nectar est tellement délicieux qu'ils aiment en boire pour le plaisir. Leur nature immortelle les met évidemment à l'abri de son principal inconvénient, à savoir qu'une goutte diluée dans la plus grande amphore de vin tuerait à coup sûr toutes les personnes qui en avaleraient la moindre gorgée.

À nouveau, je me fais l'écho de ses explications.

— Ma foi, je me sens honorée de périr en goûtant ce Nectar divin, assure ma mère avec un certain enthousiasme en dépit des circonstances.

Elle s'installe confortablement dans son fauteuil préféré puis elle porte la fiole à ses lèvres.

L'effet est immédiat : un large sourire extatique éclaire son visage, puis ses yeux se ferment et son corps s'affaisse… L'instant d'après, il a disparu aussi brusquement que celui de mon père !

Malgré les sages conseils maternels, je passe toute la nuit à sangloter. À plusieurs reprises, Premier Né grommelle des propos sur des gens desséchés comme une vieille pomme flétrie et autres amabilités similaires, mais je me fiche complètement de son mécontentement. Lui qui a inventé le deuil, il n'est franchement pas le mieux placé pour me reprocher le mien !

Il finit par se taire, sans doute agacé par mon indifférence à ses piques déplaisantes.

Plus tard, alors qu'une vague lueur laisse pressentir l'approche de l'aube, un étrange sifflement interrompt mes gémissements. Interloqué, je tends l'oreille. Mais non, je ne rêve pas : c'est ce fichu crâne qui ronfle !

— Je n'en reviens pas, tu dors alors que je pleure mes parents !

— Hein, quoi ? Ah… Eh bien, il faut dire que ce n'est pas l'intérêt de ta conversation qui pouvait m'empêcher de m'endormir ! Tes couinements pathétiques ont fini par me bercer, faut croire !

Je suffoque presque, tant l'indignation s'empare de moi. Je suis sur le point de lui balancer ses quatre vérités, et peut-être même de le balancer lui-même dans un coin de la pièce, mais finalement, je ne fais ni l'un ni l'autre. Ma fureur a violemment chassé ma tristesse, et j'imagine que c'était exactement le but recherché par ce compagnon indélicat mais efficace.

— Tu es impossible, soupiré-je.

— Seulement improbable, réplique-t-il aussitôt.

Je soupire à nouveau mais renonce à argumenter davantage avec lui. Une dispute n'améliorera pas ma situation. Il ne manquerait plus qu'à ce que la Mère Ultime refuse de m'aider parce que j'aurais fâché son familier ! Après tout, peut-être que moi aussi, je deviendrais cynique et insolent si je demeurais en compagnie de la Déesse de la Mort pendant je ne sais combien de dizaines ou de centaines de millénaires !

Un chiffre qui me donne à nouveau le tournis. Depuis quand mes lointains ancêtres arpentent-ils notre monde ? Je doute d'avoir de sitôt l'occasion de discuter de cela avec mon guide ! Je me souviens néanmoins de ses paroles quand il a dit que les personnes de mon époque avaient de la chance d'avoir des lampes… Je n'arrive même pas à imaginer ce que serait ma vie sans lumière et chaleur pendant la nuit. Était-il un humain si primitif qu'il se distinguait à peine de l'animal ? Pour le coup, je n'ai aucun doute : sa réaction ne sera pas amicale si je me permets une telle interrogation à voix haute !

Mes pensées vagabondes m'ont amené jusqu'au matin sans nouvelle crise de larmes. Je me débarbouille avec le broc d'eau près du foyer dont les dernières braises crépitent à peine. Je ne juge pas utile de réalimenter le feu dans la maison désormais vide de mes parents…

Quelques provisions sont rangées dans le petit garde-manger, mais je n'y touche pas. Je n'ai pas du tout faim, ni soif après le vin coupé d'eau que j'ai bu hier après-midi avec ma mère. Je ne suis pas tellement surpris par mon manque d'appétit ; mes sinistres aventures de ces dernières heures ont de quoi nouer l'estomac.

En revanche, je prends le temps de prier devant l'autel domestique et de verser une libation aux divinités. Je ne leur demande aucun secours. Ce serait hypocrite de ma part alors que j'ai sciemment accepté le poids de la destinée qui m'incombe. Mes prières les supplient d'accorder un doux repos à mes proches, et aussi la chance de combattre avec succès le monstrueux Vortex qui me toise depuis l'avenir de l'humanité. Il serait trop injuste que j'échoue après avoir sacrifié les miens. Je prête serment d'aller jusqu'au bout de moi-même malgré les souffrances que cela va encore m'apporter, pas plus tard que le jour même, d'ailleurs. Vu la grosseur de la lune, je dois être en mesure de partir dès demain matin pour rallier à temps la cité de Tirynthe où vit Istoris depuis son mariage.

J'exhale un très profond soupir en me relevant.

— Je t'envie pas, Tirésias de Thèbes, mais je dois avouer que j'admire ton abnégation.

— Un compliment, Premier Né ? Attention, je pourrais y prendre goût !

Je badine pour ne surtout pas penser à l'épreuve qui m'attend. J'essaye de rester concentré sur le fait que ceux qui vont bientôt rejoindre le Royaume des Morts, y seront certainement bien plus heureux que je ne le serai en leur survivant. Qu'importe s'ils me manquent à m'en déchirer le cœur et l'âme en lambeaux sanguinolents ! Ce qui compte, c'est qu'ils soient ensemble dans les paisibles jardins élyséens.

— T'es un vrai comique, réplique le crâne.

Il ne rit pas, cependant. La gravité de ces sombres instants semble l'atteindre, peut-être plus que ce qu'il aurait cru possible. Je me sens curieusement flatté par sa réaction. Moi, Tirésias, simple mortel parmi des millions d'autres, je parviens à toucher son esprit quasiment éternel !

Je referme la porte parentale derrière moi. Les serviteurs vont sûrement s'interroger sur l'absence soudaine de leurs maîtres. Encore une raison pour ne pas m'attarder dans les environs, même si je suis un assassin d'un genre particulier dont les victimes ne laissent aucune trace compromettante.

Ma demeure n'est qu'à une centaine de mètres de là. J'aurais tant aimé bondir de joie d'en être si proche après mon séjour prolongé dans l'au-delà...

Chapitre 8 :
Dernier repas

J'avance d'un pas lent et lourd sur le sentier. Arrivé devant la porte, j'hésite. Dois-je frapper pour annoncer mon retour ? Dois-je entrer directement pour surprendre ma femme et mes deux filles ?

Telfousa est déjà levée, c'est certain. À cette heure matinale, elle prend soin de pétrir le pain qu'elle cuira cet après-midi. Peut-être coupe-t-elle de belles tranches dans celui de la veille. Peut-être est-elle en train d'y étaler du fromage tout frais puis d'y verser un filet de miel pour le plaisir de nos enfants.

Il est probable que Mantè soit levée, elle aussi. Elle aime presque autant contempler l'aurore que sa mère. En cette saison estivale, elle coupe peut-être quelques fruits en morceaux afin d'agrémenter le repas. Ou alors, elle est occupée à tirer Daphné du lit, ce qui n'est jamais chose facile avec notre cadette ! Comme sa grand-mère Chariclo et moi-même, elle tient à saluer l'apparition des étoiles dans le ciel nocturne, mais elle a du mal à ouvrir les yeux de bon matin.

Ô, mère, comme tu me manques ! Et toi, mon père !

La douleur me transperce la poitrine et embue mes yeux. J'essuie rapidement mes joues. Mon projet pour cette journée si spéciale n'est pas d'éveiller la pitié ni la peine dans le cœur des trois femmes merveilleuses que je m'apprête à livrer à la mort. Aujourd'hui, tout ne doit être que rire et plaisir. Le reste attendra les ombres du soir.

Je prends une grande inspiration, je me redresse, j'affiche un sourire de joie feinte et je me lance dans la plus invraisemblable pièce de théâtre comme un acteur derrière son masque.

— Je suis rentré, mes adorables chéries ! Où êtes-vous ? Venez vite m'embrasser, vous m'avez tellement manqué !

Bien sûr, mon épouse et notre aînée se sont étonnées en découvrant que j'étais encore un homme. Telfousa a exprimé ses regrets de voir que j'avais échoué mais, malgré ses efforts pour être convaincante, j'ai facilement deviné son soulagement. L'idée d'être plus ou moins mariée à une autre femme, même en sachant que ce ne serait que la nouvelle apparence de son époux, doit beaucoup la perturber.

J'ai esquivé ses questions afin de ne pas lui mentir ni l'attrister. J'ai détourné la conversation grâce à l'aide innocente et involontaire de Daphné, trop jeune pour comprendre les tenants et les aboutissants de toute cette affaire compliquée. Dans son regard, il n'y a que la joie pure d'avoir enfin retrouvé son papa chéri, comme elle m'appelle si tendrement.

Mantè ne m'a fait aucune réflexion, mais je crois qu'elle sait. Elle partage les dons prophétiques de ma lignée, même si les siens ne sont pas encore très puissants. La preuve, ce sont les petites mèches blanches qui commencent à parsemer sa noire chevelure. Je parie qu'elle a tout Vu et qu'elle respecte simplement mon choix de ne rien expliquer tant que l'étincelant Phœbus traversera l'azur sur son char céleste. Depuis son plus jeune âge, elle m'impressionne par son sérieux et son sens des responsabilités. Je l'ai surprise à plusieurs reprises, durant cette journée que je veux partager avec elles comme un rêve éveillé, à me regarder en biais, la mine affligée mais résolue. Généreuse, elle fait comme si de rien n'était pour ne pas alourdir mon fardeau.

Nous nous régalons des délices les plus rares et coûteux, que nous nous sommes procurés chez les marchands les plus réputés de Thèbes. Nous les fréquentons exceptionnellement, pour marquer un événement particulier. Quoi de plus particulier que ce jour en apparence si merveilleusement ordinaire ? Nous n'arrivons pas à nous mettre d'accord sur la meilleure friandise, entre les exotiques dattes dodues d'Égypte ou, plus locaux, nos gâteaux au miel de l'Hymette et nos fromages de chèvre aux herbes parfumées. Nous arrosons ce repas extraordinaire d'un hydromel aux saveurs exquises.

Je ne peux m'empêcher de songer au breuvage que je vais leur offrir tout à l'heure, au moment du coucher. Un plaisir digne des Dieux et des Déesses, une extase ultime à nulle autre pareille…

Les rires de Daphné se sont éteints. Épuisée par la plus belle journée de jeux de sa vie, elle est en train de s'endormir devant l'âtre où un feu pétillant tient à distance la fraîcheur relative de ce soir d'été. Telfousa commence à se lever de son fauteuil garni de coussins – elle souffre souvent du dos depuis la naissance de nos jumelles – mais je la retiens d'un geste.

— Je vais aller la mettre au lit, murmuré-je avec le peu de souffle que je parviens à exhaler, la poitrine comme enserrée dans la poigne d'un géant invisible mais brutal.

Je soulève aisément la fillette dans mes bras. Instinctivement, elle noue les siens autour de mon cou et me sourit dans son demi-sommeil.

— Papa chéri, soupire-t-elle béatement. Tu ne partiras plus, pas vrai ?

— Je n'ai qu'un seul désir : rester éternellement auprès de ceux que j'aime.

Ma réponse à la fois sincère et trompeuse agrandit son sourire. Je ne lui mens pas vraiment, mais j'omets sciemment de lui révéler la vérité. Elle n'est encore qu'une enfant, bien trop jeune pour comprendre ce qui est en jeu. Bien trop jeune pour mourir des mains de son papa chéri…

Je la dépose avec une infinie douceur sur son lit. Je me perds dans la contemplation de son adorable petit visage paisible, ce visage qui ne deviendra jamais adulte. Je ravale les sanglots qui me montent à la gorge. Ce n'est pas le moment de l'effrayer ou de l'inquiéter. C'est le moment d'exécuter cet ordre impossible qui m'enjoint de sacrifier mes enfants dans l'infime espoir de sauver ceux des autres. Je m'oblige à respirer lentement et silencieusement tandis que je sors de ma poche le flaconnet à l'allure faussement inoffensive qui va me ravir Daphné dans un instant.

Lorsque je l'ouvre, je suis à nouveau assailli par l'odeur divine qui s'en exhale. La suavité irréelle de ce parfum fait rouvrir les yeux de ma cadette.

— Ça sent trop bon ! Tu as encore une friandise extraordinaire, papa chéri ? Je n'ai plus faim mais ça sent tellement bon que je veux bien en goûter un peu quand même.

— On dit que c'est la boisson la plus délicieuse du monde, mais c'est aussi la plus rare.

— C'est vrai que ce flacon est minuscule !

Le crâne de cristal m'a expliqué un peu plus tôt une autre étrangeté de ce breuvage : c'est un flacon magique qui ne se vide jamais. Une goutte du Nectar en sort à chaque fois qu'on le ferme puis qu'on le rouvre. Une bénédiction infinie pour un Dieu, une mort garantie pour tous les mortels s'il venait à tomber entre des mains malintentionnées.

Ma cadette se méprend sur l'expression sombre de mon visage.

— Ne t'inquiète pas, papa, ce n'est pas grave qu'il y en ait si peu, je suis sûre que ça doit être délicieux quand même. Je vais ajouter un peu d'eau si tu veux qu'on partage !

Daphné saisit un gobelet vide sur la tablette à côté de son lit. Ses yeux se mettent à luire d'un éclat qui pourrait rivaliser avec la surface étincelante de la mer sous le soleil. C'est un phénomène que j'ai déjà observé chez sa mère, mais c'est la première fois que je l'admire chez notre adorable petite fille. Elle a donc hérité des pouvoirs maternels de maîtrise de l'élément liquide !

Ses dons condensent l'eau invisible qui, comme Telfousa me l'a appris depuis notre rencontre, est présente partout dans l'air. Sous l'influence de sa magie encore balbutiante, le gobelet s'emplit lentement d'une onde pure et fraîche.

Je suis tellement émerveillé de découvrir son talent que je ne réagis pas quand Daphné me chipe le flacon des mains d'un geste vif. Elle le retourne au-dessus du gobelet, y faisant couler l'unique goutte illimitée qu'il contient.

Le parfum s'exhale avec tant de puissance qu'il envahit littéralement la pièce.

— Promis, je vais t'en laisser, papa chéri. Enfin, je vais essayer ! lance-t-elle joyeusement.

Elle ponctue son innocente drôlerie avec un clin d'œil taquin, puis elle porte le gobelet à ses lèvres…

Je suis comme paralysé tandis que le temps semble ralentir à l'extrême. Hélas, il passe tout de même trop vite, beaucoup trop vite.

Le visage poupin de Daphné s'illumine d'un bonheur euphorique l'espace d'un instant… puis elle disparaît corps et âme dans l'ombre de l'au-delà.

Un réflexe émanant du fond de mon être dépasse mon hébétude et me permet de rattraper le gobelet au vol. Je le repose machinalement sur la tablette, puis je me saisis du coussin qui retient encore une infime parcelle de la chaleur de ma pauvre petite fille adorée. Désespéré, je l'étreins de toutes mes forces en l'inondant de mes larmes et en y étouffant mes sanglots.

Après mon cœur de fils, c'est mon cœur de père qui se brise, fichant ses éclats tranchants jusqu'aux confins de ma mémoire, entachant à jamais le moindre des souvenirs autrefois heureux que j'ai partagés avec mes proches.

Et pourtant, malgré ma douleur, malgré ma fureur, malgré ma haine de moi-même, je n'ai toujours pas terminé de boire la coupe du poison mental qui me ronge déjà si cruellement.

J'essuie mes larmes comme je peux, puis je reprends le gobelet maudit. Il contient encore assez de liquide corrompu par le divin Nectar pour ajouter ma femme et ma fille aînée à la liste de mes crimes contre-nature. De plus, je n'ose le laisser là ni le jeter par la fenêtre. Qui sait quels dégâts collatéraux il pourrait provoquer ? Je doute que la Déesse de la Mort apprécie que son flacon entraîne le décès d'autres êtres que ceux qu'elle a réclamés comme paiement de ses services.

Je retourne dans la pièce principale où m'attendent patiemment Telfousa et Mantè. Elles sont toutes les deux assises près de l'âtre, face-à-face, les mains jointes, leurs fronts pressés l'un contre l'autre dans la recherche d'un illusoire réconfort. Elles savent. J'en étais sûr.

Mantè n'a pas des pouvoirs divinatoires considérables, mais ils ont suffi pour satisfaire son insatiable curiosité. Elle n'est encore qu'une toute jeune femme sans grande expérience de la vie. La tentation de Voir ce qu'il adviendrait de son père après son passage dans le Royaume des Morts aura été trop forte.

J'imagine sa stupeur et son effroi en décryptant mon avenir dans la trame de la Tapisserie du Destin. Submergée par ses émotions contradictoires, elle a dû consulter sa grand-mère afin de confirmer, ou mieux encore, d'infirmer sa terrifiante Vision. En grande Prêtresse responsable, Chariclo l'a probablement sermonnée sur son imprudence. Regarder le futur d'un membre de sa famille est un acte prohibé pour toutes sortes de raisons légitimes…

Et pourtant, je suis bien placé pour savoir que ma mère a cédé elle aussi. Le récit de sa petite-fille était trop invraisemblable, sans doute ; il fallait qu'elle en ait le cœur net. Qu'elle s'assure de cette vérité impossible : son fils, élevé dans la plus grande dignité et le plus grand respect des autres, allait s'abaisser aux meurtres les plus épouvantables en assassinant toute sa lignée !

Un gémissement sourd m'échappe sous le poids de la tragédie qui me broie.

Telfousa et Mantè s'aperçoivent alors de ma présence dans la pièce. Leurs yeux déjà rougis laissent jaillir des flots de larmes. Elles savent que si je suis là, c'est parce que je viens de donner la mort à notre merveilleuse Daphné. Notre rayon de soleil ne brillera plus jamais en ce monde. Pour ne pas le renverser accidentellement à cause des débordements de mon esprit tourmenté, je pose le gobelet sur le premier meuble à ma portée.

Brusquement, mon épouse bondit hors de son siège et se précipite vers moi. Je me crispe mais reste immobile, m'attendant à un assaut furieux de sa part. Une mère est toujours féroce quand on s'en prend à ses enfants.

Mais au lieu des coups bien mérités qu'elle devrait m'asséner en hurlant des imprécations rageuses, elle me serre entre ses bras si doux.

— Oh, mon bien-aimé, comme tu dois souffrir !

Mantè nous rejoint bientôt et partage notre étreinte endeuillée.

Je suis sidéré par leur réaction. Comment moi, l'infâme criminel, puis-je être jugé digne de compassion et non de haine ?

— Je suis désolé, tellement désolé ! Pardon, pardon…

À peine sont-ils sortis de ma bouche que ces mots dérisoires me font honte. Je n'ai aucun droit de leur demander pardon, ni à quiconque d'ailleurs. Rien ne doit venir alléger mon fardeau. C'est à moi seul de le porter et d'assumer mes actes inqualifiables. Si j'avais été plus intelligent, j'aurais pu négocier autrement avec la Déesse, j'aurais pu trouver une autre solution, j'aurais pu les laisser vivre !

— Tu n'as pas de pardon à demander, déclare illogiquement ma femme.

— On sait bien pourquoi tu dois faire toutes ces choses, renchérit notre aînée.

— Laisse-nous au moins t'aider en te facilitant la tâche, puisque nous ne sommes pas assez puissantes pour t'être utiles dans ta lutte contre le Vortex Majeur.

— Je l'ai Vu, papa, je l'ai Vu ! Il est tellement énorme qu'il engloutit toute la Tapisserie, et tellement immonde que j'ai la nausée rien qu'en y repensant.

Mantè blêmit effectivement sous l'effet de cet abominable souvenir. Je ne la comprends que trop bien. J'ai fait tant de cauchemars depuis ma première Vision de cette immondice qui a détruit la candeur de mon enfance !

Nous restons longtemps enlacés tous les trois. Chaque seconde volée a une saveur douce-amère, un goût d'inachevé. Nous aurions encore tant et tant de choses à vivre ensemble, tant et tant de rires à partager, tant et tant de nouveaux souvenirs à forger au gré de notre amour absolu !

Finalement, les bûches se consument dans la cheminée, ne dégageant plus qu'une vague lueur rougeâtre qui amplifie notre sentiment d'étrangeté. Comment ce que nous vivons peut-il être réel ?!

Mais déjà la réalité nous rattrape. Telfousa la première se sépare de nous à regret et désigne le gobelet à moitié plein ; ou plutôt, à moitié vide.

— Est-ce là le mystérieux poison de la Déesse de la Mort, celui qui fait disparaître jusqu'à nos corps en son Royaume ?

Une nouvelle fois incapable de parler, je me contente de hocher affirmativement la tête.

Elle l'approche de son nez et en flaire prudemment le contenu. Son parfum irrésistible est toujours aussi vivace dans l'air, mais elle semble détecter autre chose.

— C'est de l'eau invoquée ?

Je hoche la tête pour la seconde fois. Un éclair d'émerveillement et de fierté maternelle envahit brièvement ce visage qui me fait toujours autant rêver que la première fois que je l'ai aperçu, alors que nous n'étions encore que des adolescents.

— Daphné est si précoce ! Je veux dire, était… marmonne-t-elle avec douleur. Je me doutais bien de quelque chose, mais elle n'avait rien voulu me dire, l'adorable petite cachottière ! Elle se contentait de me répéter qu'elle aurait une surprise pour toi à ton retour. Elle n'a jamais douté du fait que tu réussirais dans ta mission et que tu reviendrais parmi nous, que ce soit sous la forme d'un homme ou d'une femme. D'ailleurs, aucun de nous ne doute de ta réussite, mon bien-aimé. Nous savons tous que tu es un être exceptionnel. J'espère seulement que nous avons été à la hauteur de la grandeur de ta destinée, pendant le temps que nous avons vécu à tes côtés…

— Que dis-tu, Telfousa ? Penses-tu que si j'en avais le pouvoir, j'hésiterais la moindre seconde entre cette fameuse destinée et le bonheur de la vie auprès de ceux que j'aime ? Je n'ai que haine et mépris envers l'individu que je suis forcé de devenir, même si c'est pour assurer un avenir à l'espèce humaine ! Peut-être aurait-il mieux valu que je la laisse se consumer dans les flammes de sa cruauté démentielle !

La violence de mes propos me surprend moi-même, d'autant plus que je sens qu'ils sont l'exact reflet de mes pensées les plus profondes. Je l'avoue : depuis mon plus jeune âge, je n'éprouve guère de bienveillance envers l'humanité. J'ai trop souvent été le témoin de sa noirceur. Et pourtant… Il y a aussi des gens que j'ai été heureux de rencontrer, pas seulement des créatures magiques mais aussi de simples humains dénués de pouvoir. Certains sont courageux, aimants, généreux, même – et peut-être surtout – dans les circonstances les plus difficiles de la vie. J'ai assisté à des actes de pure barbarie et à des actes de pure bonté. La dichotomie incompréhensible de l'humanité me trouble infiniment depuis que je suis capable de penser. Si elle était capable de favoriser les bons comportements et de supprimer les mauvais, aucun exploit ne lui serait impossible et elle pourrait même rivaliser avec les divinités ! Hélas, même si j'arrive par miracle à triompher du Vortex, je crains que ce ne soit qu'une victoire temporaire…

Mais le moment n'est pas propice aux réflexions philosophiques ou cyniques. Je préfère retourner mon attention vers un sujet plus digne d'égards : les derniers instants de ce qu'il reste de ma famille.

Mantè et sa mère échangent un regard lourd de sous-entendus.

— Je t'en prie, mon enfant, bois la première.

— Non, mère, c'est à toi de boire. Tu as déjà perdu une fille aujourd'hui ; je ne veux pas ajouter à ta douleur, même pour quelques instants.

— Je te remercie, ma chérie, mais c'est plus douloureux encore pour mon cœur de mère de t'imaginer souffrir en me voyant disparaître sous tes yeux. Et puis, j'aurai un dernier mot à dire à ton père avant de le quitter.

— Dans ce cas, je vais boire la première, soupire notre aînée avec résignation. Papa, pense à moi sans tristesse. N'oublie pas que je vais rejoindre Daphné et le reste de notre famille ! C'est plutôt nous qui serons tristes en attendant que tu viennes à ton tour reposer à nos côtés dans le Royaume des Morts.

— Merci, Mantè, ma fille au grand cœur et à l'esprit vif. Ne sois pas trop triste, toi non plus, car la vie d'un mortel ne brille qu'un instant avant que sa flamme s'éteigne. Nous nous reverrons bientôt.

— Peux-tu m'aider à tenir le gobelet ? J'ai Vu que son contenu fait disparaître le corps de ceux qui en boivent, et je ne voudrais pas qu'il se brise quand ça va m'arriver.

Comme souvent, je suis ébloui par l'intelligence pratique de mon aînée. Ses décisions sont si sages qu'on a peine à croire qu'elle n'a que dix-sept ans. Je m'empare donc du gobelet pour le porter à ses lèvres. La gorgée qu'elle avale lui procure l'extase ultime du Nectar divin, puis son corps s'efface à jamais dans le néant.

Je suis seul avec mon épouse à présent. Elle lève vers moi ses yeux d'ombre humide, les yeux les plus beaux que notre monde ait jamais portés. La flamme de notre amour m'embrase tout entier, comme à chaque fois que je la regarde ou que je pense à elle. D'après ma mère, les deux fils de nos destins sont tellement unis dans la Tapisserie qu'ils semblent n'en former plus qu'un. Ce n'est pas un phénomène courant ; nous sommes chanceux de nous être rencontrés, même si cela signifie que notre séparation sera d'autant plus dure à supporter.

Telfousa m'embrasse avec une passion communicative. La puissance de notre union est plus forte que le drame qui nous enserre de ses griffes. Nous nous déshabillons hâtivement et j'enfouis le crâne de cristal sous nos vêtements entassés. Ce moment n'appartient qu'à nous deux. Je contemple son corps que les maternités ont rendu plus désirable encore à mes yeux, et j'oublie tous mes tourments dans le brasier qui incendie nos âmes ardentes.

À l'heure où naît un jour nouveau, il n'y a plus que la solitude et les regrets dans mon cœur. Je quitte mon foyer désert sans un regard en arrière. Mes pas m'entraînent lourdement vers le sud, vers Tirynthe où je vais devoir arracher la vie d'Istoris, ma dernière fille chérie…

Chapitre 9 :
Dernier souffle

J'ai tant marché que mes pieds sont en sang dans mes sandales de cuir. Les lacets ont marbré mes chevilles enflées. La végétation ne m'a pas épargné non plus, couvrant de griffures le moindre espace de peau nue. Dès le deuxième jour, j'ai perdu le compte des collines rocailleuses. Monter, descendre, escalader des rochers, glisser sur les cailloux, et recommencer encore et encore et encore.

Contrairement à d'autres contrées que j'ai pu visiter, comme le pays des Deux Terres[2] ou celui des Nuraghes[3], il y a très peu de routes entre les cités grecques. Ce sont plutôt des sentiers creusés par les bêtes menées par leurs pâtres attentifs. En parlant de bergers et de troupeaux, j'aperçois les uns et les autres dispersés un peu partout dans les collines. Je surveille leur position avec une certaine inquiétude. Je n'ai pas envie de me faire aborder par quiconque. Je sais bien comment cela tournerait, et ce ne serait pas à mon avantage.

D'abord, il y aurait les signes de la main pour me dire de ralentir le pas ou même de m'arrêter, pendant que l'homme courrait jusqu'à moi dans l'intention d'en apprendre un peu plus sur ma présence dans le coin. Thèbes étant proche, il me demanderait des nouvelles d'un cousin ou d'un ami que je connaîtrais peut-être. Et c'est là que soudain, il remarquerait ma relative jeunesse malgré mes cheveux aussi blancs que le marbre, et surtout mes yeux dorés impossibles à dissimuler. Il identifierait en moi un oracle, et il considérerait cela comme un signe des Dieux lui accordant la faveur de dévoiler un pan de son avenir. Je refuserais, lui expliquant que mon don ne fonctionne pas de cette manière, qu'il me faudrait du temps et de la concentration, mais que je ne pourrais lui offrir ni l'un ni l'autre. Alors, il serait dépité, voire fâché, il m'insulterait, il risquerait même de se laisser tenter par la violence à mon encontre. Je serais obligé de lui faire regretter ses actes par mes poings, ou ma lame, ou le contenu de ce petit flacon à la tentation fatale…

---

[2] L'Égypte.

[3] La Sardaigne.

Je secoue la tête pour chasser les funestes images qui assaillent mon cerveau dérangé. En réalité, personne ne se précipite vers moi, au moins pour l'instant. Les quelques pâtres ne sont que des silhouettes indistinctes dans le lointain. D'ailleurs, ma vue habituellement perçante se trouble quand je scrute l'horizon. J'ai l'impression que le monde est flou, presque brumeux. Ce doit être un effet du soleil déjà haut et brûlant, conjugué à mes sens affectés par mon état mental désastreux.

Par précaution, je jette quand même de fréquents coups d'œil dans toutes les directions, prêt à prendre la fuite en cas d'approche inopinée. Je ne suis vraiment pas d'humeur à communiquer avec un autre être humain sans que la conversation finisse mal pour l'un de nous deux. Avec l'entraînement dispensé par mon père, ce ne serait probablement pas moi qui mordrais la poussière, mais je n'ai déjà que trop de sang sur les mains.

Nerveux, sursautant tous les trois pas à cause d'une menace imaginaire, le cœur cognant dans ma poitrine comme le lourd marteau d'un forgeron, j'avance comme un spectre maudit dans ce paysage qui ne m'est bizarrement plus tout à fait familier.

Les heures se succèdent paresseusement. À la fin de l'après-midi, je fais halte auprès d'une source dont la vue et le chant déclenchent des torrents de larmes. La moindre goutte d'eau m'évoque ma femme et ma cadette, mes deux nymphes ondoyantes…

Je me force à manger une partie des provisions que j'ai eu la brillante idée d'emporter… grâce à la suggestion opportune de mon compagnon cristallin. Je n'ai vraiment pas faim ni soif depuis mon retour de l'au-delà, mais ce serait terriblement stupide de m'effondrer d'inanition en cours de route ! Je grignote donc un peu de pain et de dattes du festin mémorable de la veille, en essayant vainement de me concentrer sur mes souvenirs heureux de ces ultimes moments de bonheur familial. Il me semble qu'il y a des mois ou des années qu'ils se sont produits, comme si le poids de la solitude et de la culpabilité étirait chaque seconde en une éternité de souffrance.

Mon sac n'est pas bien lourd mais il a suffi pour redoubler ma transpiration dans cette chaude journée. De toute façon, l'inconfort et les petites blessures du voyage ne sont pas ce qui m'affecte le plus dans ces circonstances sinistres… Je me lave comme je peux dans le ruisseau dont la fraîcheur m'apaise brièvement, me rappelant la sensation des bras aimants de Telfousa. J'y rince à peu près mes vêtements puants, puis je les étends sur la rive et j'en fais autant pour sécher ma peau aux derniers rayons du soleil.

La nuit est passée comme un clignement d'yeux. Le jour est déjà levé quand je rouvre les paupières. C'est seulement là que je prends conscience de ma sottise. Je n'ai pas pensé aux serpents et autres scorpions possiblement cachés sous les pierres, ni aux animaux venus s'abreuver qui auraient pu vouloir me transformer en casse-croûte.

A priori, rien ne s'est approché pendant que j'étais englouti dans le profond sommeil sans rêve qui s'est emparé de moi d'un seul coup. Mon corps nu ne présente aucune piqûre ou morsure, rien d'autre que les zones de peau griffées au passage par quelques buissons épineux. Songeur, je me rhabille rapidement. Mes vêtements sont à peine humides ; la nuit a dû être douce car aucune rosée ne s'est déposée sur moi pour me faire frissonner dans la brise matinale. Cette journée s'annonce aussi ensoleillée et surchauffée que la précédente, mais cela m'indiffère. Mon chapeau à larges bords me protège de l'ardeur de l'astre du jour. De toute façon, je soupçonne que nul animal ni nulle brûlure ne viendront stopper ma progression. J'imagine que je dois la tranquillité surnaturelle de cette nuit à l'intervention invisible de la Déesse de la Mort, qui ne désire certainement pas voir son champion rejoindre trop tôt les rangs de ses sujets. Ou alors, les animaux flairent sur moi la présence de la mort et ils me fuient…

Une bouffée de curiosité me saisit ; il faut que j'en aie le cœur net.

— Je ne risque rien de la faune ni de la flore, n'est-ce pas ?

— Eh bien, tant qu'tu fais pas n'importe quoi, les choses devraient continuer à bien se passer, concède mon improbable guide.

Son laconisme inhabituel m'étonne un peu, mais je n'ai pas assez de courage pour lui adresser la parole et subir l'une de ses interminables logorrhées. Au début de mon périple, il s'est efforcé de commenter tout ce qu'il voyait, mais seul mon silence lui a répondu. Cela a fini par s'avérer contagieux et depuis, nous cheminons sans mot dire.

En fin de journée, je redouble de discrétion. Nous approchons de la célèbre et florissante Corinthe, à peu près à mi-chemin de mon périple, qui attire de nombreux habitants de la région et de plus loin encore, venus échanger leurs marchandises contre d'autres. À ce qu'on dit, cette cité est déjà plusieurs fois millénaire ; pas étonnant qu'elle rayonne à ce point.

Cette évocation d'un passé immémorial éveille soudain ma curiosité.

— Corinthe existait-elle déjà à ton époque, Premier Né ?

— Oh non, Tirésias ! Les miens n'ont jamais vécu dans une ville de pierres, de briques et de bois. Nous étions nomades, poursuivant sans cesse le gibier d'un terrain de chasse à l'autre, cueillant les herbes et les fruits offerts par la Grande Mère Terre au fil des saisons sèches et humides. Nous fabriquions simplement des huttes de branchages et de peaux pour passer quelques semaines ici ou là. Il a fallu bien des centaines de siècles avant que nos lointains descendants aient l'idée de s'établir à un seul endroit, d'y faire pousser volontairement des plantes et d'y élever du bétail. Le monde lui-même a changé depuis que je l'ai foulé de mon vivant. De profonds lacs poissonneux se sont asséchés, des montagnes de feu se sont élevées vers les cieux, les océans se sont avancés et reculés sur les côtes plus loin que le regard ne peut porter.

Le vertige désormais familier me saisit à nouveau à l'idée d'une temporalité si gigantesque qu'elle défie mon imagination.

— Mes actions doivent te paraître bien dérisoires, par rapport à l'immensité de la Tapisserie que tu as déjà vu défiler…

— Étrangement, non. Tu es assez unique dans ton genre, figure-toi. À ma connaissance, c'est la première fois que la survie de notre espèce, et de beaucoup d'autres par la même occasion, dépend d'un seul individu. J'espère d'ailleurs que tu vas réussir et que nos enfants continueront à arpenter ce monde si merveilleux qui est le nôtre. C'est sûrement le plus bizarre depuis que je t'ai rencontré : tu m'as redonné de l'espoir, mais aussi l'angoisse qui lui est inextricablement liée. J'étais bien plus tranquille en compagnie de la Déesse de la Mort, ça tu peux m'croire !

— Désolé de te perturber ainsi…

— Ne le sois pas, c'est marrant de se sentir vivant, enfin, façon d'parler bien sûr !

Décidément, je ne me ferai jamais à son rire crissant.

Les murs de Corinthe entrent dans mon champ de vision alors que j'atteins la cime d'une énième colline. Je décide de faire un détour. Je n'ai nulle envie de tomber sur une patrouille qui voudra complaire à son chef en m'obligeant à le rencontrer pour lui rendre service. L'esprit des rois est souvent dévoyé par leur façon de séparer le monde en deux camps : ses sujets et « les autres », qui peuvent vite passer du statut d'étrangers à celui d'ennemis ou d'esclaves ! Certes, cette cité est réputée pour son commerce plutôt que pour sa volonté de domination militaire, mais je ne veux pas courir le risque. Je n'ai pas assez de temps pour en perdre alors que la rondeur de la lune atteindra bientôt sa plénitude.

Ce soir-là, je trouve refuge dans un abri de berger inoccupé. Pour être plus exact, je m'y cache pour la nuit afin que nul ne me débusque.

Il me faut encore deux jours de marche éreintante et solitaire – pourtant, je n'ai pratiquement pas de crampes, mais une profonde lassitude m'étreint – avant d'admirer la somptueuse Mycènes, que je contourne avec encore plus de précaution que Corinthe. Cette cité n'a pas une politique aussi pacifiste que sa voisine du nord !

Enfin, après quelques kilomètres de plus à serpenter avec prudence en me tenant à l'écart de toute confrontation humaine, je distingue dans le lointain les hauteurs de Tirynthe surplombant la mer avec superbe. C'est une vue magnifique qui arrête ma progression. L'une des fiertés de la Grèce !

— Connais-tu la belle Tirynthe qui étincelle sous l'éclat du jour, posée telle un joyau sur un écrin de verdure devant le bleu sans limite des vagues qui dansent à ses pieds ?

— Bien sûr que je la connais ! N'oublie pas que j'accompagne la Dame lorsqu'elle vient accueillir une âme en son Royaume.

Aussitôt, tout le plaisir que j'avais à contempler la cité s'efface tandis que la cruelle réalité se rappelle à moi.

— C'est bientôt celle de mon enfant qu'elle va emporter entre ses ailes divines…

Bien que dépourvu de poumons, le crâne parvient à pousser un long soupir agacé. Il s'abstient de tout autre commentaire, mais sa réaction me pique au vif et je me sens obligé de me justifier.

— J'ai conscience de ne pas être un très bon compagnon de voyage, mais en serait-il autrement si nos positions étaient inversées ?

— Oh oui, c'est sûr ! J'ai eu le temps de m'acclimater à l'idée que la vie est une explosion de sensations aussi extraordinaires qu'éphémères. Ton point de vue est normal, certes, car tu es aveugle à tout ce qui dépasse ton état actuel de mortel, mais quand tu auras quelques milliers d'années d'expérience, tu verras les choses autrement. Si ça s'trouve, on s'ra les meilleurs amis du monde !

Que répondre à cela ? À mon tour, je me contente de soupirer.

Premier Né, qui a fourni un énorme effort pour ne pas bavarder de tout et de rien pendant ma longue marche, se dépêche d'enchaîner sur un autre sujet qui ne peut pas me laisser indifférent.

— Ta fille habite en ville ?

— Non, un peu à l'écart, sur la colline là-bas à droite. Son époux possède plusieurs arpents de vignes et d'oliviers. C'est un citoyen et un commerçant riche et respecté, qui expédie sa production grâce aux bateaux de son frère armateur. Son vin est très réputé, jusqu'à la table de Pharaon lui-même !

— Un bon parti pour ta famille, donc.

— Ma famille n'a pas à rougir de la comparaison, rétorqué-je avant de me souvenir des circonstances. Enfin, elle n'avait pas à en rougir…

— C'est vrai que vos dons prophétiques puissants ont dû vous ouvrir toutes les portes. Dommage que je n'ai pas pu t'accompagner dans tes voyages au faîte de votre gloire. J'suis sûr que ça m'aurait plu et qu'on aurait bien rigolé ! Bah, tu m'raconteras tout ça plus tard, quand tu viendras pour de bon au Royaume des Morts.

Cela ne me met même plus mal à l'aise de l'entendre évoquer mon trépas avec autant de légèreté. Il faut croire que ma façon de penser le cycle de la vie et de la mort est en train de changer en dépit de mes épreuves.

Les ombres s'allongent autour de moi. Je ne me sens pas le courage de rallier le foyer d'Istoris ce soir. Autant qu'elle passe une dernière nuit d'insouciance et de joie dans les bras de son bien-aimé Philoctète.

Je me souviens que lors de leur mariage, j'avais remarqué une vieille cabane en contrebas de la colline où s'étend leur domaine. On m'avait dit qu'elle avait été bâtie par le père de Philoctète dans sa jeunesse, car il était grand amateur de coquillages et de crabes et qu'il aimait pêcher très tôt le matin après une courte nuit dans cette bicoque sans prétention. Effectivement, elle est vide. Apparemment, plus personne n'y a mis les pieds depuis des années. Ce sera un parfait refuge pour la nuit.

Après le coucher du soleil, le désir de purifier mon corps et mon âme me jette dans les flots mouvants. À sa demande, j'ai gardé le crâne autour de mon cou. Je suis surpris de l'entendre rire comme un enfant qui s'amuse comme un fou. Quand je finis par ressortir, il me confie qu'il ne savait pas nager de son vivant et que c'est la première fois qu'il est entièrement immergé.

— J'aimais ramasser des coquillages pour ma mère quand nos pas nous emmenaient à la recherche de fruits de mer, mais je prenais garde à ne jamais laisser l'eau monter plus haut que mes jambes. Quand j'étais enfant, j'ai vu une des femmes de la tribu se faire brusquement emporter par une énorme vague, et ses cris m'ont longtemps hanté. Mais toi, Tirésias, tu nages presque comme un poisson ! Tes muscles sont du genre à donner confiance. Bon, faut dire aussi que j'ai plus grand-chose à craindre pour ma vie, maintenant !

Avec lui, on n'a pas le temps de s'habituer aux compliments…

Comme les nuits précédentes, je sombre dans un sommeil sans rêve dès que je ferme les yeux. Cela m'étonne un peu car je suis plutôt d'un naturel insomniaque, surtout en période de tension ; c'est-à-dire à peu près tout le temps, à cause de mes Visions. Je n'aurais jamais cru qu'être un assassin pourrait me faire dormir comme un enfant innocent !

Je réalise que je n'ai rien mangé la veille au soir, apaisé par ma baignade qui m'a à nouveau rappelé l'étreinte aquatique de mon épouse maîtresse des eaux. Il ne reste pas grand-chose dans mon sac, quelques dattes et un gâteau au miel. Je dois pourtant me forcer à avaler ces délectables friandises. Sans cela, je crains de faire un malaise au moment où je reverrai ma dernière enfant vivante dans l'intention de l'expédier dans l'au-delà, l'arrachant du même coup à l'affection de sa belle-famille et de son malheureux époux.

Je me sens si mal à l'idée de ce qui va se produire, qu'il est presque midi quand je parviens à réunir assez de volonté pour sortir de la cabane et rejoindre le large sentier bien entretenu qui rallie le domaine de Philoctète à la cité.

Une servante m'apprend que ma fille est seule à la maison, car le reste de la famille a été convié par le dirigeant de Tirynthe. Comment se fait-il qu'Istoris ne s'y soit pas rendue ? Me serais-je trompé sur le respect que lui vouent ses proches ? S'ils lui ont fait du mal, je…

Mais qu'est-ce que je raconte ?! Je ne corresponds vraiment plus à l'image du père modèle prêt à défendre sa progéniture !

Ma fille est là, devant moi, dos tourné à la porte que je viens de franchir. Ses longs cheveux, relevés en un savant chignon orné de rubans, de perles et de coquillages, sont aussi blonds que ceux de sa défunte jumelle étaient noirs. Comme toujours, j'admire ce bel héritage de mon grand-père venu de lointaines contrées nordiques.

— Istoris, balbutié-je avec une douloureuse tendresse.

Elle se retourne vivement. Son doux visage s'éclaire d'un fabuleux sourire.

— Papa, tu es déjà arrivé ? Quelle joie de te revoir !

Une joie que je ne partage pas, mais alors pas du tout. Je fixe les visibles rondeurs de ma fille, comprenant pourquoi elle ne s'est pas rendue à Tirynthe avec les autres. Saisi d'une violente nausée, je ressors en courant de la pièce pour aller vomir le maigre contenu de mon estomac dans la cour.

La stupeur la plus insensée et la plus horrifiée réduit mon esprit et mes entrailles en bouillie.

Istoris est enceinte.

Je vais devoir tuer son enfant dans le ventre de sa mère !

— C'est impossible, Premier Né, tu m'entends ? Je ne peux pas faire une chose pareille ! Je ne connais même pas mon petit-fils ou ma petite-fille, alors comment la Déesse peut-elle me demander d'en porter le deuil ? Il s'agit forcément d'une erreur !

— Papa, est-ce que ça va ? À qui parles-tu ? Où sont maman et mes sœurs ?

Ses grands yeux d'azur sont rivés sur moi avec inquiétude. Ils s'écarquillent de plus en plus.

— Papa, qu'est-ce que tu portes autour du cou ? Pourquoi ce bijou bizarre a-t-il pratiquement la même aura qu'un être vivant ?

— C'est de moi qu'elle parle ? marmonne le crâne d'un ton abasourdi.

— Il… il parle ? Mais comment est-ce possible ?

— Quoi ? Tu m'entends, jeune fille ?

— Il a encore parlé, là, non ?

— Mais pourquoi tu me réponds pas au lieu de me demander si je parle ?

Leur échange surréaliste finit par m'arracher à mon effarement.

— S'il vous plaît, taisez-vous tous les deux, je vais tout vous expliquer. Mais d'abord, je voudrais qu'on aille s'asseoir, Istoris, car tu risques d'avoir un très grand choc.

— Si tu veux. En parlant de choc, tu as eu l'air d'être frappé par la foudre en découvrant mon état. Je me disais aussi que c'était bizarre que tu sois déjà là, parce que ça fait seulement cinq jours que j'ai envoyé la lettre pour vous avertir que j'attendais un enfant. C'est trop court pour un aller-retour jusqu'à Thèbes, vu que le messager était à pied et que je sais que tu n'aimes pas monter sur le cheval de grand-père. Ta présence est une coïncidence, ou alors tu as Vu ma grossesse, mais ça m'étonnerait parce que je sais que tu respectes la règle qui déconseille aux oracles les Visions de leurs proches. En plus, si tu m'avais Vue, tu n'aurais pas eu cet air surpris, bien sûr. Mais dis-moi, Papa, pourquoi y a-t-il cette ombre effrayante dans ton aura ? J'espère que tu n'as pas de mauvaises nouvelles !

Toute cette tirade est prononcée quasiment d'une traite. Ma fille est une adorable bavarde. Hélas, ce que j'ai à lui dire va sûrement interrompre son délicieux babillage…

Effectivement, quand j'achève mon compte rendu de ces derniers jours, elle ne peut plus parler, seulement sangloter, recroquevillée dans le fond de son fauteuil, les jambes repliées contre sa poitrine.

— C'est quoi, les auras dont vous avez parlé plusieurs fois ? m'interroge Premier Né à voix basse.

Je quitte silencieusement la pièce avant de lui répondre.

— Istoris voit une sorte de halo lumineux autour des êtres vivants. Selon son aspect, sa couleur et je ne sais quoi d'autre qu'elle perçoit, elle peut connaître le caractère d'une personne, savoir si elle ment, ressentir les premiers effets d'une maladie, et bien plus encore. C'est comme ça qu'elle a vu que tu n'étais pas qu'un bijou de cristal et qu'elle a su que tu parlais, même si elle n'est pas capable de t'entendre.

— Il y avait un chaman dans une autre tribu quand je vivais, qui disait voir ce genre de choses grâce à une décoction de plantes dont il avait le secret.

— C'est un phénomène assez courant chez les gens qui s'ouvrent aux mystères du monde, mais chez ma fille, c'est un pouvoir permanent et très puissant. Oh, Premier Né, dis-moi, penses-tu que je pourrais négocier avec la Déesse par rapport au bébé ? C'est déjà affreusement cruel de devoir faire mourir mes proches, mais cet enfant n'a même pas encore vu le jour !

— Je suis désolé, Tirésias, mais les requêtes divines sont indiscutables.

— Je ne peux pas sacrifier cet enfant à naître ! Comment sera-t-il accueilli dans le Royaume des Morts, lui qui n'aura jamais vécu ?

— C'est censé rester un mystère pour les mortels mais tant pis, je prends sur moi de te le dire, mon ami. Les petits morts avant la naissance repartent immédiatement dans le cycle des renaissances. Ils ne peuvent pas choisir de rester plus ou moins longtemps auprès de ma Dame.

— Alors, ma fille ne pourra jamais le serrer dans ses bras ? C'est trop injuste ! Je ne peux pas croire que la Déesse voudrait lui réserver un sort pareil, elle qu'on nomme la Mère Ultime !

— Les Dieux et les Déesses ne pensent pas comme les mortels, papa.

Ma fille titube jusqu'à moi et me serre contre elle. Je lui rends son étreinte désespérée. Les larmes coulent ininterrompues sur nos joues crispées.

Au bout d'un temps indéfinissable, elle s'essuie tant bien que mal dans un pan de son vêtement et lève vers moi son petit visage résolu.

— Donne-moi le Nectar, papa. Je vais le boire.

— Non, Istoris, tu ne peux pas sacrifier ton enfant dans ton ventre et te condamner à ne jamais être mère !

— Si j'étais plus proche du terme, je t'aurais supplié de m'ouvrir le ventre de ta lame et d'en extraire mon bébé. Son père en aurait pris soin et l'aurait confié à une nourrice. Hélas, il lui faudrait encore deux ou trois mois en mon sein pour survivre à sa naissance, alors nous allons devoir mourir ensemble.

— Non, non, je ne peux pas, c'est trop me demander !

— Je sais, papa, mais il le faut. Pour tous les autres enfants du monde. Tu es le seul à pouvoir sauver leur avenir.

Ses paroles semblent figer mon sang dans mes veines. J'ai l'impression que mon visage et mon corps sont aussi froids et raides qu'un bloc de glace. Je n'arrive même plus à parler.

Istoris se met sur la pointe des pieds pour poser un dernier baiser sur ma joue. Son souffle chaud m'emplit de frissons incontrôlables.

Elle prend elle-même le flacon dans ma poche et l'ouvre doucement. La suavité de son parfum fait palpiter ses narines délicates.

Elle darde le bleu de ses yeux sur le crâne cristallin.

— S'il te plaît, Celui-qui-verse-l'eau, veille sur mon père.

Puis l'ultime extase du breuvage fatal soustrait à jamais de ma vue ma fille et son ventre inutilement fécond…

Chapitre 10 :
Dernière heure

— Et moi ? Je reste là ?

Je ne comprends pas. J'ai accompli la volonté de la Déesse. Elle m'a fait amplement éprouver le poids du deuil. Pourtant, rien ne se produit. Je ne suis pas rappelé devant elle par cet étrange pouvoir de déplacement instantané que j'ai subi plusieurs fois dans l'au-delà. Se joue-t-elle de moi à ce point ? Ne m'a-t-elle contraint à commettre tous ces crimes abominables que pour le plaisir malsain de me torturer ?

— Il faut attendre la pleine lune, tempère la voix discordante de mon compagnon d'infortune. À minuit ce soir, tu pourras rendre compte de l'accomplissement de ta mission.

— Tu en es sûr ?

— Évidemment ! Je te conseille de ne pas émettre de doute sur la parole de ma Dame, sinon t'auras affaire à moi, misérable mortel !

Son ricanement m'indique qu'à sa façon déplaisante, il essaye de me distraire de ma peine. Sans lui répondre, je décide de retourner à la cabane abandonnée. Mais avant cela, je mets en œuvre un plan qui, je l'espère, m'évitera d'être débusqué par Philoctète et sa famille. Ma tendre Istoris a toujours aimé peindre de merveilleuses scènes sur tous les supports à sa disposition : parchemin, pots, tissu, même les murs ! Je ne mets pas longtemps à trouver son matériel dans une pièce remplie de ses créations. Je l'utilise non pour dessiner – heureusement car je suis loin d'avoir son talent – mais pour écrire un message.

« Je dois emmener ma chère fille Istoris par rapport à une Vision très importante. Je vous la ramène dès que possible.

Mes amitiés, Tirésias de Thèbes »

C'est un peu laconique mais cela devrait faire l'affaire. Quand Philoctète a su qui était le père de cette éblouissante jeune fille qui l'avait ensorcelé, il a été très impressionné. J'espère que le respect mêlé de crainte envers mes pouvoirs suffira à le faire patienter quelques jours au lieu de se lancer à la recherche de son épouse disparue. Je suis désolé de lui faire miroiter un impossible retour, mais je n'ai pas vraiment le choix. Personne ne doit soupçonner mes crimes avant que la Déesse de la Mort remplisse sa part de notre contrat.

— Je savais que t'étais un p'tit malin, s'amuse Premier Né. C'est bien joué, bravo !

— Il n'y a pas de quoi se réjouir, répliqué-je sèchement.

— Oh, sois pas si bougon ! Après tout, tu vas bientôt recevoir la récompense pour laquelle tu as eu le cran ou la folie d'affronter la Déesse de la Mort elle-même.

— Tu parles d'une récompense ! Ce n'est que le moyen de peut-être parvenir à peut-être trouver une solution pour peut-être empêcher l'humanité d'aboutir au Vortex qui la détruira, ainsi que la plupart des êtres vivants de ce monde !

— Tu vas être un héros pour l'humanité entière. C'est quand même pas rien !

— Je n'ai jamais voulu être un héros. Être un père de famille me comblait de bien plus de joie et d'honneur. Je ne fais tout cela que par obligation, et non par plaisir ou par désir de reconnaissance.

— Ça ne te rend que plus admirable, Tirésias.

Je ne dis plus rien. Qu'il croie ce qu'il veut, après tout ; je m'en fiche ! Mon cœur est mort, désormais. Plus rien ne pourra me blesser. À force de vivre pour les autres, j'ai perdu ma propre vie.

Le soleil fait avancer son char dans les cieux avec une lenteur désespérante. Ce sont les dernières heures de mon existence en tant que Tirésias, le célèbre devin de Thèbes, mais j'ai hâte qu'elles se terminent.

À la nuit tombée, je me dévêts pour un nouveau bain de mer. La lune se lève sur l'horizon mais je ne redoute plus d'être surpris par mes frères mortels. Ce soir plus que jamais, je me sens hors du temps.

C'est la voix à mon cou qui me tire de ma transe bercée par les vagues inlassables.

— C'est bientôt l'heure, Tirésias. Si tu veux prendre la peine de te rhabiller avant de retourner dans le Royaume des Morts, c'est le moment. Non pas que la Déesse y accorde une quelconque importance, mais j'ai pu constater au fil des siècles que les humains apprécient de plus en plus leurs vêtements, surtout quand ils sont riches. À croire qu'ils ont honte du corps généreusement offert par la Grande Mère Nature, ou qu'ils ont quelque chose à cacher !

Dans l'état d'esprit dans lequel je suis, je crois que je n'ai plus rien à cacher, mais l'idée de me retrouver entièrement nu devant d'autres morts, éventuellement des gens de ma famille, me met mal à l'aise. Je ne vais pas dans l'au-delà comme si j'allais au gymnase[4] pour faire de l'exercice !

Je me hâte donc de retourner sur la plage rocailleuse et de renfiler ma tunique. Mon nez est frappé par son odeur douteuse, mais tant pis, je n'ai pas d'autre choix.

Je m'assieds sur un rocher et en attendant le milieu de la nuit, je contemple la mer qui s'étend devant moi. D'ordinaire, c'est un spectacle qui m'apaise et m'inspire mais ce soir, c'est comme si mon cerveau était vide. Je n'arrive plus à penser. Plus exactement, je ne veux plus penser. Il y a trop de souffrances passées et à venir pour vouloir y réfléchir…

Tout à coup, le monde s'efface et se redessine. Je commence presque à m'habituer à l'étrange sensation d'être ballotté d'un monde à l'autre au gré des caprices des êtres surpuissants qui me manipulent comme une marionnette, un vulgaire objet qu'on déplace ici ou qu'on jette là sans y prêter attention.

Je suis de retour dans le jardin luxuriant de la Déesse, dont les senteurs et les couleurs sont un ravissement. Son visage irréel est nimbé de mélancolie.

— Tu as obéi à ma requête, mortel. Désormais, tu éprouves dans ta chair et dans ton esprit tout l'insoutenable poids du deuil. Je vais donc à mon tour remplir ma part de notre accord mais avant cela, je voudrais récupérer mon compagnon d'éternité et mon flacon de Nectar.

Je dépose cérémonieusement les deux objets dans sa main parfaite, une main que je voudrais tenir entre les miennes comme je le faisais à chaque fois que je rejoignais ou quittais ma mère.

Le crâne de cristal se met à luire de contentement. L'ombre et la lumière s'associent pour former une ébauche de visage vaguement simiesque.

---

[4] Du grec « gumnos » qui signifie « nu ». Les athlètes grecs s'entraînaient en effet dans le plus simple appareil.

— Salut, Tirésias, j'espère te r'voir un de ces jours pour profiter de ta riante compagnie ! gouaille-t-il une dernière fois.

Je ne lui ferai pas le plaisir de le lui avouer après toutes les remarques acerbes dont il m'a gratifié, mais je crois bien qu'au fond, il va me manquer.

— Sois gentil avec ton ami, Premier Né, le gronde affectueusement la Déesse en le raccrochant sur sa poitrine maternelle. Mets-toi un peu à sa place.

— Sauf ton respect, ma Dame, j'préfère pas. Il a eu beaucoup trop de peine, le pauvre.

— Je sais, mais c'était nécessaire. On ne joue pas impunément avec la vie et la mort, même pour une cause aussi louable que la survie de plusieurs espèces mortelles.

La Déesse retourne son insondable regard vers moi. Des galaxies entières étincellent au fond de ses prunelles. Je dois crisper mes muscles pour lutter contre la tentation de m'y plonger corps et âme. Comme la mort me semble désirable en cet instant ! Pour qu'enfin, tout cela s'arrête…

Je me ressaisis et esquisse un pas en arrière. Je n'ai pas le droit de prétendre au repos éternel, encore moins maintenant que mes proches ont accepté de mourir afin que je vive pour accomplir ma destinée.

— Tu auras triomphé de toutes les épreuves, murmure affectueusement ma divine interlocutrice. Approche-toi et reçois l'étreinte de la mort pour ton corps d'homme, puis celle de la renaissance pour ton corps de femme.

Elle me serre contre elle comme le ferait une mère pour consoler ou rassurer son enfant. Je suis si merveilleusement bien entre ses bras…

Un vertige s'empare brusquement de moi quand mes sensations physiques disparaissent. Je ne suis plus qu'un esprit sans corps.

Pendant une seconde, j'ai l'impression que ma conscience pourrait engloutir l'univers tout entier, s'affranchissant des frontières de l'espace et du temps. Est-ce donc cela, être un Dieu ?

Mais déjà, mon être immanent rapetisse, se recroqueville, se réincarne dans les limites d'une enveloppe charnelle.

Au moment où je sens à la fois mon corps se rematérialiser et s'évanouir dans le néant d'entre les mondes, la Déesse me glisse un dernier mot à l'oreille.

— Au revoir, Tirésia. Tu rejoindras mon Royaume quand tu seras la dernière de ta lignée.

Deuxième partie :

Tirésia

Chapitre 11 :
La sœur que je n'ai jamais eue

Mes yeux s'ouvrent sur la robe d'obscurité infiniment étoilée de Nix, la Déesse de la nuit. La lumineuse rondeur de Séléné s'exhibe triomphalement juste au-dessus de moi. Elle dispense assez de lumière pour qu'en m'asseyant, je reconnaisse immédiatement le paysage. Je suis de retour sur la colline tout près de chez moi.

Aussitôt, les larmes me montent aux yeux. Mon foyer n'est plus qu'un vide glacé…

Pourtant, il me semble apercevoir les lueurs dansantes d'un feu à travers les fenêtres. Non, c'est sûrement une illusion due à ma vue embuée !

Machinalement, je porte ma main à mon visage pour m'essuyer, mais je suspends mon geste en plein milieu. Cette main… Fine, délicate, gracieuse…

Oh mais par tous les Dieux, où avais-je la tête ? C'en est fini de ma poigne virile, habituée à manier aussi bien les armes que les lourds bâtons de marche !

Je me lève d'un bond. Je ne porte plus ma vieille tunique poussiéreuse et puant la sueur. À la place, la Déesse de la Mort m'a fait cadeau d'une robe de grande qualité, presque aussi courte que celle d'Artémis la chasseresse.

Un peu incrédule, j'explore à tâtons les replis et les renflements de mon nouveau corps. Je suis plutôt grande et musclée, la poitrine haut perchée, les jambes et les fesses galbées. Je n'ose pas encore m'attarder sur ma nouvelle intimité. J'aurai bien le temps d'y penser lorsque la première envie pressante me prendra. D'ailleurs, est-ce qu'une femme peut uriner debout aussi aisément qu'un homme ? Je soupçonne malheureusement que non…

Je ris de cette pensée incongrue mais, comme mon geste précédemment, mon rire s'interrompt en cours de route. Il va aussi falloir que je m'habitue à ma nouvelle voix !

Je me demande à quoi ressemble mon visage… Il faut que je sache. Tant pis pour la douloureuse solitude qui m'attend ; je vais devoir me rendre dans ma maison afin de m'y examiner sous toutes les coutures dans l'incomparable miroir d'obsidienne, d'or et d'argent incrusté de pierreries que Pharaon m'a remis en échange d'une de mes prédictions. Il faut dire qu'elle lui a été très utile, puisqu'elle lui a permis de déjouer un complot destiné à mettre un terme prématuré à son règne.

Je descends la pente avec précaution, incertain – pardon, incertaine – des réactions de mon corps féminin. Je suis vite rassurée : celui-ci se meut avec force et souplesse. Je veux dire, JE me meus avec force et souplesse.

Je pense qu'il va me falloir un certain temps avant de me considérer réellement comme la femme que je suis indubitablement devenue. « Tirésia », comme la Déesse m'a appelée avant de me renvoyer vers le monde des vivants… Un nom qui me convient bien, pratiquement le même et pourtant différent.

Je brûle d'envie de tester mes capacités physiques. Je pressens que je suis taillée pour la course et le tir à l'arc plus que pour le pugilat et le lancer de javelot, mais je ne pourrai en être sûre qu'en essayant. Cependant, je me ravise sagement. La nuit, même éclairée par l'astre lunaire, n'est pas la période la plus propice à ce genre d'expériences. Un trou ou un caillou peuvent s'y dissimuler traîtreusement. Mon objectif n'est pas de comparer une jambe cassée féminine avec son équivalent masculin ! C'est un accident qui m'est arrivé il y a une quinzaine d'années et que je ne souhaite pas du tout revivre même si, grâce aux soins experts de Timon et Stonissè, je n'en ai fort heureusement pas gardé de séquelles.

Prise par mes pensées un peu folles, je n'ai pas prêté attention à autre chose que le sol où j'ai avancé avec précaution un pas après l'autre, presque hypnotisée par mes petits pieds enlacés dans de très belles sandales. La Déesse m'a gâtée, au moins dans le domaine vestimentaire !

Arrivée en bas de la colline, je lève enfin la tête et là, surprise : le feu que je croyais avoir aperçu tout à l'heure flamboie bel et bien dans ma demeure. Sans doute un serviteur sera-t-il resté sur place dans l'attente du retour de ma famille mystérieusement disparue…

Je ne sais pas trop ce que je vais pouvoir inventer comme excuse pour justifier ma présence. Certes, nos gens savent que nous avons certains pouvoirs, mais de là à accepter le fait que le maître de maison soit désormais une femme ! Je ne veux pas m'attirer d'ennuis en me montrant imprudente à ce sujet. Les rumeurs iront bon train, de toute façon ; inutile de leur donner du poids en étant trop bavarde. J'espère que je ressemble assez à celui que j'étais pour pouvoir prétendre que je suis une cousine. Sinon, il me reste l'option d'une collègue oracle ; à condition que j'aie gardé mes cheveux blancs et mes yeux dorés. Pour les premiers, je suppose que c'est le cas, mais sous la lueur de la lune, ils pourraient tout aussi bien être blonds comme ceux de ma pauvre Istoris. Quant aux seconds, je n'en aurai confirmation que grâce au miroir que je convoite.

Me voici déjà à la porte de la maison. Pas question de frapper, cette fois. Si le gardien des lieux s'est endormi, autant ne pas le réveiller.

Je me faufile discrètement à l'intérieur, opération facilitée par mon corps plus élancé et léger. Je retiens mon souffle pour écouter : le crépitement du feu dont le rougeoiement semble donner vie aux statuettes des divinités sur l'autel familial, les crissements des insectes en provenance du dehors, le hululement feutré d'une chouette dans le lointain…

J'en profite pour adresser une prière muette à la sage Athéna et la prier de bien vouloir m'octroyer un peu de sa ruse et de son intelligence pour me sortir de cette situation délicate.

À part ces sons absolument normaux, rien ne révèle la présence d'une autre personne éveillée. Si je reste silencieuse, mon intrusion devrait passer inaperçue.

Je continue donc ma lente progression dans la maison, sur la pointe des pieds et respirant à peine. Comme un fantôme, je me glisse dans la chambre conjugale où le précieux miroir est entreposé dans le coffre au pied du lit.

Là, tous mes efforts de furtivité échouent en un éclair car je ne peux retenir une exclamation stupéfaite en découvrant qui est en train de dormir paisiblement.

— Telfousa, c'est toi ? Mais comment est-ce possible ? Tu as bu le Nectar divin et tu as disparu dans le Royaume des Morts !

Mon épouse s'assied d'un bond dans notre lit, tire la couverture jusque sous son menton et me regarde d'un air aussi éberlué que le mien. On dirait qu'elle n'est pas sûre d'être éveillée ou en plein dans un rêve incompréhensible.

Mes cris ont dû ameuter toute la maisonnée car Mantè, enveloppée à la hâte dans son drap, déboule en courant dans la pièce, une lampe à huile à la main. J'entends même la voix enfantine de ma cadette qui s'inquiète depuis sa chambre dont elle ne doit pas oser sortir.

— Maman, qu'est-ce qui se passe ?

Par réflexe, je lui réponds sans réfléchir.

— Tout va bien, Daphné, ne t'en fais pas ! C'est papa qui est revenu !

— Papa chéri ? glapit-elle d'un ton ravi. J'arriiiiiive !!

Mes amours sont toutes là, bien vivantes ! Je n'y comprends rien. Est-ce que la Déesse de la Mort a manipulé le flux du temps afin de me renvoyer dans le passé ? Ou est-ce que le monde dans lequel elle m'a renvoyé une première fois n'était qu'une illusion, une sorte de copie du monde réel ?

Je ne le saurai sans doute jamais… mais en réalité, je m'en contrefiche totalement ! Je ne suis pas un assassin ! Je n'ai pas perdu ma famille ! Je pleure à nouveau sans pouvoir m'arrêter mais cette fois, ce sont des larmes de joie qui dégoulinent le long de mes joues et viennent tremper le haut de mon vêtement.

Telfousa et nos filles semblent perplexes de me voir sangloter ainsi, les yeux en crue et la bouche étirée jusqu'aux oreilles. Tant de bonheur après tant de malheur ! Je titube sous l'effet de ces intenses bouleversements successifs. Il faut que je m'appuie contre le mur pour ne pas tomber.

Mantè s'approche de moi, si près que sa mère s'en effraie.

— Attention, ma chérie, cette femme a l'air d'avoir perdu l'esprit ! Viens près de moi, Daphné, ordonne-t-elle en voyant la fillette apparaître dans l'encadrement de la porte.

La petite obéit aussitôt. En revanche, au lieu d'obéir à sa mère, notre aînée colle pratiquement son visage sous le mien.

— Tu es mon père Tirésias, n'est-ce pas ? Tu as réussi à convaincre la Déesse de la Mort de te transformer en femme !

Mon cœur est si fier de ma fille, toujours aussi perspicace dans les situations les plus inattendues. Incapable de répondre à cause des émotions qui me submergent, je me contente de hocher affirmativement la tête. Mantè se jette dans mes bras, aussitôt imitée par sa petite sœur qui pousse des cris de joie.

— Papa chéri, tu es enfin revenu ! Et tu as une belle robe et des belles sandales !

Je ne m'étonne pas qu'elle ait remarqué ces détails. Malgré son jeune âge, Daphné est très coquette. C'est la petite princesse de la famille et elle en profite largement pour se faire gâter par tout le monde, surtout par ses grands-parents.

Ses grands-parents ! Mais oui, si ma femme et mes enfants sont en vie, alors cela veut sûrement dire que…

— Chariclo et Évérès vont-ils bien ? Les avez-vous vus aujourd'hui ?

— Oui, nous avons même dîné chez eux tout à l'heure, m'apprend Mantè. Mais pourquoi as-tu peur qu'il leur soit arrivé quelque chose ? Tu as eu une Vision ?

— Non, ma sagace enfant. Je n'ai eu aucune Vision concernant mes parents. Je ne Regarde pas l'avenir de mes proches, car…

— …c'est trop dangereux, je sais ! conclut-elle avec un petit air rebelle qui me laisse supposer que si elle l'estime nécessaire, elle n'hésitera pas à braver ce tabou. Mais raconte-nous tes aventures ! Tu as dû voir des choses extraordinaires dans l'au-delà ! J'ai hâte de tout savoir !

— Mantè, ne harcèle pas ton… ton père comme ça, la réprimande Telfousa d'un ton un peu hésitant. Enfin, si on peut encore l'appeler ton père…

Un silence gêné s'installe tandis que les trois femmes habituelles de la maison fixent la quatrième à la présence beaucoup plus inattendue.

— J'imagine que ça doit vous surprendre autant que moi, finis-je par dire. Je viens seulement de me retrouver sur la colline en face de la maison. Je ne sais même pas à quoi je ressemble…

Telfousa hésite une seconde puis me désigne le coffre d'une main un peu tremblante.

— Le miroir que t'a offert Pharaon est là.

Pendant que je le récupère, Mantè à l'esprit vif s'élance vers la pièce centrale de la maison.

— On y verra mieux ici avec le feu, et je vais allumer plusieurs autres lampes !

— Je viens t'aider ! s'écrie Daphné en se précipitant derrière elle.

Restées seules dans notre chambre, Telfousa et moi échangeons un long regard troublé, puis elle se résout à se lever et à enfiler la tunique déposée sur un siège près du lit, où elle aime s'installer pour peindre ou tisser.

La brève vision de sa nudité m'émeut d'une manière que je n'avais encore jamais ressentie, mais aussi fortement que lorsque j'étais un homme. Je me demande ce qu'il va advenir de nous.

— Je sais que mon apparence a changé, mais je suis toujours la même personne follement amoureuse de toi, Telfousa.

— Mon cœur voudrait le croire mais mes yeux ont besoin de temps, soupire-t-elle. Peut-être de beaucoup de temps…

— Alors, vous venez ? nous interrompt la voix impatiente de Daphné.

— Laisse papa et maman tranquilles, lui conseille Mantè d'une voix douce. Ils viendront dès qu'ils seront prêts.

— Nous sommes prêts, s'exclame Telfousa en se hâtant de rejoindre nos filles.

Et de s'éloigner de moi, ne puis-je m'empêcher de songer tristement.

Je secoue la tête pour chasser ces pensées négatives. Ce n'est pas le moment de m'apitoyer sur l'incertitude de l'avenir de mon couple. Même si Telfousa ne veut plus de moi, ce que je peux très bien comprendre, j'éprouve une reconnaissance infinie envers la Déesse qui a eu la bonté de me rendre ma famille. Pour le reste, on verra bien.

Je me dépêche donc à mon tour de retrouver celles que j'avais cru perdues à jamais.

— Essuie-toi un peu les yeux, papa chéri, sinon tu vas te faire peur dans le miroir, me taquine Daphné avec un nouvel éclat de rire.

J'obtempère du mieux que je peux avec l'une de mes manches.

Mantè en profite pour me démêler les cheveux, qui sont bien plus longs que lorsque j'étais un homme. À présent qu'il y a davantage de lumière, j'ai la confirmation qu'ils sont d'un blanc pur et non blonds comme les blés mûrs tels ceux d'Istoris. Je parie que mes yeux sont bel et bien dorés comme ceux des oracles.

Quand mes filles estiment que je suis présentable, elles me font asseoir devant la cheminée et tirent deux meubles à mes côtés pour y disposer leurs lampes. Mantè va jusqu'à se mettre derrière moi pour en tenir deux à la hauteur de mon visage.

— Attention à ne pas enflammer ses cheveux, lui signale sa mère.

Elle lève les bras, prête à invoquer son pouvoir d'élémentaire d'eau en cas de besoin. Je me réjouis secrètement de constater ce que je veux prendre comme une marque d'affection à mon égard.

L'heure de vérité est venue. Le cœur battant la chamade, je me saisis du miroir ouvragé par les plus habiles orfèvres égyptiens et je l'approche de la nouvelle moi. Mes mains tremblent, mais je ne saurais dire si c'est de crainte ou d'impatience.

Je reconnais immédiatement mes yeux dorés. Ils n'ont pas changé, mais je ne peux pas en dire autant du reste de ma personne !

Je contemple longuement les traits féminins et harmonieux de mon nouveau visage, un peu incrédule à l'idée de ne plus avoir de barbe. Je tâte mon menton et mes joues lisses d'un doigt circonspect qui fait rire mes enfants et même sourire mon épouse.

Finalement, je trouve que je ressemble à la sœur que je n'ai jamais eue.

— Tu es trop belle, papa chéri, s'exclame Daphné avec un ravissement enfantin.

On peut dire qu'à sa manière, elle vient de résumer parfaitement la situation !

Chapitre 12 :
Un vortex peut en cacher un autre

Il est évident qu'aucun de nous ne pourra se rendormir pour la fin de cette nuit. Mantè insiste pour que nous allions sans attendre réveiller mes parents, qui attendent aux aussi mon retour avec angoisse depuis plusieurs semaines.

— Grand-mère Chariclo a réussi à me convaincre de ne pas utiliser la Vision pour savoir quand tu rentrerais, ni si tu allais pouvoir convaincre la Déesse de la Mort de te transformer en femme pour démultiplier tes pouvoirs, ajoute-t-elle d'un ton faussement résigné.

— Dis plutôt que tu n'as pas réussi à avoir une Vision assez précise de mon avenir, jeune fille !

Elle baisse la tête tandis que ses pommettes s'empourprent. Je retiens un sourire attendri. Je sais par quoi elle passe. Il est tellement tentant de se renseigner sur ce qui attend nos proches ! Mais rapidement, on s'enferme dans une volonté de contrôle qui finit par devenir délirante. Plus d'un oracle s'est déjà brûlé les ailes à ce petit jeu dangereux. Il faut qu'elle comprenne la leçon rapidement.

— Si tu t'obstines à braver cet interdit, ton don te sera retiré, Mantè. C'est très sérieux. Pourquoi crois-tu que nous sommes incapables de Voir notre propre avenir ? C'est la même chose : cela nous rendrait fou !

— Je suis désolée, papa…

Cette fois, son repentir semble plus sincère. Des larmes brillent au coin de ses yeux.

— Ce n'est rien, ma petite chérie. Je suis passé par la même chose, quand j'étais jeune. J'ai voulu contrôler le destin de mon cousin Épaminondas pour éviter qu'il devienne aveugle, mais tout ce que j'ai gagné, c'est sa colère quand il s'est aperçu que j'essayais de le manipuler au lieu de le laisser vivre librement sa vie et de faire ses propres choix. Heureusement, dans sa bonté, il a accepté de me pardonner. Finalement, quand la maladie l'a frappé, nous sommes devenus encore plus proches, parce que nous nous respections pleinement l'un et l'autre quelles qu'en soient les conséquences. C'est aussi pour cela que nous devons toujours prévenir ceux qui nous consultent, que la connaissance de leur avenir potentiel peut être dangereuse. Ils doivent accepter le poids que cela fera inévitablement peser sur eux.

— Je ne le ferai plus, papa, c'est promis.

Je la console en la serrant dans mes bras, sous le regard un peu critique de Telfousa.

— Il y a autre chose qu'il ne faudra plus faire, au moins en public, remarque-t-elle : appeler votre... votre père « papa ». Il est une femme, à présent. Si des gens vous entendent, ils se poseront des questions. Il serait plus prudent de l'appeler autrement.

— Votre mère a raison, les enfants. Certains humains sans pouvoir éprouvent des sentiments mitigés envers ceux qui ont accès à la magie.

— Je sais, renchérit Daphné. C'est pour ça que maman m'a dit de ne jamais employer mon pouvoir sur l'eau quand d'autres gens peuvent me voir !

— C'est un excellent conseil, et je suis sûre que tu es assez grande et sage pour faire bien attention. Concernant mon nom, la Déesse de la Mort elle-même m'a appelée « Tirésia ». Je pense que vous n'aurez pas de mal à le retenir !

— Ça va être bizarre de t'appeler par ton prénom, marmonne Mantè. Est-ce qu'on pourrait dire... « tata », par exemple ? Si on nous demande qui tu es, on dira que tu es la sœur de notre père. Après tout, vous vous ressemblez... euh, je veux dire, tu te ressembles beaucoup, papa – tata...

— Oh oui, s'il te plaît, est-ce que je peux t'appeler « tata chérie », moi ?

— Qu'en penses-tu, Telfousa ?

Elle réfléchit un instant avant d'acquiescer.

— Je pense que ce sera effectivement plus simple pour les enfants, surtout pour Daphné. Ça évitera les erreurs et ça nous permet de continuer à former une famille aux yeux du monde.

Sa réponse me comble de joie. J'ignore si nous formons encore un couple mais au moins, elle ne me repousse pas complètement !

Ce détail pratique réglé, nous décidons de patienter encore une heure avant d'aller rejoindre mes parents dans la maison voisine. L'aube commence à poindre à l'horizon et ils se réveillent généralement tôt. En attendant, nous préparons un petit-déjeuner copieux à prendre tous ensemble. Cela me rappelle un peu le dernier repas que nous avons partagé, avant que mes deux filles et ma femme ne…

— Tu es toute pâle, *Tirésia*, relève Telfousa. Si tu as faim, n'hésite pas à te servir tout de suite. Je ne sais pas de quoi tu as pu te nourrir pendant ton séjour dans l'au-delà.

— Merci, mais ne t'inquiète pas, ça va aller. Tu comprendras tout à l'heure, quand je vous raconterai ce que j'ai vécu durant mon absence. Il y a eu des moments vraiment très durs, qui troublent encore beaucoup mon esprit. Il me faudra du temps pour oublier.

— Est-ce que ce sont des choses que Daphné peut entendre, ou faut-il que j'aille chercher une servante pour la garder ici ?

— Oh non, maman, je veux savoir, moi !

Je considère notre cadette d'un œil inquiet. C'est vrai que ce que j'ai à dire pourrait lui donner des cauchemars !

— J'ai déjà dix ans, insiste-t-elle. Je suis une grande fille !

Je me souviens du garçon que j'étais à son âge. J'ai subi la pire Vision possible à trois ans, et cela a influencé profondément le reste de ma vie ; mais c'est aussi ce qui a fait de moi l'homme… pardon, la femme que je suis devenue. Une personne qui a pu compter sur ses parents, puis qui a trouvé l'amour et qui a fondé une merveilleuse famille en dépit de l'ombre hantant à jamais son cœur.

— Tu as raison, Daphné. Tu as déjà prouvé que tu savais agir comme une enfant intelligente et raisonnable, et je suis très fière de toi. Il y aura des choses terribles dans ce que je vais expliquer. Cela te fera sûrement très peur, et c'est tout à fait normal. Sache que ta mère, ta sœur et moi, ainsi que tes grands-parents, nous serons là pour toi si tu as besoin d'en parler. Il ne faut jamais avoir honte des émotions que l'on ressent. Elles sont parfois difficiles à supporter, mais elles peuvent aussi nous servir à renforcer notre esprit, surtout grâce au soutien des personnes qui nous aiment et qu'on aime.

— D'accord, tata chérie. Si j'ai trop peur, vous me consolerez et vous me protégerez en attendant que je sois assez grande pour protéger ma propre famille à mon tour.

— C'est exactement ça !

Telfousa et moi échangeons un regard plein d'une immense fierté parentale. Malgré tout ce qui nous sépare à présent, nous resterons toujours les heureux parents de trois filles extraordinaires.

Je repense à Istoris telle que je l'ai vue durant l'épreuve infligée par la Mère Ultime. Allons-nous bientôt recevoir son message nous annonçant sa grossesse ? Dans le doute, je préfère ne pas mentionner son état. La déception serait trop grande si ce n'était qu'une illusion destinée à tester ma résolution.

L'aube point enfin à l'horizon. Je crois que dans notre élan, nous avons préparé assez de nourriture pour le double de convives !

Le temps est venu d'aller retrouver mes parents et – moment douloureux en perspective – de faire le récit complet de mes aventures dans l'autre monde…

Un long, très long silence suit mon exposé. J'ai absolument tout raconté, sauf la mention du bébé qui grandit peut-être dans le ventre d'Istoris. Pour l'instant, ce sujet n'appartient qu'à elle et à son époux.

À nous voir tous en larmes, on pourrait croire à une veillée funèbre. Chacun de nous est bouleversé par l'idée de mourir et, pire encore, de perdre les autres. Finalement, c'est ma mère qui reprend la parole. En tant que Première Oracle, elle a une certaine habitude des situations les plus cruelles.

— Je suis contente de savoir que ma mère Eunoé t'attendait dans l'au-delà, Tirésias… Je veux dire, Tirésia. C'est un réconfort d'avoir affaire à une âme aussi bienveillante que la sienne, et je crois pouvoir dire que tu avais particulièrement besoin de réconfort.

— Vous m'avez tous apporté tellement de soutien par votre incroyable courage ! Sans cela, je ne sais pas si j'aurais réussi à passer l'horrible épreuve imposée par la Déesse de la Mort.

— Je suis sûr que si, déclare mon père. Tu as toujours été d'un grand courage depuis ton plus jeune âge. Tu n'aurais pas failli quelles que soient les circonstances. Mais j'avoue que je suis heureux de ne pas avoir besoin d'être transpercé par ton épée ! Ça m'aurait empêché de savourer ces délicieux gâteaux au miel, ajoute-t-il en engloutissant l'une de ces friandises d'un air exagérément gourmand.

Sous ses dehors parfois bourrus d'ancien soldat, Évérès est très doué pour détendre l'atmosphère. De plus, il est le mieux placé pour savoir à quel point il est difficile de supporter l'idée d'avoir infligé la mort, même en temps de guerre. Il y a longtemps, il m'a dit cette phrase que je garde précieusement en mémoire : « On peut parfois être obligé de tuer un autre être humain mais, tant qu'on n'oublie pas son visage, on n'oublie pas sa propre humanité. »

— Je vais convoquer sans attendre les oracles les plus puissants pour former un cercle, annonce Chariclo. Nous n'avons pas de temps à perdre pour découvrir le moyen d'empêcher le Vortex Majeur de devenir une réalité. Que penses-tu de l'équinoxe d'automne, dans deux mois ? Cela devrait permettre aux plus éloignés de recevoir mon message et de voyager jusqu'ici.

— Cela me semble parfait, mère. De plus, j'ai toujours aimé les équinoxes et l'équilibre cosmique qu'ils incarnent. Cela devrait maximiser mon pouvoir à son plein potentiel. D'ailleurs, j'aimerais m'exercer avec toi ce soir, afin d'en tester les nouvelles limites.

— J'allais te le proposer.

— Pourrai-je me joindre à vous ? s'enquiert Mantè d'une voix timide.

— Bien sûr, ma petite-fille. Tu as l'âge d'intégrer un cercle et je sais que tu t'entraînes souvent à affiner tes Visions.

Je retiens un sourire devant l'air penaud de ma fille. Sa grand-mère n'est évidemment pas dupe de ses tentatives secrètes pour Voir mon avenir durant mon absence ! En y réfléchissant, je réalise que c'était un indice de l'illusion générée par la Déesse : dans le monde où j'ai dû exécuter ma famille, Chariclo avait démêlé les motifs de mon fil de vie dans la Tapisserie du Destin. Je doute qu'elle ait réellement commis une telle transgression, mais quoi qu'il en soit, je n'oserai jamais lui poser directement la question. Ce n'est pas si important, de toute façon. J'ai retrouvé les miens en vie ; le reste peut s'effacer comme la trace d'un affreux cauchemar.

Nous passons la journée tous ensemble, peu désireux d'être séparés après les révélations pénibles que j'ai dû faire. Je savoure chaque seconde de ce bonheur partagé, malgré l'étrangeté que mon corps de femme me fait parfois ressentir. Dans l'après-midi, il me prend l'envie d'aller chercher des dattes chez le meilleur marchand de produits exotiques de Thèbes. Ces petites choses sont hors de prix mais tant pis, j'estime que nous avons bien le droit à un petit plaisir d'exception pour fêter nos retrouvailles.

— Je t'accompagne, indique aussitôt mon père. Daphné, nous continuerons à jouer aux osselets tout à l'heure.

— Tu n'es pas obligé de m'accompagner, tu sais. Je me souviens du chemin à prendre jusque-là.

Il me jette un coup d'œil incisif.

— Je n'en doute pas, *Tirésia*, mais il n'est pas convenable pour une femme seule de se rendre en ville pour y faire des emplettes.

J'en reste ébahie. Je n'avais pas pensé à cela ! Les femmes se déplacent effectivement en petits groupes, ou sous la protection d'un homme. Brusquement, cela me semble inepte et stupide. Voilà encore un symptôme de la folie imbécile de l'humanité ! Dommage que nous ne soyons pas en Égypte, où règne une égalité presque parfaite entre les sexes. Ce n'est pas pour rien que ce pays est réputé pour sa sagesse et sa puissance : là-bas, tous les individus peuvent exprimer leur juste valeur, indépendamment de ce qu'ils ont entre les jambes !

— Très bien, allons-y, grommelé-je. Mais si quelqu'un me manque de respect, je peux te garantir qu'il ne me considérera pas longtemps comme une « faible femme » ! Je n'ai pas oublié tes leçons de combat, et mon corps est encore assez fort pour faire mordre la poussière à un adversaire.

— Je n'en doute pas non plus, mon enfant, sourit mon père. De toute manière, si tu étais née femme, je t'aurais quand même appris à te défendre. Si tu veux, je t'entraînerai au maniement du poignard ; c'est une arme que tu manipuleras plus facilement qu'une épée et qui pourra surprendre tes éventuels adversaires, surtout si tu en as un dans chaque main.

Cette idée chasse ma mauvaise humeur et me fait ricaner.

— Avec plaisir, père. Les hommes qui oseraient s'en prendre à moi, n'ont qu'à bien se tenir !

Pendant que nous faisons nos emplettes, je surprends à plusieurs reprises les regards lourds de sous-entendus que certains mâles font peser de manière appuyée sur ma silhouette. On est bien loin du simple coup d'œil en passant, qui peut être tout à fait naturel. Je serre les poings et je respire profondément pour essayer d'éviter un esclandre que je devine inutile. Je n'avais jamais prêté attention à ce genre de comportements à la limite du supportable. Est-ce que moi, je me permets de fixer leurs biceps ou leur ventre avec un air ouvertement appréciateur ou critique ? Heureusement, grâce sans doute à la présence de mon père qui me suit comme mon ombre, aucun n'a l'audace de m'aborder ou de me toucher alors que je ne leur ai rien demandé et que je suis visiblement occupée !

Nous ne nous attardons pas plus que nécessaire avant de rentrer dans notre havre de paix et de respect, portant chacun un panier bien garni de délicieuses victuailles. C'est à peu près le seul moment de mon passage dans le « monde parallèle » de la Déesse de la Mort que j'ai envie de réitérer : un repas convivial où je prendrai plaisir à voir ceux que j'aime se régaler de bonnes choses.

Le repas terminé, Telfousa emmène Daphné se coucher, malgré la mine déconfite de la fillette. Il est pourtant évident que la journée n'a déjà été que trop longue pour elle, depuis mon irruption inopinée à une heure plus que matinale. Cela fait au moins une demi-heure qu'elle bâille à s'en décrocher la mâchoire entre deux bouchées.

Mon père prétexte qu'il souhaite se reposer lui aussi. C'est sa façon de nous laisser entre oracles. Il n'apprécie pas tellement de nous voir entrer en transe. Il est vrai que c'est un spectacle qui peut remuer ceux qui y assistent, en particulier quand nos yeux se révulsent et que nos corps sont agités de tremblements incoercibles.

Ma mère rappelle quelques consignes à Mantè, puis elle me demande d'une voix inhabituellement douce si je me sens prête à tenter l'expérience. Je suppose qu'elle craint que ce soit comme une nouvelle première fois pour moi, c'est-à-dire beaucoup d'efforts pour des résultats pratiquement inexistants. J'avoue qu'au fond de moi, je partage un peu sa crainte. Mon corps tout neuf va-t-il permettre à mon esprit de trouver le chemin tortueux vers la Tapisserie du Destin ? Vais-je devoir tout recommencer à zéro ou ai-je gardé l'expertise qui était celle du grand devin Tirésias ? Je ne vais pas tarder à être fixée !

Après avoir effectué la libation rituelle à l'autel domestique afin de nous attirer les bonnes grâces divines, nous disposons trois sièges devant l'âtre, assez proches pour que nous puissions facilement nous donner la main.

Puis nous fermons les yeux et nous nous concentrons sur notre Vision intérieure…

L'effet est presque immédiat. Nos esprits liés semblent propulsés devant le gigantisme démesuré de la Tapisserie aux motifs sans cesse changeants au gré des fluctuations des vies de tous les êtres pensants de notre monde. Me voilà rassurée sur mes capacités : je crois que c'est l'entrée en transe la plus rapide de mon existence !

Avec une facilité presque déconcertante, je me focalise sur la menace monstrueuse du Vortex qui paraît engloutir la Tapisserie tout entière, dans un avenir distant de plusieurs siècles mais dont les ramifications s'étendent jusqu'à notre époque. C'est pour cela qu'on peut le percevoir malgré la distance temporelle considérable, alors que nos Visions ne dépassent normalement pas quelques mois avant de devenir trop floues pour être compréhensibles. Je me contente de Regarder le Vortex de loin, même si je me sens capable d'y entrer sans le soutien d'un cercle plus large, car je ne veux surtout pas infliger les Visions d'horreur qu'il contient à ma fille. Ces meurtres et ces massacres abominables nous hantent déjà bien assez, ma mère et moi.

Tout à coup, un élément imprévu attire mon attention. C'est comme un reflet d'ombre, un écho de noirceur, un autre nœud inquiétant qui déforme la Trame de notre futur, mais beaucoup plus proche de nous. J'estime qu'environ une année nous en sépare. Cette fois, la curiosité est plus forte que l'angoisse. Il faut que je sache de quoi il retourne.

En un instant, je plonge dans les méandres mouvants de la Tapisserie, m'efforçant de percevoir le dessin que forment les fils qui s'entremêlent. J'en Vois beaucoup s'interrompre soudainement, et plus encore dont l'activité est bouleversée radicalement par ce second vortex qui, bien que beaucoup moins ravageur que l'autre, va profondément modifier l'avenir de plusieurs millions de personnes.

Le cœur serré, je remonte à l'origine du phénomène. Il survient brusquement, sans signes annonciateurs. Il est dépourvu des racines de son alter ego monstrueux, ce qui indique qu'il n'est pas provoqué par les agissements des vivants. Je sais ce que cela signifie : une inévitable catastrophe naturelle va se produire l'été prochain et entraîner un désastre immense pour d'innombrables êtres vivants !

Je voudrais l'explorer plus en détail, mais cela dépasse mes nouvelles compétences. Pourtant, ma puissance s'est décuplée ; sans cela, je n'aurais pas pu Voir si nettement ce qui ne se produira que dans un an. Pour savoir comment limiter au maximum les effets dévastateurs de cette catastrophe annoncée, je n'ai pas le choix : je vais devoir attendre la réunion du cercle que ma mère va convoquer à l'équinoxe d'automne…

Chapitre 13 :
La naissance d'un nouveau monde

Trois jours. Trois jours que Chariclo, ma chère mère mais aussi la Première Oracle imprégnée de l'importance de sa fonction, tourne en rond à répéter qu'il est urgent d'en savoir plus sur la catastrophe que nous avons entrevue grâce à mes nouveaux pouvoirs. Mon père lui-même en a perdu sa placidité légendaire, déclarant que si elle tenait absolument à creuser un sillon dans le sol, elle ferait mieux de proposer ses services à un cultivateur. Elle n'a même pas relevé sa remarque inhabituellement acerbe. Je ne suis d'ailleurs pas sûre qu'elle l'ait entendue.

Plus mesurée, je lui ai fait observer que ce n'était pas la première fois qu'elle avait un aperçu de l'avenir mais que jusque-là, elle avait su contrôler ses nerfs. Pourquoi était-ce différent cette fois ?

— Mais enfin, Tirésia, réfléchis un peu ! Quand nous avons une Vision, elle peut être concrétisée ou modifiée dans un délai de quelques semaines, trois à quatre mois au maximum si l'Oracle est puissant. Or, grâce à toi, nous avons une année d'avance !

— Justement, il n'y a pas de quoi se précipiter ou s'énerver…

— Au contraire ! Cela pourrait nous permettre d'agir à grande échelle afin de sauver le plus de monde possible ! Nous avons Vu des milliers et des milliers de motifs s'interrompre, soit autant de gens qui risquent de mourir. Cela veut dire que la catastrophe aura des répercussions sur une grande distance. Tu es d'accord avec ma conclusion ?

— Oui, cela semble logique…

— De ce fait, si nous voulons sauver le plus grand nombre de personnes, le temps presse ! Nous ne pourrons les prévenir que si nous pouvons nous déplacer un peu partout avant la date fatidique.

— Je comprends, mère, mais tu te fais du mauvais sang pour rien. Avec la meilleure volonté du monde, les oracles que tu as convoqués ne pourront pas arriver ici avant un mois et demi, à condition qu'ils soient prêts à partir immédiatement après avoir reçu ton message, et que les vents leur soient favorables pendant leur voyage. Si tu continues à trépigner jusque-là, tu vas te rendre malade et nous rendre tous fous.

— Je sais, mais je repense sans cesse à tous ces morts que nous pourrions éviter ! Je n'ai jamais Vu autant de victimes d'un seul coup !

— Ah non, et le Vortex Majeur, alors ?

— Comment crois-tu que j'aie Vu que tu étais le... la seule à pouvoir le vaincre ? À l'époque, j'étais aussi agitée que maintenant, et peut-être même plus encore ! J'ai essoré mon cercle jusqu'au bout de ses forces afin d'en explorer toutes les racines que je parvenais à Voir, jusqu'à ce jour où j'ai découvert que tu étais l'unique espoir de notre monde, à condition que tu deviennes une femme pour augmenter tes dons. Ensuite, j'ai dû accepter le fait que mon rôle s'arrêtait là, et je te prie de croire que ça n'a pas été facile. Tout ce que je pouvais faire, c'était te soutenir. Il n'y a que toi qui puisses démêler la Tapisserie assez finement pour trouver une échappatoire. Mais là, avec ce deuxième vortex, c'est tout à fait différent. Je sens que je peux agir au lieu d'être une simple spectatrice impuissante !

Pour ma mère, ce doit effectivement être un véritable crève-cœur d'accepter une telle impuissance, elle qui a offert à des centaines et des centaines de personnes la possibilité de changer leur destinée. Cependant, les oracles ont leurs limites et doivent apprendre à vivre avec ; même la meilleure d'entre nous doit rester humble face à l'inéluctable qui surgit quelquefois.

— Mère, reprends-toi. La nature sera toujours la plus forte, et nous devons nous plier à sa volonté supérieure. Si nous l'oublions, c'est le signe que nous sommes aveuglés par l'orgueil ou la stupidité.

Elle se fige d'un seul coup. Je lui ai parlé sévèrement et sans détour, mais c'est la vérité qui sort de ma bouche et elle ne l'ignore pas. Elle doit se montrer digne de ce qu'elle est et de ce qu'elle représente pour les nôtres.

— Tu as raison. Je vais essayer d'être moins... exaspérante.

— C'est normal d'être débordée par ses émotions en pareilles circonstances, la consolé-je.

— Peut-être, mais tu ne l'es pas, toi. Tu restes parfaitement maîtresse de tes nerfs.

— Je n'ai pas beaucoup de mérite. Ce que je viens de vivre en obéissant à la Déesse, même si ce n'était probablement qu'une illusion, était bien réel pour moi. Après ce que j'ai fait et ce que j'ai ressenti, je pense que mes émotions vont rester engourdies pendant un certain temps.

Elle reste silencieuse, puis vient m'enlacer d'un air triste et compatissant.

— Pardonne-moi, mon enfant. J'oubliais toutes les épouvantables épreuves que tu as traversées.

— Ne t'excuse pas pour cela, mère. Ces souvenirs n'appartiennent qu'à moi.

— Bonjour, nous interrompt une voix inconnue. J'ai un message pour le grand devin Tirésias de Thèbes.

Prises par notre discussion, nous n'avons pas vu approcher ce jeune homme couvert de la poussière du chemin. Il porte un rouleau de parchemin dont je reconnais immédiatement le cachet, puisque je l'ai moi-même offert à Istoris avant son mariage.

— Je suis Tirésias… Je veux dire, je suis la sœur de Tirésias, et voici notre mère. À ce que je vois, ce message vient d'Istoris, épouse de Philoctète le fameux commerçant de Tirynthe.

— C'est bien cela. Je peux vous laisser ce rouleau pour votre frère ? J'ai hâte de revoir ma femme et notre fils en ville.

— Bien sûr. Je te remercie, messager. Laisse-moi un instant pour aller te chercher de quoi te récompenser.

— J'ai déjà été largement payé, déclare-t-il avec une honnêteté qui l'honore.

— Veux-tu au moins accepter quelques dattes égyptiennes en guise de présent amical ? Ce rouleau contient une excellente nouvelle et j'aimerais que tu participes à nos réjouissances par ce petit cadeau qui, j'en suis sûre, régalera ta femme et ton enfant.

— Bien volontiers, merci à vous. Je me demande d'ailleurs à quoi bon se donner la peine d'envoyer un message au grand devin Tirésias et à son honorée mère Chariclo !

Ma mère se contente de lui sourire d'un air entendu en guise de réponse. Elle laisse volontiers planer un certain mystère sur l'étendue exacte de ses pouvoirs divinatoires.

Une fois notre messager reparti avec son paquet de friandises, elle se tourne vers moi avec un étonnement non dissimulé.

— Comment sais-tu que ce rouleau contient une excellente nouvelle ? Userais-tu de tes dons pour espionner ta fille ? Je comprends que tu t'inquiètes pour elle après ce qui t'est arrivé, mais tu sais, elle est certainement saine et sauve comme nous tous.

— En effet, mère, c'est ce que j'en ai conclu. Mais il y a une petite chose que je ne vous ai pas racontée, précisément dans l'attente de ce message. Je ne voulais pas vous donner de fausse joie si ce n'était aussi qu'une illusion.

Par acquit de conscience, je jette un coup d'œil sur le contenu du parchemin couvert de l'écriture fine et régulière d'Istoris. À son habitude, elle en a orné les angles de petits dessins superbement réalisés, représentant des fleurs criantes de réalisme. Elle a toujours affectionné les charmes de la nature. Je souris en découvrant la confirmation que j'espérais.

Je ne fais pas languir ma mère plus longtemps. Son cri de joie vibre encore dans l'air quand j'appelle le reste de la famille afin d'annoncer la bonne nouvelle à tout le monde.

Ma petite Istoris va finalement pouvoir devenir mère !

Deux jours plus tard, nous sommes tous sur la route pour la rejoindre. Le cheval que mon père tient à élever en tant qu'ancien hippeis est chargé de nos affaires et de nos provisions. C'est le cinquième qu'il possède depuis sa jeunesse, un superbe étalon robuste dont le poil luisant montre les bons soins prodigués par un maître attentif. Il provient de l'élevage le plus réputé de Thessalie et répond au nom de Xanthos[5] en hommage à son pelage clair.

Notre progression se fait assez lentement, au rythme des petits pas de Daphné. Inutile de dire que je savoure infiniment plus ce voyage que celui que j'ai dû faire précédemment ! Cette fois, je ne redoute pas l'aimable curiosité des bergers ni des autres voyageurs que nous croisons régulièrement. Nous prenons même le temps de faire découvrir les merveilles de Corinthe, puis de Mycènes, à la petite dernière de la famille.

Ma mère tient à rencontrer poliment les gouverneurs des deux Cités, leur octroyant au passage quelques petites révélations fructueuses. Elle n'hésite pas à faire appel à mes pouvoirs pour soutenir les siens mais à ma demande, elle reste discrète sur mon rôle. Toutefois, ses hôtes royaux et généreux en échange de ses services m'identifient comme sa fille, disant que je ressemble beaucoup à « mon frère Tirésias ». C'est la rançon du succès : j'ai évidemment eu affaire à tous les souverains des environs sous ma forme masculine.

---

[5] « Blond » en grec ancien.

Je me retrouve à leur mentir alors que je déteste cela viscéralement. Je prétends que j'ai effectué un très long séjour en Égypte et que c'est pour cela qu'ils ne m'ont jamais rencontrée jusqu'à ce jour. Quant à mon prétendu frère, il est censé être parti en mission chez les Hittites. À les voir hocher pensivement la tête en apprenant que je me nomme Tirésia, je me demande ce qu'ils pensent vraiment de tout cela…

Il nous faut neuf journées de marche pour enfin apercevoir les murs de Tirynthe surplombant la mer étincelante. Les derniers kilomètres sont avalés beaucoup plus vite, la petite Daphné courant presque pour voir sa sœur et embrasser son ventre rond ! D'ailleurs, nous sommes tous pressés de serrer la future mère dans nos bras émus.

Ça y est, la propriété de Philoctète n'est plus qu'à quelques minutes ! À l'inverse de mon souvenir, un véritable comité d'accueil nous attend.

Je suis saisie par le vertige en apercevant la blondeur d'Istoris puis sa silhouette arrondie. Quel bonheur renversant de ne pas devoir exécuter toute ma lignée, et d'imaginer le bonheur plus grand encore que nous éprouverons bientôt en accueillant cette nouvelle vie !

S'il en était besoin, cela raffermit encore ma résolution de faire de ce monde le meilleur endroit possible pour ma descendance, et pour la descendance de toutes les créatures humaines et magiques dans les siècles à venir.

Le lendemain matin, je révèle à ma fille en tête-à-tête la vérité sur cette « tante » sortie de nulle part. Bien entendu, elle n'a pas été dupe. Elle connaissait depuis longtemps la nécessité de ma transformation en femme afin de triompher du Vortex maudit. Elle m'a d'ailleurs glissé à l'oreille : « *Je sais que c'est toi, papa* ».

Ma soi-disant identité n'est destinée qu'à sa belle-famille, qui n'est pas dans le secret des oracles.

Je doute cependant de l'efficacité de cette fable. Je suis prête à parier que ce qui en ressortira, c'est une légende sur l'étrange changement de sexe du devin Tirésias. Je me demande quelle explication sera donnée par la rumeur, mais ça ne sera sans doute pas ma véritable histoire ; elle est trop extraordinaire pour un simple esprit humain. D'ailleurs, il est préférable que les gens n'en sachent pas trop sur mes liens avec le Royaume des Morts. Des individus en quête d'immortalité pourraient se mettre en tête l'idée de me menacer ou pire, de menacer un de mes proches, pour m'obliger à les aider dans leur folle entreprise. Il vaut mieux les laisser inventer je ne sais quoi de farfelu à mon égard.

Istoris est évidemment bouleversée par mes sinistres révélations. Les larmes aux yeux, elle m'enlace avec tout son amour de fille.

— Quelle horrible histoire ! Je suis triste pour toi que tu aies dû subir tout cela, et en même temps très heureuse que ce ne soit pas la réalité. J'ai tellement envie de faire connaissance avec mon enfant dans quelques mois ! Je pense qu'il devrait naître un peu après l'équinoxe d'automne. Ô, mon père, puis-je te demander quelque chose que je n'aurais jamais cru te demander ?

— Bien sûr, ma chérie !

— Mon cœur s'est glacé en entendant ton récit. Et si tout cela n'était pas complètement une illusion ? Je t'en prie, Regarde l'avenir et dis-moi que je vais vraiment donner naissance à un enfant vivant et pouvoir le prendre dans mes bras ! Je sais que c'est défendu, mais…

— À ta place, je voudrais savoir, moi aussi. C'est défendu pour de bonnes raisons, mais dans notre situation, j'ai une raison encore meilleure pour braver cet interdit. En revanche, je te préviens : je vais seulement vérifier que tout se passera bien au moment de ton accouchement. Je ne Regarderai rien d'autre.

— Merci, papa. C'est déjà un énorme cadeau que tu me fais.

Elle garde ma main pressée entre les siennes pendant que je plonge dans la transe familière. Il ne me faut pas très longtemps pour avoir la Vision qu'elle me réclame si anxieusement.

— Tout va bien se passer, Istoris. Tu connaîtras ton enfant. Je vous ai Vus sourire l'un à l'autre d'un bonheur partagé.

J'ai également Vu le sexe du bébé à naître mais ça, je le garde pour moi. Ma transgression doit rester la plus limitée possible afin de ne pas devenir un irrésistible désir d'en savoir toujours plus au risque de vouloir intervenir excessivement sur la destinée de mes proches. J'ai trop à faire pour me perdre dans ce genre de piège !

Chapitre 14 :
La puissance cachée des femmes

Dans quelques jours à peine, ce sera l'équinoxe d'automne. L'été a filé si vite ! Nous avons trouvé une nouvelle routine familiale qui, si elle ne me comble pas entièrement de joie, m'a fait retrouver le sourire après les sombres épreuves que j'ai traversées. Je ne fais presque plus de cauchemars où je dois tuer l'un ou l'autre membre de ma famille. Je ne me réveille presque plus en sueur au beau milieu de la nuit, le cœur battant à tout rompre, le souffle court, les muscles crispés, poussant des cris épouvantables d'après ce que m'en disent mes parents.

Car je vis à nouveau dans leur maison, comme au temps d'avant ma rencontre avec Telfousa… C'est mon plus grand regret depuis que je suis revenue de l'autre monde. La femme que j'aime depuis plus de vingt ans n'a pas supporté la proximité physique avec mon nouveau corps. J'ai insisté pour que nous essayions de dormir l'une à côté de l'autre. Seulement dormir, sans contact entre nous, même si j'en mourais d'envie. Mais même ça, c'était trop lui demander. Elle m'a dit qu'il lui fallait du temps pour s'habituer, mais plus les jours passent et plus je pense que nous resterons seulement des amies. Le dernier soir que nous avons passé ensemble dans notre chambre autrefois conjugale, alors que je me plaignais de son éloignement, elle m'a invitée à me mettre à sa place d'un ton assez sec.

— Imagine-toi : si c'était moi qui étais revenue d'entre les morts sous la forme d'un homme, est-ce que tu accepterais notre intimité ?

Sa question ne m'a pas désarçonnée. J'y avais déjà réfléchi, et j'en étais arrivée à une conclusion à laquelle elle ne s'attendait sans doute pas.

— En fait, oui. J'ai eu un amant dans ma jeunesse, et ça ne me dérangerait pas du tout de renouveler l'expérience avec toi. Telfousa, ma bien-aimée, tu es celle avec qui je veux passer ma vie, quelle que soit ton apparence.

Au lieu de l'amadouer, ma réponse l'a brusquement énervée. Je crains qu'elle se soit sentie mise en défaut, alors que ce n'était pas du tout mon intention. J'étais simplement sincère, comme j'en avais l'habitude en tant qu'oracle. Sa réaction a été vive : elle a exigé que je quitte la chambre et que je n'y revienne pas !

J'espère de tout mon cœur qu'elle finira par accepter celle que je suis désormais : exactement la même personne dans un autre corps. Hélas, je me surprends quelquefois à désespérer d'une issue heureuse pour notre couple…

Bah, me dis-je en haussant les épaules pour faire comme si ces pensées ne me dévoraient pas l'esprit, je vais bientôt avoir d'autres sujets sur lesquels concentrer mon attention. Non seulement les premiers oracles convoqués par ma mère ont commencé à arriver, mais il y a aussi l'accouchement imminent d'Istoris.

Ma fille a tenu à venir à Thèbes pour donner naissance à… Non, c'est vrai, je dois garder le secret sur le sexe de l'enfant à naître. J'ai déjà failli le révéler au moins vingt fois ! Elle a donc passé la fin de l'été avec nous, retrouvant son ancienne routine en partageant sa chambre avec sa jumelle. Cela a remué une foule de souvenirs en moi et m'a fait regretter encore davantage de ne plus avoir ma place dans notre demeure familiale.

Dans cette ambiance partagée entre bonheur et tristesse, les leçons de mon père ont été les bienvenues pour me distraire. Lui n'a rien changé à mon égard. Fils ou fille, il s'est montré aussi exigeant que dans ma jeunesse. Je ne compte plus les courbatures qui ont endolori mes muscles ! Je sais dorénavant comment réagit un corps féminin. Malgré mes efforts et ma bonne volonté, je ne dispose plus de la même force physique. Au début, cela m'a énormément frustrée. J'avais l'impression d'être une incapable, une moins que rien. Le comble, c'est que c'est mon père lui-même qui a dû m'expliquer que c'était normal. Pour avoir entraîné ma mère, mais aussi mon épouse et mes filles, dans sa quête de sécurité par l'autodéfense, il avait évidemment remarqué qu'une femme n'a pas la puissance d'un homme.

— C'est la loi de la nature, Tirésia. Elle peut te sembler injuste, tout comme je trouve injuste le fait que je ne saurai jamais ce que ça fait de porter la vie dans son ventre. Tu peux te braquer contre elle si ça te chante, ça ne changera pas la réalité. Nous sommes des êtres limités, chacun à notre manière, mais nous pouvons aussi décider d'un choix plus sage et utile que la colère. Tu peux choisir d'exercer tes atouts au lieu de te buter sur tes lacunes.

— De quels atouts parles-tu ? Je n'en vois aucun !

J'avoue que l'amertume ne m'avait pas soufflé une réponse très intelligente à cette occasion…

Mon père, lui, n'avait pas perdu sa patience ni son discernement.

— Beaucoup d'hommes pensent que la force brutale leur suffira à gagner contre une femme, mais ils se trompent lourdement. Souvent, ils sont lourds, massifs, trop lents, pas assez souples. Toi en revanche, tu es fine et dynamique. Tu peux tromper leur vigilance par ta rapidité et ta précision. Si tu leur plantes tes dagues dans le corps, ou si tu leur assènes un bon coup de genou bien placé, ou si tu leur enfonces à toute vitesse tes doigts dans les yeux, tu les mettras hors de combat malgré tous leurs gros muscles.

Il avait raison, bien sûr. Depuis cette conversation, je m'échine à augmenter ma vitesse et à améliorer ma précision. Petit à petit, mes dagues deviennent des prolongements de mes bras. J'ai aussi repris l'entraînement au tir à l'arc, dans lequel j'excellais en tant qu'homme. J'ai vite constaté que je n'avais rien à envier dans ce domaine en tant que femme. Certes, j'ai dû me fabriquer un arc moins puissant, mais mes flèches percent aussi bien le centre de mes cibles que dans ma vie d'avant.

— Ohé, Tirésia ! me hèle soudain la voix paternelle, me faisant rater mon tir. Viens vite, ta tante et ton cousin sont arrivés !

Je ne prends pas la peiné d'aller récupérer ma flèche perdue. Elle peut bien attendre ; j'ai trop hâte de revoir Endaïs et Épaminondas ! Je cours éperdument jusqu'à la maison. Cela ne correspond sûrement pas à l'attitude digne et retenue que mes concitoyens ont tendance à attendre d'une femme mais très franchement, je me moque de leur avis sur la question. Quand j'étais Tirésias, j'étais déjà convaincu qu'un être humain devrait pouvoir exprimer ce qu'il est sans se soucier de son sexe, et cette conviction n'a fait que se renforcer depuis que je suis Tirésia.

— Tante Endaïs ! Cousin Épaminondas ! Je suis tellement heureuse de vous revoir !

Je les enlace tour à tour comme je l'ai toujours fait.

Ma tante a un léger mouvement de recul, mais c'est seulement pour me regarder mieux ; comme mes parents, sa vision de près régresse au fur et à mesure que son âge progresse. Elle est curieuse mais pas surprise. Elle connaît depuis longtemps mon projet de convaincre la Déesse de la Mort de me faire revivre en tant que femme, et je lui ai écrit pour lui annoncer ma réussite en même temps que la convocation d'un cercle, la grossesse de sa petite-nièce, et l'apparition d'un autre vortex pesant sur l'été à venir. De quoi, sans doute, alimenter ses discussions avec son fils durant leur voyage depuis la glorieuse cité d'El Argar[6] où ils vivent depuis près de deux ans.

Mon cousin, lui, ne recule évidemment pas pour mieux me voir. Cela fait déjà presque vingt ans qu'il est complètement aveugle. Je suis frappée par sa ressemblance avec mon ancienne apparence. Plus jeunes, on nous a souvent pris pour des frères, mais j'avais alors tendance à remarquer ce qui nous différenciait plutôt que ce qui nous rapprochait. À présent, on pourrait aisément croire que nous sommes frère et sœur.

— Dis-moi tout, maman : comment est mon cousin Tirésias, maintenant qu'il est ma cousine Tirésia ?

— Eh bien, répond ma tante en me scrutant de la tête aux pieds, il est une belle femme. On dirait qu'il s'est transformé en sa propre sœur, en quelque sorte. Je n'aurais eu aucun mal à le reconnaître en la croisant par hasard ; ou l'inverse, peut-être, je m'emmêle un peu dans ces « il » et ces « elle »…

Ces phrases étranges font rire toute l'assemblée, moi la première. Tout est si simple et naturel quand tout le monde accepte le changement de bon cœur !

Dans les jours qui suivent ces joyeuses retrouvailles familiales, l'ambiance se tend progressivement. Nous sommes tous conscients de la menace du second vortex, encore floue mais déjà alarmante. Quant au Vortex Majeur, il ne manque pas non plus d'engendrer de l'angoisse pour l'avenir. Il est beaucoup plus éloigné dans le temps mais sa conclusion pourrait être infiniment plus grave et radicale. Je sens mon fardeau s'accroître sur mes épaules presque à chaque minute ; en tout cas, à chaque regard inquiet que je surprends dans ma direction de la part de l'un ou l'autre de nos invités.

C'est un soulagement quand le grand jour arrive enfin. Mon destin ne sera pas plus facile à assumer mais au moins, les choses seront claires pour tout le monde.

Nous passons la matinée en famille, une dernière matinée aux apparences de normalité. Les visages sont cependant un peu crispés

---

[6] Au sud de la péninsule ibérique.

et les rires pas vraiment insouciants. Même la petite Daphné a l'air d'avoir mûri d'un seul coup.

Le midi, nous rejoignons la tablée des oracles pour vérifier les derniers préparatifs avant la réunion qui commencera au crépuscule, environ une demi-heure avant le coucher du soleil. Mes exercices réguliers de ces derniers temps ont montré que dans ce domaine, je n'avais pas changé : c'est le moment où mes pouvoirs étaient les plus puissants, lorsque le jour et la nuit se fondent l'un dans l'autre.

Sitôt le repas achevé, je quitte l'assemblée pour aller marcher seule dans les environs. C'est une requête qu'on m'a volontiers accordée : un dernier instant de calme avant le déchaînement de la pire tempête de mon existence, ou plutôt de nos existences à tous. D'ailleurs, certains m'imitent et s'éloignent à la recherche d'un peu de solitude, tandis que les autres se réunissent en un groupe compact, désireux de se rassurer au contact de leurs semblables.

Mes pas m'entraînent inconsciemment jusqu'au sommet de la colline en face du domaine familial, là où je me suis déjà réveillée deux fois par la volonté de la Déesse de la Mort. Je repense à cet autre monde où j'ai sacrifié ma famille, mais aussi au monde présent où j'ai probablement perdu l'amour de ma vie. Un petit sourire narquois fleurit sur ma bouche désormais pulpeuse quand j'en viens à conjecturer sur les remarques acerbes que Premier Né ne se priverait pas de faire sur tout ça. Je savais bien qu'il me manquerait, ce fichu crâne au rire discordant comme un cristal fêlé !

L'allongement inexorable des ombres me signale que l'heure est venue. Je me sens curieusement sereine, dans l'acceptation absolue de ma mission. De toute façon, il est hors de question que j'ai subi tant de souffrances pour rien.

Il serait ridicule de jouer les fausses modestes. Je suis l'oracle la plus puissante de notre temps, peut-être de tous les temps. Avec le renfort de ce cercle d'exception, je vais être capable de percer les motifs les plus sombres et secrets de la Tapisserie du Destin.

Quand j'entre dans la salle, tous les regards se tournent vers moi, sauf celui d'Épaminondas, bien entendu. Je les fixe un à un et chacun leur tour, ces femmes et ces hommes aux dons prophétiques baissent respectueusement les yeux. Si, d'aventure, certains ont éprouvé des doutes sur ma légitimité, le feu qui brûle dans mes prunelles dorées vient de les calciner.

Ma mère invite les participantes et les participants à prendre place. En plus de moi, ils sont vingt-quatre, dont dix-huit femmes. À ma connaissance, c'est le plus grand cercle jamais rassemblé, avec deux fois plus de monde que lors de mon exploration involontaire du Vortex Majeur, il y a plus de trente ans.

J'adresse un discret signe d'encouragement à Mantè. C'est la première fois qu'elle prend part à un cercle, sur l'invitation expresse de sa grand-mère qui évalue son potentiel comme plutôt bon. Ce sera à coup sûr un souvenir exceptionnel pour la plus jeune des oracles de l'assemblée !

Stonissè est là, elle aussi, à l'autre extrémité de la pyramide des âges. Elle me sourit avec une douceur résignée. Elle fait partie de mes plus fervents défenseurs ; je l'ai même entendue remettre sèchement à sa place un de ses collègues qui se plaignait de ne pas avoir été mis dans la confidence de mon intention de changer de sexe. L'expérience que nous avons vécue aux côtés de son défunt mari nous a beaucoup rapprochées toutes les deux. Elle représente autant pour moi que grand-mère Eunoé, maintenant : une femme d'expérience dont les rides ne peuvent dissimuler ni le solide sens de l'humour, ni l'immense générosité.

En tant que Première Oracle, ma mère prononce quelques paroles de circonstance, puis nous formons le cercle. Les vingt-quatre oracles les plus talentueux de ma connaissance joignent leurs mains. Placée exactement au centre, je ressens leurs énergies mêlées monter en puissance.

Je ferme mes yeux humains pour mieux ouvrir mon Œil intérieur…

C'est une fulgurance ! Le pouvoir afflue en moi, inonde mon esprit, renverse tous les frêles obstacles ordinaires sous son flot irrésistible. Le passé, le présent et l'avenir s'offrent à moi sans résistance. Je contemple l'entièreté de la Tapisserie.

Dans la pénombre d'un passé immémorial, j'entraperçois son premier fil, dans lequel j'entends presque l'écho du rire familier de Celui-qui-verse-l'eau, Premier Né, le premier endeuillé, le compagnon éternel de la Déesse de la Mort.

À l'autre bout… Il n'y a rien. Ou presque rien. Peut-être l'écho fantomatique de ce que pourrait être la Tapisserie si elle surmontait l'impensable. Le monstre dévorateur. Le Vortex Majeur. Le nœud pulsant de toute la noirceur de l'âme humaine, engloutissant la trame et ses fils innombrables, les noyant dans un néant presque invincible.

Presque.

Je Vois l'esquisse d'un motif qui pourrait dénouer ses premières attaques, l'empêcher de s'installer comme un chancre purulent qui ronge sa victime jusqu'à la faire crever.

Le vertige tente de me saisir face à l'ampleur de la tâche pratiquement impossible qui m'attend. Qui nous attend. Je ne pourrai pas vaincre seule cette hideur démesurée à l'appétit insatiable.

Je repousse fermement cet instant d'égarement, puisant un peu plus profond dans la réserve d'énergie du cercle. Les oracles les plus faibles renâclent un peu mais je ne lâche pas prise. Je sais que j'exige beaucoup d'eux, mais je sais aussi que je ne vais pas au-delà de leurs forces. Ils n'auront qu'à dormir pendant les prochains jours !

Avec une vivacité stupéfiante, j'examine et je trie toutes les voies de l'avenir qui dansent devant mes Yeux. À ce rythme effréné, il ne me faut pas longtemps pour enfin, enfin ! déterminer avec précision les actions à entreprendre pour déjouer l'abjection. Ce ne sera pas facile, et c'est un euphémisme !

Mais l'heure n'est pas à la réflexion sur les leviers précis à actionner pour convaincre toutes les personnes qui devront contribuer, de gré ou de force, à l'entreprise insensée qui constitue notre seule issue. Je sens l'énergie du cercle s'effriter. Non, pas déjà !

Je dois me hâter d'employer nos dernières forces à l'unisson pour traverser les ténèbres du deuxième vortex et Voir quelle catastrophe viendra assombrir la riante lumière du prochain été.

Un frisson glacé nous bouleverse toutes et tous quand notre Vision parvient à se focaliser sur le cataclysme qui va très bientôt se déchaîner…

Chapitre 15 :
Le porteur de vérité et d'harmonie

Physiquement, il a fallu quatre jours de repos complet pour que les oracles les moins résistants se remettent de notre expérience partagée.

Psychologiquement, je crois qu'aucun de nous ne s'en remettra jamais.

Ce n'est pas seulement à cause de la confrontation avec le Vortex Majeur, loin de là, puisque j'ai pris garde de ne pas pénétrer dans sa folie furieuse afin de préserver mes partenaires au maximum. Certains n'auraient pas tenu le choc et leurs forces m'auraient fait défaut pour explorer le second vortex. De plus, je n'avais pas envie que ma fille Voie l'horreur dans son expression la plus abjecte. Je voulais essayer de préserver encore un peu l'innocence de sa jeunesse.

Sur ce point, j'avoue que j'ai échoué. Certes, elle n'a pas Vu l'enfer de notre futur potentiel, mais je ne m'attendais pas à la violence de la catastrophe naturelle qui va se produire au début de l'été prochain. Ce ne sera pas une tempête dévastatrice, ni un tremblement de terre destructeur, mais tout cela à la fois et bien plus encore, à une échelle si gigantesque qu'elle défie l'entendement !

L'île de Théra, dont la riche cité minoenne d'Atalantis règne sur les mers aux côtés des peuples les plus avancés de notre monde, va exploser tout entière dans le déchaînement du volcan monstrueux qui se cache en son sein depuis des millénaires. Des vagues énormes vont déferler sur la mer partout aux alentours, jusqu'aux rivages les plus éloignés de la Méditerranée, où elles engloutiront toutes les côtes et annihileront toutes les vies qui s'y sont établies, végétales, animales et humaines sans distinction. Les civilisations seront ébranlées dans leurs fondations et si rien n'est fait, elles seront emportées par les famines et les conflits qui ne manqueront pas d'éclater.

Si rien n'est fait... mais c'est justement là que nous pouvons intervenir en tant qu'oracles. Notre rôle est soudain devenu crucial. Nous n'allons plus nous contenter de conseiller tel ou tel dirigeant sur son avenir proche ; nous pouvons essayer de sauver des milliers et des milliers de personnes en répandant la nouvelle du cataclysme qui s'annonce.

Nous devons nous organiser pour optimiser nos voyages afin d'atteindre le plus grand nombre possible de gens. Nous tombons rapidement d'accord sur la priorité : les habitants de l'île de Théra. Il faut absolument qu'ils prévoient au plus vite leur évacuation complète. Pour ce faire, ils auront sans doute besoin de se disperser entre d'autres grandes cités à même d'accueillir une quantité importante de réfugiés. Dans le même temps, d'autres cités comme les ports du nord de la Crête, du sud-est de la Grèce et de l'est de l'Anatolie[7] devront emmener leurs habitants plus loin dans les terres, avant d'envisager la reconstruction des bâtiments après le passage des vagues qui vont les ravager. Le nord de l'Afrique sera un peu moins rudement touché, aussi les royaumes qui y prospèrent seront-ils prévenus dans une seconde phase. Nous ne sommes en effet pas assez nombreux pour nous rendre partout à la fois.

De plus, ni Chariclo, ni Mantè ni moi ne ferons partie des premiers émissaires. Nous souhaitons rester près d'Istoris pour l'accompagner dans son accouchement, moment toujours périlleux pour une jeune mère. Stonissè annonce qu'elle restera avec nous, parce qu'elle est trop âgée pour partir à l'aventure et parce qu'elle pense que ses compétences de soigneuse pourront être utiles à ma fille en cas de besoin.

Quand l'enfant sera là, je me rendrai en Égypte. J'ai toujours eu d'excellentes relations avec Pharaon. Je suis convaincue qu'en tant qu'homme initié aux mystères de la magie, il acceptera de croire que je suis le Tirésias qu'il a connu – sous une nouvelle forme !

Nous savons que ce ne sera pas simple de convaincre les uns et les autres de l'urgence d'agir, mais c'est indispensable pour limiter le nombre de morts. Nous voulons tout faire pour atteindre ce but.

Ma tante Endaïs et mon cousin Épaminondas décident de faire partie de la toute première expédition, celle qui doit se rendre sans tarder à Atalantis pour rencontrer le roi Amemnon. Connaissant le caractère ombrageux et méfiant du personnage, ils seront accompagnés de six autres oracles, qui ne seront pas de trop pour

---

[7] L'actuelle Turquie.

convaincre les fiers habitants de Théra de quitter leur île en toute hâte, en laissant leur magnifique et orgueilleuse cité derrière eux…

Je leur fais signe de la main tandis qu'ils s'éloignent du port de Cécropia[8], à deux jours de voyage de Thèbes. Mon cœur est lourd en voyant leur navire disparaître à l'horizon. Je n'arrive pas à me débarrasser d'une sinistre prémonition. Devrais-je tenter de Voir ce qui les attend ? Non, je suis stupide. La présence d'un oracle trouble énormément les motifs de la Tapisserie, puisqu'il peut engendrer de grands changements dans l'avenir. Alors, la présence conjointe de huit oracles ! Avec le cercle, j'aurais peut-être pu démêler leurs fils dansants mais seule, je ne parviendrais qu'à déclencher une migraine carabinée. Et puis, je peux leur faire confiance. Ce sont nos émissaires les plus aguerris, des devins à la longue expérience qui ont déjà fait leurs preuves auprès de nombreux dirigeants. Mon cousin est le seul dont les cheveux ne seraient pas blancs, s'il n'était pas un oracle. Il ne me reste qu'à patienter sagement jusqu'à leur retour…

Cependant, une fois rentrée à Thèbes, j'ai bien d'autres choses à penser. L'accouchement d'Istoris est imminent. Je ne me sens pas très inquiète pour sa santé et celle de l'enfant à naître, depuis qu'elle m'a suppliée de Voir si son bébé allait bel et bien venir au monde. Le plus dur est de garder le secret de son sexe, mais dans quelques jours, je n'aurai plus à y faire attention.

Mes jumelles passent tout leur temps ensemble, plus inséparables que jamais. Cela rappelle de tendres souvenirs à ma mère, qui a connu la même chose avec Endaïs lors de leurs grossesses respectives. Elles prétendent même en riant que ma tante est tombée enceinte dès ma naissance afin de connaître la même expérience que sa sœur. Il est vrai que mon cousin et moi avons moins d'un an d'écart.

Quand vient le grand jour, tout est prêt pour accueillir chaleureusement le nouveau-né dans sa famille. Stonissè a rapporté une quantité considérable de remèdes en tous genres afin de parer à toute éventualité mais finalement, aucun d'eux ne sert, sauf ceux qui aideront la jeune mère à se remettre de cette épreuve et à fournir en abondance un lait de qualité. L'enfantement se déroule à merveille.

Quelques heures à peine après le début du travail, un minuscule et adorable petit garçon, soigneusement examiné et lavé par la vieille

---

guérisseuse, et béni par toutes les divinités protectrices que nous connaissons, tète vigoureusement le sein de sa mère sous nos regards attendris.

— Comment ton époux et toi souhaitez-vous nommer cet enfant ? demandé-je à ma fille. Je suppose que vous en avez discuté avant que tu viennes ici.

— Bien sûr ! Laissez-moi vous expliquer les raisons de notre choix, qui va peut-être vous surprendre. Comme vous le savez tous, le père de mon époux était un riche armateur, qui faisait beaucoup d'affaires avec un Phénicien avec lequel il s'était lié d'amitié. Ils ont scellé leur accord commercial par le mariage de deux de leurs enfants. La mère de mon Philoctète a alors suivi son mari jusqu'à Tirynthe. Son pays d'origine lui a toujours beaucoup manqué, mais ce qu'elle a regretté par-dessus tout, c'est qu'elle n'a pas eu l'autorisation de donner un prénom phénicien à l'un de ses enfants. Mon beau-père tenait à ce qu'ils portent un nom grec afin de ne pas perturber ses principaux clients. Lorsqu'il est mort il y a cinq ans, Philoctète a promis à sa mère que son premier né porterait un prénom phénicien. C'est pour cela que nous avons décidé que si c'était un fils, il se prénommerait Kéroub[9]. Cela signifie « le porteur de vérité » en langue phénicienne, et c'était aussi le prénom du grand-père de ma belle-mère, un homme sage et bon qui a vécu jusqu'à un âge très avancé. Je suis sûre que cela portera bonheur à mon fils. Je suis heureuse de pouvoir lui offrir ce cadeau, car elle est vraiment très gentille avec moi depuis mon arrivée chez eux. Elle me traite comme si j'étais sa propre fille. Enfin, ce prénom a tout de suite éveillé un écho en moi, car mon enfant a hérité de ma vision des auras. Il saura donc toujours si quelqu'un lui dit la vérité ou non.

Ces explications très complètes n'étonnent personne : Istoris est une charmante mais incorrigible bavarde.

— Bienvenue parmi nous, Kéroub, déclare mon père, les yeux embués et la voix enrouée.

Ce vieux soldat a été un père attentif pour moi, puis un grand-père débordant d'amour pour ses petites-filles. Maintenant qu'il a la chance d'être arrière-grand-père, il sera évidemment aux petits soins pour son descendant. Ma mère essuie furtivement ses larmes de bonheur. Ce doit être contagieux car je me retrouve à en faire autant !

---

[9] « Kéroub », pluriel « Kéroubim », est l'étymologie de « Chérubin ».

La naissance de ce petit être pur est un merveilleux rayon de lumière au milieu d'une époque bien trop sombre.

Quelques jours plus tard, quand l'émotion de l'arrivée de Kéroub est un peu retombée, je m'arrange pour me retrouver seule dans un coin isolé avec Mantè, prétextant que nous allons cueillir des noisettes dans les environs.

Je la contemple discrètement : elle est rayonnante du bonheur partagé avec sa jumelle. Elle chantonne même en maniant la baguette avec laquelle elle frappe les branches hors de portée de ses bras pour en faire tomber les fruits mûrs. C'est bien malheureux de devoir mettre un terme brutal à tant d'insouciance…

— Dis-moi, Mantè, je crois que tu me dois un aveu et une explication.

Mon ton froid et sec interrompt aussitôt son chant. Elle en laisse choir son panier à demi rempli, dont les noisettes se répandent en roulant dans la pente comme si elles voulaient fuir mon courroux. Son visage se plisse d'anxiété et d'incompréhension.

— Un aveu et une explication ? Mais sur quoi ?

— Ah non, pas de ça avec moi, jeune fille !

Ma voix n'est pas aussi grave que lorsque j'étais un homme, mais elle fait sursauter ma victime comme une biche apeurée.

— Je… Je te jure que je ne sais pas de quoi tu parles, bredouille-t-elle, soudain au bord des larmes comme une fillette.

— Me prendrais-tu pour une imbécile ? Comment Istoris a-t-elle su que son enfant avait le même don qu'elle, sinon parce que tu as osé braver l'interdit une fois de plus en Regardant son avenir ?

Bizarrement, au lieu de lui porter le coup de grâce, ma question semble la soulager.

— Oh, c'est cela ! Je comprends ton erreur, papa. C'est vrai qu'on dirait que les apparences sont contre moi, mais je peux t'assurer que je n'y suis pour rien. Les Dieux et les Déesses m'en sont témoins, ajoute-t-elle en constatant que je n'ai pas l'air tout à fait convaincue.

— Si tu me mens, tu aggraves ton cas, Mantè. Dans ce cas, dis-moi comment ta sœur a pu savoir une telle chose. Quel autre oracle le lui a révélé ?

— Aucun oracle à proprement parler, papa. En fait, il s'est passé quelque chose de très étrange, et on ne savait pas trop si on devait t'en parler. Tu as déjà un fardeau si lourd à porter, on ne voulait pas en rajouter.

Cette fois, ma colère s'est totalement évanouie pour céder sa place à l'inquiétude.

— Vous pouvez me parler de tout, mes enfants, et surtout des choses étranges ! Vous comptez plus pour moi que tout le reste !

Je réalise soudain que mon cri du cœur, pour sincère qu'il soit, ne correspond pas exactement à la vérité. Dans une autre version de ce monde, j'ai quand même assassiné ma propre famille pour remplir la mission que m'échoit… Je déplore la méfiance de mes proches, mais je dois bien tristement m'avouer qu'elle n'est pas dépourvue de fondement.

Mantè la perspicace paraît suivre les étapes de mon raisonnement.

— Je sais ce que tu veux dire, papa. Je vais tout te raconter… Non, ce sera mieux si on le fait ensemble, Istoris et moi. Comme ça, ce sera plus clair.

Malgré mon impatience face à cette énigme, nous poursuivons notre cueillette et remplissons nos paniers avant de rentrer. Avec les premiers frimas qui s'annoncent, il est important de constituer assez de réserves de provisions. Certes, nous sommes suffisamment riches pour nous payer de la nourriture en cas de besoin mais si l'hiver s'attarde, ce sera difficile pour tout le monde. Les disettes ne sont pas si rares ; il suffit d'une grosse tempête pour détruire un silo et affamer une partie de la cité. Sans parler de la menace de destruction qui pèse déjà sur les récoltes de l'été prochain… De plus, avec une mère allaitante et son bébé, ces noisettes seront un apport particulièrement précieux.

Il a en effet été décidé qu'Istoris resterait avec nous jusqu'au printemps. Sa belle-famille armera alors les navires de sa flotte, pleins de toutes leurs possessions, afin de se rendre à Cécropia où nous embarquerons à notre tour avec nos biens, en direction de la grande cité de Tarsos[10], l'un des fleurons de l'empire des Hittites. Le père de Philoctète y a noué des relations commerciales avec un puissant armateur local. Selon son habitude, il a scellé cette alliance par le mariage d'un autre de ses fils avec l'une des filles de son

---

[10] Tarse, sur la côte sud de l'actuelle Turquie.

homologue. La position de ce port le mettra à l'abri des vagues géantes causées par l'explosion colossale qui déchirera la terre, le ciel et la mer.

Enfin, nous prenons le chemin du retour, lourdement chargées de notre fardeau. La curiosité me pousse à allonger le pas, obligeant Mantè à trottiner derrière moi, de plus en plus rouge et essoufflée. J'ajoute mentalement une ligne à mon interminable liste mentale : il est temps que ma fille suive un meilleur entraînement physique. Les oracles ont intérêt à entretenir leur forme puisqu'ils sont souvent sur les routes, au gré des demandes rémunératrices des puissants de ce monde.

Nous déposons nos paniers dans la cuisine, où un serviteur s'empresse de les prendre en charge.

— Je vais aller faire un brin de toilette. Fais-en autant puis avertis ta sœur de notre entrevue.

— D'accord, s'empresse de me répondre ma fille pour me témoigner son désir d'obéissance.

Je file au pas de course jusque chez mes parents afin de procéder à quelques ablutions et de troquer ma tenue de travail contre une tunique plus élégante. Comme toujours, un douloureux pincement broie mon cœur à l'idée de ne plus pouvoir résider dans ma propre demeure… Mais une fois de plus, je repousse vigoureusement ma peine au fond de moi. Le temps me manque pour m'apitoyer sur mon sort – ce qui n'est peut-être pas plus mal, ricane une voix dans ma tête avec l'accent railleur d'un certain crâne de cristal.

Je m'oblige à marcher d'un pas tranquille pour retourner dans mon ancienne maison. Je devine que mes filles me surveillent par la fenêtre et je tiens à dégager une impression de sérénité et d'assurance, digne de l'oracle dont la réputation dépasse les frontières.

Effectivement, leurs deux têtes blonde et brune se pressent dans l'ouverture près de la porte. La soirée fraîchissant déjà, elles replacent le panneau de bois qui protège l'intérieur des courants d'air, puis se précipitent pour m'ouvrir la porte. Istoris a ce petit air penaud que je lui connais bien, celui qui plisse son joli minois à chaque fois qu'elle perçoit mon mécontentement dans mon aura et qu'elle pense en être responsable. Son hypersensibilité m'attendrit. Je ne veux pas qu'elle se sente coupable de tout et de rien.

— Pardon de te contrarier, on aurait dû t'en parler tout de suite, mais c'était tellement bizarre qu'on voulait d'abord vérifier que ce n'était pas une illusion, débite-t-elle à toute vitesse.

— Je ne doute pas de votre sincérité, mes chéries. Disons qu'en ce moment, je subis encore plus de pression que d'habitude, et je crains que cela me rende irritable. Maintenant, asseyons-nous et dites-moi tout.

Évidemment, c'est Mantè qui se charge des explications.

— Ça s'est produit trois jours après l'accouchement d'Istoris, commence-t-elle d'une voix docte. Pour la énième fois, j'étais en train d'essayer de décrire la Vision à Istoris, en regrettant de ne pas pouvoir la lui montrer directement. Elle était en train d'allaiter Kéroub…

— Oui, il a toujours très faim le matin ! Dès que les premières lueurs de l'aube éclairent l'horizon, il se met à s'agiter et à réclamer à manger. Je me dépêche parce que sinon, il crie si fort qu'il réveille toute la maison, et…

— Istoris, tais-toi, sinon on va y passer la nuit.

— Oui, Mantè, désolée, je suis…

— Ne t'excuse pas, tiens ta langue, c'est tout.

Je ne peux retenir un sourire face à cette scène si familière.

— Je disais donc, Istoris était en train d'allaiter Kéroub. Quand je lui ai parlé de l'explosion géante du volcan, elle a sursauté et le bébé a failli glisser de ses bras. Je l'ai retenu par réflexe, et c'est là que l'étrange phénomène s'est produit.

Mes poings se serrent sur les accoudoirs. Quelle étrangeté s'est produite dans mon propre foyer, affectant mes propres enfants ? Mon esprit agité envisage déjà des drames de toutes sortes…

— Tout à coup, il y a eu une espèce de lien mental qui s'est établi entre nous, et Istoris a réellement pu voir l'intégralité de la Vision du cercle.

— C'était tellement affreux ! Mon corps était figé et toutes ces choses effrayantes défilaient dans mon esprit sans que je puisse l'empêcher. J'ai cru que ça durait une éternité !

— En fait, précise consciencieusement Mantè, cela n'a duré que quelques instants. J'y ai réfléchi et selon moi, soit nos esprits se sont accélérés, soit le temps autour de nous s'est ralenti.

Mon cerveau lui aussi se met à fonctionner à toute allure.

— Vous avez dit que vous vouliez vérifier que ce n'était pas une illusion. Vous avez donc réessayé ?

— Exactement dix-sept fois depuis ce jour-là. On a refait la même expérience avec la Vision du cercle, puis on a testé avec d'autres de mes Visions. On a aussi fait l'inverse : Istoris m'a transmis sa perception des auras. Chaque tentative a réussi.

Je ne cache pas mon admiration. Mes filles sont décidément prodigieuses !

— C'est extraordinaire ! Et ça ne vous était jamais arrivé avant ? C'est peut-être dû à votre séparation puis à vos retrouvailles. Les jumeaux ont parfois des dons exceptionnels, comme s'ils partageaient les pensées l'un de l'autre.

Mon enthousiasme est cependant douché par la moue navrée d'Istoris et le hochement de tête négatif de Mantè, qui corrige aussitôt mon erreur.

— Cela ne vient pas de nous. Si nous essayons toutes les deux, ça ne donne rien.

Mes méninges s'activent à nouveau. Non, ce n'est pas possible ! Si jeune, comment pourrait-il…

— Vous voulez dire que c'est Kéroub qui provoque ce prodige ? Mais… Il n'a que dix jours !

— Mon fils avait déjà ce don avant sa naissance, ajoute doucement Istoris. Cela fait des mois que je sais qu'il est capable de percevoir les auras. Moi aussi, j'ai ce don depuis toujours. Ce n'est pas comme Mantè qui a vu son don d'oracle apparaître à l'adolescence et se développer progressivement à force d'exercice. Kéroub et moi, nous n'avons pas besoin de nous entraîner, mais nous ne pouvons pas nous améliorer non plus. C'est plutôt un sens supplémentaire, comme l'ouïe ou la vue. Je crois que c'est pareil pour sa capacité à… je ne sais pas exactement comment dire…

— À harmoniser les pouvoirs des autres, déclare Mantè qui a sans doute énormément réfléchi à la question.

— Tu as raison, c'est tout à fait ça : il harmonise les pouvoirs de ceux qui le touchent en même temps, mais il ne le fait pas exprès. La preuve, c'est que ça fonctionne même quand il dort.

Inutile de dire que ces révélations successives me stupéfient, mais m'intriguent tout autant.

— Est-ce que je peux essayer sans risque pour Kéroub ?

— Bien sûr ! Je sais que ça ne lui fait aucun mal parce que ça ne perturbe pas du tout son aura.

— Comment dois-je m'y prendre ?

Les jumelles ont dû anticiper la situation car elles n'hésitent pas une seconde à me répondre.

— Tu peux penser à une de tes Visions et on te dira de quoi il s'agit.

— Ah, parce que cela fonctionne aussi avec trois personnes ?

— Eh bien, c'est l'occasion de le découvrir, murmure Mantè en rougissant un peu de son audace.

— Si vous êtes sûres que Kéroub ne risque rien, je m'en remets à vous.

En retournant chez mes parents fort tard ce soir-là, je sais d'avance que nous n'allons pas fermer l'œil de la nuit. Tant pis ! Je ne peux me résoudre à attendre le matin avant de leur révéler la fabuleuse aptitude du nourrisson.

Après avoir partagé diverses Visions avec mes filles, j'en ai reçu deux de Mantè et j'ai découvert avec émerveillement les auras d'Istoris.

J'ai alors décidé qu'il fallait tester sans attendre cette « harmonisation » avec quelqu'un dépourvu de talent magique. Mon choix s'est naturellement porté sur la vieille et fidèle nourrice au service de notre famille depuis ma naissance. Je suis sûre de pouvoir compter sur son silence. De toute façon, si elle parlait trop, tout le monde supposerait que l'âge la rend sénile et la fait divaguer.

Là encore, l'expérience s'est avérée probante. Notre brave servante était toute chamboulée par la confiance que nous lui accordions en lui offrant ainsi une parcelle nos pouvoirs, qu'elle considère comme des cadeaux des divinités elles-mêmes.

Moi aussi, je suis bouleversée, mais pas pour les mêmes raisons. Maintenant que nous disposons d'un moyen de transmettre nos Visions à n'importe qui d'autre, cela pourrait convaincre les dirigeants les plus réticents de la réalité de la catastrophe qui nous attend l'été prochain, ainsi que de celle plus monstrueuse encore du Vortex Majeur.

Pour la première fois depuis bien longtemps, la lumière de l'espoir ose percer les tréfonds de mon âme enténébrée ! Mais alors, pourquoi mes mains tremblent-elles comme sous l'effet d'une crainte inconnue ?

Chapitre 16 :
Le dernier voyage d'Atalantis

Des cris me tirent brusquement du sommeil. Un instant, je me demande si ce sont mes cauchemars habituels qui continuent, avant de me rendre compte qu'il s'agit bel et bien de la réalité. J'arrache le drap de mon lit pour m'en faire une tunique improvisée et je m'élance hors de ma chambre, pieds nus. Dans la pièce centrale, j'attrape une lampe dont j'allume la mèche avec une braise de l'âtre, tandis que les appels et les tambourinements se poursuivent à la porte. Je m'empare au passage d'une épée courte, prête à repousser les intrus.

C'est à ce moment-là que mes parents surgissent à leur tour, vêtus à la hâte, les cheveux en bataille. Mon père s'arme lui aussi puis me fait signe d'ouvrir le loquet qui bloque l'ouverture par sécurité. Il y a parfois des voleurs qui profitent des ombres nocturnes pour piller les réserves des maisons sans défense, surtout quand l'hiver commence à s'installer.

Ma mère, le teint blême malgré les lueurs dansantes du feu, s'étonne soudain.

— N'est-ce pas la voix d'Épaminondas ?

Je me fige, la main déjà posée sur le loquet, et je tends l'oreille.

— Mais oui, tu as raison ! Qu'est-ce qui prend à mon cousin de pousser de pareils cris en pleine nuit ?

Nous échangeons tous trois des regards inquiets puis je me décide à ouvrir pour demander des explications…

La porte n'a pas fini de pivoter sur ses gonds que déjà, Épaminondas se jette dans mes bras en pleurant et braillant des propos incohérents. Je finis par réaliser qu'il me prend pour ma mère, une erreur qui s'explique par sa cécité. Après tout, c'est elle qui est censée vivre ici.

— Ce n'est pas Chariclo, c'est Tirésia. Essaye de te calmer, je ne comprends rien à ce que tu dis. Où est ta mère ? Comment es-tu arrivé jusqu'ici ?

Rien à faire, il ne semble même pas m'entendre, perdu dans son affolement.

C'est alors qu'une immense silhouette apparaît dans l'encadrement de la porte. Je lève ma lampe et distingue un homme musculeux d'une taille impressionnante. Il doit me dépasser au moins d'une tête ! Sa peau d'ébène scintille à peine ; voilà pourquoi je n'arrive pas à mieux le voir. On dirait un Kouchite[11] comme j'en ai rencontré en Égypte. Je confie tant bien que mal mon cousin aux bras de ma mère afin de m'occuper de l'inconnu. A priori, il ne constitue pas une menace car il reste immobile alors qu'avec sa carrure, il pourrait facilement prendre le dessus sur moi, d'autant plus que j'ai dû lâcher mon arme pour ne pas risquer de blesser accidentellement Épaminondas.

— Je suppose que c'est grâce à toi que mon cousin a pu rejoindre notre demeure.

Il se contente d'incliner la tête en signe d'acquiescement. Pourquoi ne me répond-il pas ?

— Pardonne le silence de mon compagnon, émet soudain une voix féminine. Notre maître lui a coupé la langue, il y a des années.

Une main fine se pose sur le bras du colosse, qui s'écarte docilement pour laisser passer la nouvelle venue. Sa peau dorée et ses yeux en amande m'indiquent qu'elle ne vient pas d'Afrique mais de très, très loin vers l'Est. Je n'ai vu de ses semblables qu'à la cour des plus grands empires de ce monde, en tant que commerçants richissimes ou qu'esclaves à l'exotisme convoité. D'après ses propos, elle appartient plutôt à la seconde catégorie.

Tout à coup, je capte un mouvement derrière elle. Instinctivement, je récupère mon épée sur le sol. Combien sont-ils à se dissimuler ainsi à la faveur de la nuit ? Elle paraît deviner la cause de mon inquiétude.

— Je t'en prie, noble dame, ne prends pas peur. Nous ne sommes que trois : mon compagnon Chabaqa, notre fils Alara, et moi-même, Tushan. Nous avons fui Atalantis avec le seigneur oracle Épaminondas, qui nous a dit que nous pourrions trouver refuge ici.

— Fui Atalantis ? Trouver refuge ici ? Qu'est-ce que tu racontes ? Et où est ma tante Endaïs ? Qu'est-ce que…

Un long hurlement m'interrompt. Je me retourne d'un bond : pourquoi ma mère pousse-t-elle une clameur si funèbre ?!

---

[11] Appelés aussi Nubiens, les Kouchites (du « pays de Kouch ») sont les anciens habitants de l'actuel Soudan.

Mon épée tombe au sol dans un bruit métallique auquel nul ne prête attention lorsque je comprends à mon tour la raison de tant d'émoi et de vacarme. Ma tante a été assassinée, ainsi que tous les oracles qui l'accompagnaient à l'exception d'Épaminondas !

Le jour se lève déjà quand je parviens à reprendre mes esprits. Ma mère sanglote toujours convulsivement dans les bras de mon père. Mon cousin est effondré à leurs pieds, à moitié inconscient. De temps en temps, un hoquet de douleur le secoue.

Je m'essuie les yeux dans le drap qui m'enveloppe. C'est seulement à cet instant que je remarque qu'il y a un problème : où sont les trois individus qui ont ramené Épaminondas depuis l'île de Théra jusqu'à nous ? Je dois sortir de la maison pour les retrouver. Ils sont assis dehors malgré la fraîcheur humide du petit matin. Le géant abrite un garçon d'une dizaine d'années entre ses bras épais, tandis que la femme frissonne dans sa tunique trop fine. Ils n'ont même pas essayé d'entrer pour se mettre à l'abri du froid. Aucun doute : ce sont forcément des esclaves, et de ceux qui ont dû subir bien des souffrances sous le joug d'un maître indigne et cruel. Il est plus que temps que je rachète ma conduite à leur égard afin qu'ils sachent que dans ma famille, on traite tous les êtres humains comme nos égaux.

— Je vous en prie, entrez pour vous réchauffer. Je vais remettre du bois dans le feu et vous servir de quoi manger.

— Tu... Tu es sûre de bien vouloir que nous entrions en ta demeure, noble dame ? Nous sommes couverts de la poussière du chemin et nous devons sentir mauvais. Nous ne voulons pas vous indisposer, toi et les tiens.

— Je t'assure que tout cela n'est rien, Tushan. Vous avez sauvé mon cousin ; nous vous sommes redevables. Les deux serviteurs de mes parents vont bientôt arriver, ils vous feront chauffer de l'eau pour un bain, et nous allons vous donner des vêtements propres en attendant que les vôtres soient lavés et séchés.

Malgré mes bonnes paroles, ils restent hésitants. Par tous les Enfers, que leur a-t-on infligé pour qu'ils soient aussi méfiants ?

— S'il vous plaît, entrez et laissez-nous prendre soin de vous. De plus, vous pourrez nous raconter en détail tout ce qui s'est passé à Atalantis. Nous avons besoin de tout savoir.

Cette requête s'apparente suffisamment à un ordre pour les convaincre de troquer le froid du dehors contre le confort de l'intérieur. Je les brusque un peu pour essayer de les persuader que leur calvaire est terminé.

— Ma famille ne cautionne pas l'esclavage. Nos serviteurs sont des gens libres que nous rétribuons. Vous n'avez rien à craindre de nous, et jamais nous ne laisserons votre ancien maître vous reprendre. S'il ose vous réclamer, nous paierons ce qu'il demandera pour votre liberté.

D'abord incrédules, ils finissent par me sourire. L'enfant surtout ; son visage s'illumine d'une joie qui lui sied bien mieux que l'angoisse qu'il affichait jusque-là.

— Nous avions entendu de nombreuses louanges sur la grande Chariclo, Première Oracle de Thèbes, s'extasie sa mère. Tu es bénie par les Dieux et les Déesses !

Confuse, je me rends compte que je ne me suis même pas présentée.

— Chariclo est ma mère. Quant à mon père, il se nomme Évérès et moi, je suis leur fils… Je veux dire, leur fille Tirésia. Je suis oracle, moi aussi.

— Bien sûr, noble dame Tirésia. Tes yeux d'or et tes cheveux de neige en dépit de ta jeunesse nous l'avaient révélé.

Tout à coup, ils s'agenouillent devant moi et tentent de me baiser les pieds. Décidément, leur maître ne doit pas être quelqu'un de très bienfaisant, mais un de ces sales types bouffis d'orgueil comme j'en croise hélas quelquefois au cours de mes missions. Je n'ai pas besoin d'en savoir plus pour le détester. Serait-il mêlé au drame qui vient de frapper notre famille et, plus largement, la communauté des oracles dans son ensemble ?

Une heure plus tard, ils sont débarrassés de la crasse du voyage. J'ai moi-même pris le temps de me débarbouiller et de me vêtir plus convenablement, et j'ai envoyé ma mère et mon cousin se reposer dans la chambre de mes parents, sous la surveillance attentionnée de mon père. Ils ont tellement pleuré et gémi qu'il a pratiquement fallu les porter jusqu'au lit où ils se sont effondrés aussitôt, écrasés par la peine. Pour ma part, mes récentes aventures dans le Royaume des Morts m'ont assez endurci le cœur pour que je reste maîtresse de mes sentiments, une fois passé le choc initial.

J'invite le trio d'ex-esclaves à s'attabler en ma compagnie. Nous pourrons parler tout en nous restaurant.

Mes yeux se posent avec stupeur sur le jeune Alara : je vois seulement maintenant qu'il lui manque la main gauche ! Il s'aide du moignon de son poignet pour tenir son assiette tandis qu'il manipule sa cuillère de sa main droite. Tushan a évidemment surpris mon regard étonné.

— Mon fils a été victime d'un accident pendant qu'il s'occupait des chevaux du maître. Par chance, il a eu le droit de survivre parce qu'il est très talentueux pour peindre.

— Tu aimes dessiner, Alara ?

— Oui, noble dame, bredouille-t-il.

— Je t'en prie, appelle-moi Tirésia. Après tout, c'est mon nom et il me convient très bien ! Ces histoires de noblesse ne m'intéressent pas. Ce ne sont que des vantardises stupides de la part de celles et ceux qui se croient supérieurs aux autres.

Mes trois invités écarquillent les yeux et la bouche avec un bel ensemble. De toute évidence, ils n'ont pas l'habitude d'entendre de tels propos.

— J'ai une fille qui adore dessiner, elle aussi. Je vais t'apporter son matériel et tu pourras me montrer tes talents en la matière ; qu'en penses-tu ?

— Oh oui, avec plaisir, Tirésia ! Que veux-tu que je dessine ?

— Pourquoi pas le chat de mes parents ? Regarde-le, ce paresseux, il dort sur un coussin à côté de la cheminée.

L'enfant rit en apercevant le petit fauve qui, avec l'instinct très sûr de ceux de son espèce, sent aussitôt qu'il est le centre de l'attention. Il entreprend de faire sa toilette d'une patte délicate, pour montrer à quel point il est irrésistible. Il ne me faut que quelques secondes pour fournir au garçon le matériel promis. Nous avons l'habitude d'avoir le nécessaire à portée de main car l'inspiration peut frapper Istoris n'importe où et n'importe quand.

Je regarde avec tendresse Alara commencer son œuvre. Cette scène me rappelle d'innombrables moments heureux.

— Merci, Tirésia, me glisse timidement Tushan à l'oreille.

— Je vous l'ai dit : vous êtes sous la protection de notre famille, dorénavant, et nous vous traiterons comme des amis. Pendant que ton fils est occupé, veux-tu bien me raconter ce qui s'est passé ?

La mine grave, la charmante Orientale entame son triste récit, sous l'œil protecteur de son gigantesque et athlétique compagnon.

Comme prévu, dès leur arrivée au port d'Atalantis, les oracles avaient demandé audience au roi Amemnon, en insistant sur l'extrême urgence de leur démarche. Cela n'avait pas empêché ce dernier de les faire patienter inutilement pendant trois jours, « pour qu'ils sachent qui commande ici » – de toute évidence, un crétin imbu de lui-même.

Il s'avère que lui et moi avons à peu près le même âge et que nous nous sommes rencontrés quand nous étions adolescents. Ma mère s'était rendue à Théra pour conseiller son père, un souverain plutôt bienveillant mais trop faible avec son fils aîné. À l'époque, j'avais jugé Amemnon insupportable, avec son arrogance inversement proportionnelle à son intelligence. J'ai l'impression que les années n'ont pas arrangé les choses.

Bref, quand ce roitelet imbuvable a enfin consenti à l'entrevue, il a refusé de recevoir Épaminondas.

« La vue des infirmes m'indispose », a-t-il cru bon d'ajouter. Ma tante ne voulait pas laisser son fils seul, mais puisqu'elle était la cheffe du groupe en tant que sœur de la Première Oracle, un arrangement a finalement été trouvé, ou plutôt imposé. Il y avait un autre individu diminué dans le palais : le jeune Alara, que le roi avait eu « l'extraordinaire bonté » d'épargner tant qu'il serait content des fresques qu'il peignait chaque jour du lever au coucher du soleil. Ses parents supporteraient donc de s'occuper d'un déficient de plus ; et s'ils ne le faisaient pas, ils seraient sévèrement punis !

C'est ainsi que mon cousin s'était retrouvé sous la garde de Tushan et Chabaqa pendant que les autres étaient reçus dans la salle du trône, dont les portes furent soigneusement closes afin de préserver le secret. En vérité, cette précaution était inutile. Depuis trois jours, les oracles avaient évidemment parlé entre eux de ce qui les amenait à Atalantis, et les rumeurs colportées par les serviteurs circulaient déjà non seulement dans le château, mais aussi dans toute la cité.

L'après-midi s'était écoulé, puis le soir, puis une partie de la nuit… Inquiets et pressentant quelque malheur – il faut dire qu'ils avaient des raisons de redouter les caprices de leur royal maître – Chabaqa et Tushan étaient allés discrètement aux nouvelles. Ce qu'ils avaient appris, les avait glacés d'horreur et décidés à agir au plus vite pour le bien de leur invité improvisé.

Fâché par l'annonce prophétique, Amemnon avait ordonné l'emprisonnement des émissaires venus l'avertir du danger. D'après lui, ce n'était qu'une ruse infâme pour l'obliger à quitter son trône sous prétexte d'une évacuation de l'île entière. Si un malheur devait vraiment s'abattre sur Théra, il était évident que les Dieux le préviendraient lui, en personne, et pas une bande de menteurs sûrement à la solde d'un de ces salopards de traîtres qui convoitaient sa couronne ! Puisqu'ils ne voulaient pas reconnaître leur félonie, ils le payeraient de leur sang ! C'était bien la preuve qu'ils n'étaient pas de vrais devins, puisqu'ils n'avaient pas deviné qu'il percerait leur complot à jour et qu'il saurait le leur faire regretter !

— Les oracles ne peuvent pas Voir leur propre avenir, expliqué-je en un souffle désolé.

— C'est ce qu'ils ont dit au roi, mais il n'a rien voulu entendre. C'est un homme entêté, qui croit avoir toujours raison même quand il dit les choses les plus stupides, marmonne Tushan.

Elle ne peut s'empêcher de jeter un regard inquiet autour d'elle en osant tenir des propos aussi audacieux.

Son compagnon et elle n'avaient pas besoin de dons prophétiques pour savoir ce qui allait se produire… Le roi avait l'habitude de faire jeter tous ceux qui lui déplaisaient depuis le haut des murailles jusqu'aux rochers en contrebas, dès les premiers rayons du soleil. Les cris des victimes et le fracas de leurs os brisés le faisaient toujours rire aux éclats. Ensuite, il se penchait par-dessus le bord afin de ne pas perdre une miette du spectacle des corps désarticulés emportés par la mer et du sang léché par les vagues indifférentes à la férocité humaine.

Apparemment, il avait oublié l'aveugle qui le dégoûtait, mais cet oubli ne serait sûrement que temporaire. Il n'y avait pas de temps à perdre !

Sous un prétexte innocent - Tushan s'excuse d'avoir eu recours à une telle manœuvre, et je devine qu'elle a déjà dû le faire à maintes reprises auprès de mon cousin - le couple d'esclaves et leur fils avaient entraîné Épaminondas jusqu'au port. Ils avaient expliqué la situation au capitaine du bateau, qui était assez au fait de la folie du roi pour ne pas mettre leur parole en doute. Ils avaient donc embarqué en toute hâte et lorsque l'aube avait rosi l'horizon, ils étaient déjà loin d'Atalantis. Avec prudence, ils avaient accosté à une île proche, où ils avaient attendu des nouvelles de la cité.

C'est là que dans l'après-midi, un pêcheur avait confirmé leurs terribles soupçons : l'exécution avait effectivement eu lieu. Tous les oracles prisonniers avaient été lâchement assassinés par l'homme qu'ils étaient généreusement venus mettre en garde !

Ils avaient alors repris la mer en direction de Cécropia, ne voulant pas s'attarder au cas où Amemnon enverrait des soldats à leur poursuite. Ils avaient dû avouer la vérité au malheureux survivant…

C'est alors qu'il s'était produit un événement inexplicable, comme une bénédiction divine. Un vent surgi de nulle part avait gonflé leurs voiles, et uniquement leurs voiles, sans même provoquer de vagues autour d'eux, pour faire bondir leur navire sur les flots afin de faciliter leur fuite. Je ne mis pas longtemps à comprendre que ce devait être une manifestation du pouvoir que mon cousin avait hérité de son père et qui lui permettait d'exercer un certain contrôle sur l'élément aérien. Telfousa m'a souvent répété que son don sur l'eau était augmenté ou diminué en fonction de ses émotions. Je suppose qu'il en va de même pour les autres éléments. Avec la tempête émotionnelle qu'il subissait, le don d'Épaminondas avait dû être démultiplié !

En tout cas, grâce à ce vent miraculeux, il avait fallu deux fois moins de temps que d'ordinaire aux fuyards pour rallier leur salut, en l'occurrence pour atteindre le port de Cécropia. Ils s'étaient alors élancés sur les sentiers caillouteux les séparant de Thèbes, prenant à peine le temps de manger ou de s'accorder de brèves pauses. La suite, je la connaissais.

Quelques jours plus tard, ma pauvre mère reprit le contrôle sur elle-même au prix d'un effort surhumain. Elle envoya immédiatement des messagers à tous les oracles pour les informer de l'invraisemblable situation.

Après ce tragique épisode, nous avons beaucoup hésité à contacter d'autres souverains pour les avertir de la catastrophe. Au lieu de nous rendre en personne dans les différents royaumes, nous avons rédigé des missives aussi éloquentes que possible.

Concernant Atalantis, nous avons contacté toutes les personnes influentes que nous pouvions, mais le roi fou a instauré la loi martiale pour interdire à ses sujets de quitter leur île. Certains sont parvenus à fuir, mais il restait encore des milliers d'habitants lorsque les entrailles de la terre se sont déchirées avec une indescriptible violence, engloutissant voracement toutes leurs vies innocentes en même temps que celle du dégénéré qui régnait sur eux.

Les soubresauts du sol se sont propagés à toutes les îles environnantes, jusqu'aux tréfonds de la Grèce continentale, de la Crète et de tout l'ouest de l'Anatolie.

Quatre vagues démesurées ont successivement ravagé les côtes à des centaines de kilomètres aux alentours.

Il a plu des cendres pendant des semaines entières et d'épais nuages ont assombri les cieux pendant d'interminables mois.

On a dû renoncer à compter les morts. Si nombreux. Trop nombreux.

Certes, nos interventions ont sauvé les personnes qui ont eu le bon sens de nous écouter, heureusement nombreuses elles aussi, mais nos cœurs pleureront à jamais celles et ceux que nous avons perdus…

Et pourtant, le pire reste à venir. Aussi destructrice qu'elle ait pu être, l'éruption titanesque de Théra n'est qu'un petit avant-goût de la menace apocalyptique du Vortex Majeur. Cette fois, si nous échouons à convaincre les bonnes personnes, ce seront les habitants du monde entier qui connaîtront une fin brutale et prématurée !

Chapitre 17 :
Renaître de ses cendres

Un nouvel été vient d'éclore aujourd'hui, jour de solstice. Cela va faire bientôt trois ans que l'éruption a englouti Atalantis la fière. Nous avons dû attendre que la vie reprenne un cours plus ou moins normal avant de poursuivre notre principal objectif. Mais aujourd'hui, date où le jour et la nuit s'équilibrent, nous sommes prêts à tout tenter pour enfin engendrer un monde meilleur.

Notre propre vie a radicalement changé. C'en est fini du temps où nous résidions près de Thèbes. Nous avons revendu nos deux maisons avant de quitter la Grèce pour Tarsos, car nous savions que nous ne reviendrions plus sur la terre de nos ancêtres.

Au printemps suivant la catastrophe, j'ai quitté mes proches pour me rendre en Égypte. J'avais besoin de m'entretenir avec de nombreux clans de créatures magiques qui y résident depuis des temps immémoriaux, et qui ne sont pas pour rien dans la réussite de ce merveilleux pays. Plus exactement, j'ai quitté une partie de mes proches. Depuis qu'il est revenu seul de Théra, Épaminondas ne me quitte plus d'une semelle. Il se sent investi d'une mission sacrée : entretenir la mémoire de sa défunte mère, Endaïs l'oracle voyageuse, en me secondant comme il l'a secondée autrefois.

J'avoue que j'ai été bienheureuse de pouvoir bénéficier de sa compagnie. Au fil des mois, sa mélancolie s'est estompée et nous avons retrouvé la complicité de nos jeunes années. Mieux encore : il est devenu mon double protecteur. En d'autres termes, il se fait passer pour le fameux Tirésias de Thèbes, devin aux pouvoirs exceptionnels, devenu aveugle dans des circonstances sur lesquelles il reste volontairement imprécis.

La rumeur, qui sait toujours tout mieux que les intéressés eux-mêmes, prétend qu'il a Vu des choses si horribles à l'occasion de l'éruption, que ses yeux n'ont plus voulu voir la réalité. D'autres encore affirment que c'est un Dieu jaloux de son pouvoir qui l'a privé de la vue. Nous avons aussi entendu dire, dans une auberge où nous dînions incognito, que c'est un Dieu qui lui a échangé ses yeux humains contre des yeux divins capables de percevoir l'avenir au-delà du monde. Toutes ces histoires nous amusent. J'ai même parié qu'un de ces jours, certains répandraient le bruit d'une invraisemblable transformation en femme, pour des raisons probablement nébuleuses qui ne refléteront qu'une part infime de la vérité ; laquelle, je dois dire, paraît plus invraisemblable encore que les racontars les plus fantaisistes !

Quoi qu'il en soit, faire passer mon cousin pour moi simplifie nos relations avec la plupart des humains sans pouvoir que nous croisons. Pharaon, lui, n'a pas été dupe longtemps. Dès le lendemain de notre arrivée, il m'a considérée attentivement et a déclaré : « C'est toi, Tirésias, je te reconnais ». Sa perspicacité ne m'a pas vraiment surprise, même si je l'ai trouvée admirable. Après tout, peu avant ma rencontre avec Telfousa, j'ai passé trois ans à la cour de son père, quand lui-même se faisait encore appeler Khyan. Il est plus jeune que moi de cinq ou six ans, mais nous sommes immédiatement devenus amis. À présent, son nom est Séouserenrê[12], et son accession au trône a rendu son esprit plus affûté encore que dans sa jeunesse. De plus, Pharaon est initié aux mystères de la magie. Pour lui, mon changement de sexe n'est donc pas impossible à concevoir.

Épaminondas et moi, nous avons passé plus d'un an au bord du Nil, puis nous sommes partis vers l'Orient lointain. C'est Tushan qui nous a guidés. Son compagnon Chabaqa nous sert de garde du corps. Personne n'a envie de se confronter à un Kouchite de près de deux mètres de haut et au corps bardé de muscles saillants ! Sans parler de sa lance monumentale, qu'il est le seul à pouvoir lancer assez loin et assez fort pour transpercer un homme à plusieurs dizaines de mètres. Quant à leur fils Alara, il est resté avec les autres membres de notre famille. Il s'est lié tout naturellement avec Daphné, puisqu'ils ont pratiquement le même âge.

Nous avons parcouru des distances considérables, recommandés au fur et à mesure de notre progression d'une tribu à la suivante. Nous leur révélons la menace d'un futur où tous leurs descendants seront anéantis dans le sang, puis nous leur offrons la promesse de la création d'un nouveau monde débarrassé de nos ennemis. Pour renforcer le poids de nos paroles, nous soulignons le rôle protecteur de la célébrissime Première Oracle Chariclo, dont tous connaissent et respectent le nom. Pourvu que cela suffise à les convaincre de rallier

---

[12] « Puissant comme Rê ».

l'île des Nuraghes afin d'y participer au plus formidable Coven réuni depuis le départ des anciens Dieux de notre monde…

Je n'ai pas tardé à m'apercevoir d'un phénomène inattendu découlant du trépas barbare des oracles envoyés prévenir Atalantis. Partout, on nous a accueillis comme les héros qui n'hésitent pas à mettre leur propre vie en péril afin d'essayer de sauver celle des autres. Cela a tristement réjoui Épaminondas, qui est fier que la mort de sa mère contribue aujourd'hui à la réussite du plan le plus crucial pour notre survie à tous, ou du moins pour la survie de nos lointains descendants.

En parallèle, l'absurdité fatale du roi Amemnon a cristallisé chez nos interlocuteurs une certaine crainte des humains sans pouvoir. Eux aussi pourraient devenir fous et s'en prendre violemment aux créatures magiques. Il faut ajouter que beaucoup d'humains sont apeurés face à ce qu'ils ne comprennent pas et envieux face à ce qu'ils ne possèdent pas ; un dangereux mélange. Ce constat a rendu d'autant plus crédibles mes explications sur le futur dévastateur qui nous attend si nous laissons le Vortex Majeur se concrétiser à cause de notre inaction.

À chacune et chacun, je dis exactement ce qu'ils doivent entendre, tout en prenant garde à taire certaines choses. Ils n'ont pas besoin d'en savoir plus que le nécessaire pour agir dans le sens que je suis contrainte de leur imposer subtilement. Tirésia l'oracle manipulatrice, me grondé-je parfois. Les circonstances exigent que mon goût de la vérité reste à bonne distance de toute naïveté potentiellement dangereuse.

Après le deuxième hiver de pérégrinations et de palabres, nous avons convenu qu'il était temps de rebrousser chemin afin d'atteindre le royaume des Nuraghes avant les nombreux envoyés que nous espérons y retrouver. Il y aura en effet pas mal de préparatifs à organiser afin d'accueillir tout ce monde.

Au bout de plusieurs semaines de marche harassante malgré le bon accueil qu'on nous réserve à peu près partout, nous avons pris place à bord d'un navire phénicien afin de rallier Tarsos, où nos proches devaient embarquer avec nous pour notre dernier voyage à la surface de ce monde maudit – si tout se passe selon mes plans.

Le don d'Épaminondas sur le vent nous a été fort utile durant cette étape. À force d'en discuter, j'ai réussi à le convaincre que c'était une part inhérente de son être, et qu'il resterait incomplet s'il n'apprenait pas à l'employer à bon escient. Pas question d'essayer d'affronter une tempête comme son malheureux père !

Quand j'ai revu les miens, j'ai été douloureusement frappée par le changement d'apparence de ma chère mère. Cela fait environ deux ans que je suis partie, mais on dirait qu'elle a vieilli de plus de dix années. C'est comme si l'absence de sa jumelle avait absorbé sa force vitale. Sa silhouette élancée est devenue fragile, presque évanescente. Ses joues se sont creusées et son teint s'est marbré d'inquiétants reflets cireux. J'ai à peine osé la serrer dans mes bras, de peur de la briser.

Heureusement, depuis que nous avons débarqué chez les Nuraghes, elle a repris un peu de forces et de couleurs. Je ne m'en réjouis toutefois qu'à moitié, car cette bribe de paix ne lui est revenue qu'après m'avoir fait jurer que lors du grand Coven, j'accepterai de porter le fardeau de Première Oracle à sa place. Je crois que ce titre et les responsabilités associées lui sont désormais insupportables, comme si cela faisait peser sur elle une part de culpabilité pour le drame d'Atalantis et la perte de sa jumelle adorée, alors qu'il n'en est rien. Nos anciens camarades ont librement accepté de se rendre à Théra ; seul le roi fou d'orgueil est coupable de ses crimes. Hélas, notre propre esprit nous condamne souvent pour des actes qui ne nous appartiennent pas.

Pour l'heure, elle sourit faiblement en regardant le petit Kéroub courir vers elle pour lui apporter un bronzetti[13] qu'un habitant lui a gentiment offert. L'enfant adore son aïeule. Je parierais qu'avec sa perception des auras, il perçoit l'altération de sa personnalité et qu'il essaye de la soigner à sa manière.

Quand il m'a vue pour la première fois, il m'a regardée très longuement en silence, avec un air sérieux surprenant sur son visage poupin. Il a fini par me sourire et se jeter dans mes bras pour me faire un câlin attendrissant.

— Tu es trop bizarre, papi-mamie, mais je t'aime tout plein, s'est-il confié à mon oreille.

Depuis cet instant, je me demande ce qu'il perçoit réellement du monde qui l'entoure…

En tout cas, c'est un véritable rayon de soleil pour notre famille !

---

[13] Petite figurine en bronze typique de la culture nuraghique.

Istoris et Mantè m'ont expliqué qu'elles avaient discrètement poursuivi leurs tests sur son talent d'harmonisation des pouvoirs, avec l'aide de toutes les créatures magiques venues rendre visite à Chariclo. Pour l'instant, il n'a essuyé aucun échec. Mantè en a d'ailleurs profité pour se rapprocher d'un élémentaire de feu un peu plus âgé qu'elle, Pahur, à la grande joie de sa sœur qui la taquine souvent en lui demandant quand ils vont enfin se marier. Ma raisonnable fille a décrété qu'ils attendraient d'être sûrs que le Vortex Majeur sera vaincu. J'avais essayé de la protéger de l'horreur qu'il contenait mais en mon absence, elle est parvenue à l'explorer avec la complicité involontaire de Stonissè, qui était présente lorsque ma mère et moi en avons franchi le seuil, il y a plus de trois décennies. Pour elle, il est hors de question d'avoir des enfants en l'état actuel des choses, au risque de les condamner à cet avenir de souffrances épouvantables ! Istoris a eu beau argumenter que même en cas d'échec de notre grand projet, cet avenir ne se manifestera pas avant de nombreux siècles, sa jumelle n'en démord pas. De toute évidence, comme je le craignais, cette Vision du futur l'a traumatisée. Elle a tenu à la partager avec Pahur, via le don de Kéroub, pour qu'il comprenne sa décision.

Quant à ma cadette, c'est fou ce qu'elle a grandi ! Du haut de ses treize ans, ma petite fille s'est métamorphosée en une jeune femme pleine d'assurance. Les catastrophes font toujours mûrir trop vite nos enfants. Daphné est inséparable d'Alara, qui a poussé à toute vitesse lui aussi, même s'il ne sera sans doute pas aussi grand que son père. Si ce n'est pas déjà fait, ces deux-là ne devraient pas tarder à découvrir les plaisirs charnels balbutiants de l'adolescence. Cela ne me dérange pas. Je n'ai jamais été un père surprotecteur envers ses filles, ni jaloux de leurs amours. Au contraire, mon cœur est plein de joie à l'idée qu'elles ont toutes les trois la chance de fréquenter des jeunes gens qu'elles estiment dignes d'elles.

D'ailleurs, en toute honnêteté, je serais mal placée pour leur reprocher de céder aux tentations du désir physique. De ce point de vue, j'ai moi-même multiplié les découvertes durant mon voyage. J'avais tout à apprendre de mon nouveau corps féminin mais je n'osais pas me laisser aller, retenue par une étrange pudeur, comme si ce corps ne m'appartenait pas vraiment. Tushan et Chabaqa s'en sont aperçus, et je leur ai dévoilé tous les détails de mon histoire peu commune.

Eux aussi m'ont fait une confidence : au palais d'Atalantis, leur rôle principal était d'être des esclaves sexuels, soumis aux caprices de leur maître et de toutes celles et ceux à qui il décidait de les prêter. Ils sont devenus de véritables experts dans ce domaine, surtout quand ils ont remarqué que cela leur conférait un certain ascendant sur leurs amants et amantes de passage. Beaucoup leur offraient de petits cadeaux en échange : victuailles, vêtements, parfois même des bijoux ! Cela les a bien souvent aidés à adoucir leur condition servile.

Ils se sont donc mis en tête de me remercier pour mon accueil en m'enseignant tous les plaisirs qu'un corps féminin peut ressentir. Je n'aurais jamais imaginé à quel point c'était supérieur à ce que j'avais pu éprouver en tant qu'homme ! Si le roi des Dieux, le grand Zeus en personne, le plus grand séducteur de l'Olympe, venait me demander mon opinion sur le sujet, je lui avouerais qu'aucune de ses frasques sexuelles ne lui permettra d'égaler la jouissance potentielle de son épouse bafouée.

Je ne suis pas la seule à avoir profité de la sensualité exacerbée de ce couple hors du commun : ils ont aussi fait vibrer Épaminondas au rythme des pulsations de la chair. Avec eux, ces choses-là sont naturelles et sans complexe.

Notre rapprochement n'a pas été que physique. Tushan nous a narré bien des récits édifiants sur la cour du roi d'Atalantis. Il est regrettable qu'il ait conduit la majeure partie de son peuple à sa perte mais en ce qui le concerne, son trépas est tout ce qu'il méritait !

Parmi leurs anecdotes, deux m'ont particulièrement touchée.

La première est celle de la naissance d'Alara. Étant donné la taille colossale de son père et celle miniature de sa mère, l'accouchement s'annonçait mal. Le bébé était trop gros pour passer par la voie naturelle. À cette époque, Tushan était l'esclave favorite du tout nouveau roi Amemnon. Il avait donc commandé au médecin de la cour, un très vieil Égyptien qui soignait déjà son grand-père, de tout mettre en œuvre pour sauver la mère. Quant au sort de l'enfant, il lui importait peu. Le cruel souverain avait précisé que si le vieillard échouait dans cette tâche, il serait évidemment jeté du haut des murailles.
Terrifié, celui-ci avait sorti de son coffre un très ancien papyrus orné d'une formule de guérison puissante mais à usage unique. Sans hésiter, il avait ouvert le ventre gonflé avec un grand couteau chauffé à la flamme et en avait extrait le nouveau-né. Confiant celui-ci à son père, il avait alors recousu la plaie béante tout en psalmodiant les

paroles enchanteresses. Pour mieux se concentrer, il avait ordonné que la malheureuse accouchée soit bâillonnée en plus d'être fermement maintenue immobile par quatre gaillards. La magie avait opéré. La chair s'était recollée et nulle infection n'avait emporté la jeune mère. Cependant, ce geste n'avait pas été sans conséquence : non seulement une longue cicatrice lui traversait le ventre mais en outre, sa matrice fendue en deux était devenue stérile.

Alara avait survécu à cette naissance brutale grâce aux soins paternels, car Chabaqa avait l'habitude de s'occuper des mises bas dans l'écurie et le chenil du palais. Pour finir, en dépit de la survie de la patiente, Amemnon avait impitoyablement ordonné l'exécution du vieux médecin, sous prétexte que son esclave préférée portait désormais une vilaine balafre qui gâchait son plaisir de la contempler et de caresser sa peau d'une douceur exquise…

L'autre événement marquant, ce fut ce triste jour où le petit garçon, âgé de sept ans à peine, fut envoyé s'occuper d'un cheval rétif. Normalement, c'était son père qui s'occupait des animaux mais ce jour-là, son royal maître avait requis ses services pour besogner une esclave récemment acquise, une femme du nord à la peau très pâle et aux cheveux d'un blond clair. Il était très excité de reluquer les ébats de deux êtres si dissemblables.

Quand il avait été libéré de cette tâche, Chabaqa s'était rendu le plus vite possible à l'écurie, mais c'était trop tard. Les sabots agités de l'étalon tempétueux avaient broyé la main gauche de son fils, qui fut miraculeusement autorisé à survivre malgré son infirmité parce qu'il dessinait à merveille. Le père dévasté avait poussé un hurlement de désespoir en découvrant son enfant inconscient baignant dans une mare de sang. Ce cri puissant avait déplu aux oreilles d'Amemnon qui, pour le punir, lui avait fait trancher la langue. Par un nouveau miracle – Tushan était persuadée qu'un Dieu ou une Déesse devait avoir pris en pitié leur famille – il avait survécu à sa blessure, infligée par une lame chauffée à blanc qui avait instantanément cautérisé la plaie.

Je suis très admirative de la capacité de mes compagnons à rester positifs malgré les drames qu'ils ont traversés. Cela m'a beaucoup aidée à relativiser mes propres mésaventures, sans compter les délices dont ils ont si bien su combler mon corps.

Malgré nos plaisants ébats, mon cœur s'est accéléré en revoyant ma chère Telfousa. Ce n'est pas seulement dû au souvenir du temps où nous étions mari et femme. Mon amour pour elle est intact. J'ai découvert avec un secret ravissement qu'elle n'avait trouvé personne pour me remplacer. Mieux encore : il semblerait qu'elle n'ait pas pris la peine d'essayer de chercher un remplaçant, et même qu'elle ait repoussé quelques prétendants. Puis-je encore espérer quelque chose entre nous ?

Bien sûr, une fois de plus, ce n'est pas le bon moment pour me lancer dans une entreprise de séduction, ou peut-être de reconquête…

Chaque jour, de nouveaux émissaires des peuples dotés de magie débarquent au pays des Nuraghes. Je n'ai pas besoin de Regarder l'avenir pour savoir que dans les jours qui suivront leur arrivée, ils vont passer par les phases de la méfiance, de l'incrédulité, puis de l'émerveillement.

Les Nuraghes sont des hôtes uniques en leur genre. Au lieu de fonder de grandes cités, ils vivent dans une multitude de villages qui maillent leur île tout entière. À perte de vue, les tours caractéristiques de leur civilisation jaillissent du paysage, aussi bien au bord de la mer que dans les montagnes. Plus admirable encore, ils ne connaissent la guerre que par ouï-dire. Chez eux, le guerrier est une figure légendaire et pas une réalité crasseuse et sanguinaire.

Ici, règne depuis des siècles une prodigieuse harmonie entre les humains dépourvus de magie et les créatures aux apparences les plus diverses. On croise des individus aux têtes animales, lointains descendants des anciennes lignées divines. Les centaures y côtoient les sphinx et les sirènes ailées. Chaque cours d'eau abrite des créatures ondines admirées et révérées.

J'aime énormément le royaume d'Égypte où vivent aussi nombre de communautés magiques, mais je reconnais que l'île aux mille tours est véritablement le lieu idéal pour réunir notre grand Coven.

Tous les nouveaux arrivants désirent rencontrer la célèbre Chariclo pour lui témoigner leur respect. En tant qu'héritière désignée, je me tiens à ses côtés pour qu'elle me présente mais en fait, je constate qu'ils savent généralement déjà qui je suis. Soit ils m'ont rencontrée, soit ils ont entendu parler de moi, en raison de mes talents prophétiques et de ma stupéfiante métamorphose. Ma mère me l'avait bien dit : certes, je suis destinée à lui succéder, mais j'ai déjà voix au chapitre par mes propres mérites.

Ce que j'ignore encore, c'est si ma réputation m'aidera à les convaincre d'agir selon ma volonté. J'espère que les plans que j'ai échafaudés à force de scruter la Tapisserie du Destin, pratiquement à chaque crépuscule depuis mon retour de l'au-delà, contribueront à ma réussite ; ou plutôt, à notre réussite collective…

Chapitre 18 :
Les sœurcières et l'enfant

Je crois que je n'ai jamais vu une foule aussi dense ni, surtout, aussi hétéroclite. Des créatures de toutes sortes se pressent sur l'esplanade qui a été aménagée pour l'occasion, où de nombreux troncs d'arbres font office de sièges. Mantè, qui s'est découvert une passion pour la logistique, m'affirme qu'il y a près de mille cinq cents personnes rassemblées. Certaines sont venues de pays lointains dont j'entends parler pour la première fois.

J'ai le vertige en pensant qu'en réalité, c'est moi qui suis à l'origine de cette incroyable mobilisation ! Il va s'agir de ne pas les décevoir…

Kéroub, qui semble mieux informé que moi des sentiments qui s'agitent en mon for intérieur, réclame que je le prenne dans mes bras pour me glisser l'une de ses phrases déconcertantes.

— T'en fais pas, papi-mamie, presque tous les zens ici, y z'ont confiance en toi. Et moi aussi z'ai confiance, t'es la meilleure !

— Merci, mon chéri. Toi aussi, tu es le meilleur dans ton genre.

— Bah ze sais, papi-mamie ! déclare-t-il avec le plus grand sérieux.

— Mais tu parles de « presque tous les gens » ; peux-tu me donner un exemple de ceux qui ne me font pas confiance ?

Il regarde un peu partout avec une concentration assez comique à voir, puis tend sa petite main avec assurance.

— Les dames là-bas.

Je suis la direction qu'il m'indique et mes yeux tombent sur deux vieilles femmes vêtues de couleurs vives et couvertes d'amulettes en or et pierres précieuses. Je ne suis pas surprise d'apprendre qu'elles se méfient de moi, ou du moins qu'elles attendent d'en savoir plus sur mes intentions exactes. On les surnomme « les sœurcières ». Ce sont certainement les plus puissantes sorcières de notre temps. Leur présence ici en réponse à mon appel est déjà une marque d'honneur qu'elles m'accordent. D'ordinaire, elles ne quittent pas leur luxueuse résidence près du grand Sphinx et des gigantesques pyramides étincelantes qui font la gloire de l'Égypte depuis près d'un millénaire. Elles y exercent leur magie contre espèces sonnantes et trébuchantes.

L'aînée, Ounchet, est spécialisée dans la production de rouleaux de papyrus médicaux, tandis que Méséhet est experte en talismans contre les multiples dangers qui peuvent menacer les vivants, mais aussi les morts durant leur voyage dans l'au-delà. Les pharaons successifs comptent parmi leurs meilleurs clients depuis des décennies, à la fois pendant la durée de leur règne et pour le méticuleux processus de transformation de leur corps défunt en momie éternelle.

J'avais hésité à faire appel aux services de Méséhet pour m'aider à me présenter en vie devant la Déesse de la Mort mais finalement, ma mère m'a convaincue de recourir à une Larmange. Elle n'a pas été facile à se procurer, mais cela en valait la peine. Rien ne surpasse le pouvoir des larmes versées par les anciennes divinités au moment de quitter notre monde, abandonnant du même coup les familles qu'elles y avaient fondées. Je me souviens encore de la sensation de cette microgoutte de magie pure sur ma langue, aussitôt diffusée dans mon corps entier, au moment de suivre Timon dans le Royaume des Morts. Je me demande brièvement si le mortel Nectar de la Déesse a un meilleur goût, mais c'est une question qui n'aura sans doute jamais de réponse.

Les sœurcières s'aperçoivent de notre intérêt pour elles et se mettent à nous faire signe. Je ne peux me dérober à leur invite. Je m'approche donc d'elles, mon petit-fils serré contre ma poitrine, afin de les saluer avec le respect que leur statut impose et de les remercier pour leur présence à ce Coven.

— Sois bien poli avec ces dames, Kéroub, lui recommandé-je. Elles sont très importantes pour la réussite de ce que nous devons faire tous ensemble.

— D'accord, papi-mamie. Tu crois qu'elles voudront bien me donner un bizou tout brillant ?

Je suis interloquée par son étrange demande puis je comprends ce qu'il veut dire.

— Essaye de bien prononcer « bijou », sinon elles vont te faire plein de bisous !

— Ze veux bien un *bizzzou* pour avoir un *bijjjou*, concède-t-il avec sa ruse de garçon de trois ans et demi.

— Petit coquin ! m'esclaffé-je.

Il éclate d'un rire si joyeux que tous ceux qui nous entourent, ne peuvent s'empêcher de sourire sans savoir pourquoi. J'ai déjà observé que la bonne humeur de cet enfant était extraordinairement communicative ; peut-être un effet secondaire de son mystérieux don « harmonique ».

— Bonjour, dame Tirésia. Quel ravissant enfant tu as là !

— Oh oui, le plus bel enfant de toute l'île, sans doute !

— Bonjour, dame Ounchet et dame Méséhet. Kéroub, remercie ces dames pour leur gentillesse.

— Merci, vous êtes très zentilles !

Bien sûr, il est trop jeune pour s'étonner du fait qu'ici, tout le monde se comprend quelle que soit sa langue natale. C'est l'un des premiers sorts que les maîtres en sorcellerie lancent en arrivant quelque part, afin de permettre à tout le monde de communiquer sans difficulté. Certains prétendent qu'ils peuvent même parler avec des animaux mais pour ma part, j'entends les oiseaux chanter de la même façon que d'habitude. Ou alors, ils n'ont pas envie de discuter avec les humains ! On ne pourrait pas leur en vouloir ; après tout, nous en faisons souvent des proies pour nos assiettes, ou nous détruisons leurs nids en coupant des arbres. Ce n'est pas l'idéal pour entamer un dialogue inter-espèces…

Je devise quelques minutes de choses et d'autres avec les sœurcières, mais je suis rapidement rappelée à mes devoirs par l'annonce du débarquement d'un nouveau bateau venu de loin. Je cherche des yeux Istoris ou son époux afin de leur confier Kéroub, mais ils ne sont pas dans les parages. Je vais devoir perdre un peu de temps à les retrouver, car je ne veux pas emmener le bambin avec moi pour accueillir des étrangers aux pouvoirs potentiellement dangereux, ni risquer qu'ils se fâchent s'il leur sort une réplique enfantine un peu trop directe.

— Si tu veux, dame Tirésia, ma sœur et moi pouvons garder ton petit-fils, propose Ounchet.

— Nous autres vieilles femmes, nous apprécions la fraîcheur de la jeunesse, renchérit Méséhet.

J'hésite un peu. Le mieux, me dis-je, c'est encore de demander à Kéroub ce qu'il en pense. Si son pouvoir détecte une quelconque menace, il refusera de rester seul avec elles ; en tout cas, je l'espère…

— Veux-tu bien que dame Ounchet et dame Méséhet s'occupent de toi jusqu'à ce que ta maman ou ton papa vienne te récupérer ?

Il examine à nouveau les sœurcières avec l'attention intense qu'il porte habituellement aux inconnus. Dommage qu'il ne puisse pas, ou ne sache pas, harmoniser sa propre perception des auras avec moi, car je serais curieuse de savoir à quoi ressemble l'énergie vitale de ces deux femmes *hors d'âge* ; on raconte en effet qu'elles ont largement plus de cent ans.

La conclusion de son analyse est a priori positive, puisqu'il tend ses petits bras potelés vers la sœur aînée, laquelle le récupère avec un bon sourire qui rajeunit sa face ridée et tannée comme une datte longtemps, vraiment longtemps séchée au soleil.

Je remercie chaleureusement les gardiennes d'enfant improvisées et je m'élance vers les voyageurs tout juste débarqués.

Tout l'après-midi a été nécessaire pour parvenir à un accord à propos de l'installation des nouveaux venus. À chaque fois, il faut tenir compte des relations diplomatiques ou conflictuelles que les divers peuples peuvent entretenir les uns avec les autres, et c'est de plus en plus complexe au fil des arrivages. J'ai encore juste le temps d'un rapide dîner en famille avant ma plongée quotidienne dans ma séance de Vision crépusculaire. Elle devrait être particulièrement puissante, étant donné que nous sommes au solstice : l'équilibre du jour et de la nuit viendra s'ajouter à celui des saisons. Je peux déjà sentir la magie s'infiltrer sous mon crâne alors que je ne suis pas encore entrée en transe.

Quand j'approche des grandes tentes sous lesquelles nous vivons depuis des semaines, de bonnes odeurs de cuisine font gargouiller mon estomac. Mes trois filles sont en train de disposer nos écuelles de bois et nos gobelets sur une longue planche posée en équilibre entre deux rochers, tandis qu'Alara transporte une lourde amphore de vin.

Ils me font signe mais tout à coup, Istoris fronce les sourcils.

— Kéroub n'est pas avec toi ? Grand-mère Chariclo m'a dit qu'elle vous avait vus partir ensemble.

— C'est vrai, mais j'ai dû le confier aux célèbres sœurcières égyptiennes. Je pensais que tu l'aurais récupéré dans l'après-midi. Puisque ce n'est pas le cas, je vais aller le chercher.

— Je t'accompagne !

Nous voici reparties toutes les deux vers le campement des deux vieilles femmes, distant de quatre ou cinq cents mètres. J'aurai encore le temps de dîner en vitesse, à condition qu'elles n'aient pas trop d'anecdotes à me raconter après ces heures passées avec le petit garçon.

— Regarde, voilà dame Ounchet, l'aînée des deux. Sa cadette est dame Méséhet, précisé-je à Istoris.

La sœurcière doit avoir extrêmement l'ouïe fine car elle se retourne vers nous.

— Dame Tirésia, quel plaisir de te revoir !

— Voici ma fille Istoris, la mère de Kéroub. Nous venons le rechercher. Je vous présente mes excuses pour le temps passé. Je ne pensais pas vous confier l'enfant si longtemps.

Ounchet nous considère avec étonnement.

— Comment cela, vous venez le rechercher ? Cela fait plus d'une heure que ma sœur est partie le ramener à sa famille.

La voix d'Istoris monte aussitôt dans les aigus.

— Plus d'une heure ? Mais nous sommes à quelques minutes d'ici à peine, et tout le monde sait où nous sommes installés ! Où peuvent-ils être ?

Notre interlocutrice garde le silence. Elle me semble déconcertée et vaguement inquiète mais pour le don de ma fille, d'autres sentiments sont perceptibles.

— De quoi as-tu peur, dame Ounchet ? Tu me fais peur à moi aussi !

— Oh, tu vois les auras, dame Istoris ? Oui, bien sûr…

Elle se met à tripoter la plus imposante des nombreuses amulettes qui pendent à son cou en marmonnant des paroles indistinctes.

— Ça alors, comment fais-tu cela ? Je ne vois presque plus ton aura !

Ounchet ignore sa question, la mine préoccupée. Je n'ai pas le temps de demander à Istoris de quoi elle parle, car la vieillarde s'agite soudain avec une vivacité stupéfiante.

— Suivez-moi vite ! Elle a dû l'emmener dans une grotte qu'elle a repérée pas très loin d'ici, où elle a caché son esclave particulier. Ah, ma sœur, pourquoi n'as-tu pas pu résister à la tentation ?

Nous avons du mal à la suivre, tandis qu'elle sautille entre les tentes et les groupes de gens commençant à s'attabler ici et là. Son déplacement vif et erratique m'évoque irrésistiblement une espèce de grenouille multicolore géante, mais son ton angoissé ne prête pas à sourire.

La foule s'éclaircit puis disparaît au fur et à mesure de notre progression effrénée. Nous arrivons dans un coin désert, où s'amoncellent ici et là de gros rocs à l'allure hostile. J'ai l'impression que l'air s'épaissit comme une mélasse invisible. J'ai de plus en plus de mal à respirer et je ralentis malgré moi. Je vois qu'Istoris subit le même phénomène, contrairement à notre guide qui s'éloigne à vue d'œil. De toute évidence, ce n'est pas naturel. Une très puissante magie est à l'œuvre en ce lieu.

— Dame Ounchet ! Attends-nous, il y a un sortilège qui nous retarde !

De fait, chaque pas requiert un effort de plus en plus insurmontable. Je dois même lutter contre une envie croissante d'opérer un demi-tour, pour ne pas dire de prendre mes jambes à mon cou.

Heureusement, la vieille femme m'a entendue et elle nous rejoint à toute allure. Quel que soit l'enchantement dont nous sommes victimes, il est a priori sans effet sur elle… Ou peut-être pas : maintenant qu'elle est tout près, je vois ses lèvres fines s'agiter en une psalmodie presque inaudible. Ses mains passent sans cesse d'une amulette à l'autre, sur sa poitrine, ses poignets, ses cheveux. Elles s'attardent particulièrement sur une grosse croix ânkh en or massif gravée d'une multitude de hiéroglyphes d'une finesse exceptionnelle. Cette femme est un véritable étalage de symboles magiques en tous genres !

Avec sa vivacité surnaturelle, elle détache deux talismans, un œil d'Horus et un scarabée ailé, et les noue autour de nos cous. Elle plonge ensuite son index droit dans un pot qu'elle extirpe d'une grande poche. D'après les reflets, cela ressemble à un mélange d'or, de lapis-lazuli et de malachite réduits en fine poudre, à laquelle une huile a dû être ajoutée pour en faire une pâte colorée. L'odeur qui s'en dégage indique que de la résine d'encens a aussi été employée. Toutes ces matières onéreuses prouvent amplement la fortune amassée par les sœurcières depuis des décennies. À quelle « tentation » quelqu'un d'aussi riche que Méséhet pourrait bien devoir « résister », pour reprendre les propos de sa sœur ?

La sensation du doigt d'Ounchet sur mon front puis mes joues me tire de mes réflexions. Je ne m'attendais pas à ce qu'il soit aussi chaud, presque brûlant. Elle trace je ne sais quels hiéroglyphes ou autres symboles ésotériques sur ma peau. Instantanément, le sortilège cesse de m'oppresser. Je suis à nouveau libre de mes mouvements et de mes émotions. Un instant plus tard, l'air soulagé de ma fille montre qu'il en va de même pour elle. Les caractères qui ornent son visage ne sont pas égyptiens. Je n'en reconnais aucun, mais ils éveillent en moi une étrange impression de malaise. Ils sont figés mais en même temps, on dirait qu'ils sont mouvants, juste là, à la limite de ma vision…

— Ne les regarde pas trop longtemps ou ils vont entrer dans ton esprit, me conseille Ounchet d'un ton rauque.

Je m'empresse de détourner les yeux.

— Allons, dépêchons-nous ! aboie-t-elle brusquement, nous faisant sursauter.

Elle reprend sa course à demi-animale. Nous nous hâtons à sa suite. La respiration d'Istoris se fait haletante. Ce n'est sans doute pas seulement à cause de notre précipitation. Je voudrais la rassurer mais les mots sonnent creux dans ma tête ; inutile de les prononcer. Comme j'aimerais avoir le temps de Regarder le fil du destin de Kéroub pour me sentir moins impuissante !

Un escarpement rocheux s'élève devant nous. Ce doit être là que se situe la fameuse grotte. Effectivement, Ounchet fonce vers un groupe de rochers en contrebas, qu'elle contourne in extremis avant de s'y cogner.

Derrière le plus gros bloc, une faille étroite s'ouvre dans la paroi, à peine de quoi s'y glisser en se tortillant un peu. Ounchet pile juste devant, si brusquement que nous manquons de la heurter avant de nous arrêter. Elle crispe sa main sur sa plus grosse amulette et nous jappe un nouvel ordre.

— Quoi qu'on trouve là-dedans, restez bien derrière moi. Ma sœur a le pouvoir de vous détruire si vous sortez du champ protecteur de mon bouclier. C'est bien compris, jeune femme ? insiste-t-elle en dévisageant Istoris.

Elle doit craindre qu'elle perde la tête en tant que mère, et je dois avouer que je ressens la même inquiétude.

— Va prévenir Chariclo et reviens avec des renforts, lui intimé-je.

— Hors de question !

— Istoris, obéis-moi. Tu n'es pas de taille à affronter une sorcière expérimentée. Moi, j'ai appris deux ou trois trucs au fil du temps. Je comprends tes réticences, mais je suis sûre qu'au fond de toi, tu sais que j'ai raison. Dis bien à ta grand-mère qu'il y a un sort pour empêcher les intrus de venir jusqu'ici. Elle saura à qui faire appel pour contrer la magie et apporter des soins… en cas de besoin.

J'imagine à quel point mes derniers mots doivent lui percer le cœur. Des larmes lui montent aux yeux mais elle incline gravement la tête. Elle jette un dernier regard horrifié sur l'entrée de la grotte, puis elle se met à courir à toute vitesse en direction du campement.

— Ta fille est bien éduquée, remarque Ounchet d'un ton appréciateur. Je regrette que ma petite sœur ne le soit pas autant, du haut de ses cent vingt-cinq ans !

— Pourquoi a-t-elle enlevé Kéroub ? Je veux savoir ce qui nous attend là-dedans.

Elle pince ses lèvres et me toise, mais je ne détourne pas le regard. J'ai affronté la Déesse de la Mort elle-même ; ce n'est pas cette vieille peau desséchée qui va m'effrayer !

— Très bien, cède-t-elle, je vais te dire tout ce que je peux mais malheureusement, certaines révélations me sont interdites.

Je suis interloquée par cette bizarre entrée en matière. Je ne vois qu'une explication possible.

— Tu es sous la coupe de la magie de ta sœur ?

— Ta réputation de sagacité n'est pas usurpée, articule-t-elle difficilement.

J'en déduis que l'emprise à laquelle elle est soumise, lui interdit de dire du mal de sa cadette. Sa puissance doit être redoutable ! Avec autant de pouvoirs, elle ne peut connaître qu'une seule tentation… Celle d'en amasser encore plus !

— Elle veut s'emparer des dons de Kéroub, c'est cela ?

Pas de réponse. Puisqu'Ounchet ne nie pas, c'est que je suis sur la bonne voie.

— Va-t-elle essayer de le tuer ?

— Non ! s'exclame-t-elle aussitôt.

Un immense soulagement m'envahit.

— Elle veut le soumettre à sa volonté, je suppose. Nous pouvons simplement attendre les renforts, dans ce cas.

— Non, grimace Ounchet. L'esclave de Méséhet… peut les faire… partir très loin… si elle se sent menacée…

— Partir très loin, tu veux dire, d'un seul coup avec un sort ?

— Ou… oui…

Cela ne nous laisse pas beaucoup de temps. Tout à coup, le dernier rayon du soleil couchant étincelle sur la mer entre les rochers, m'éblouissant au passage. Je décide de considérer cela comme un encouragement divin, ou comme une provocation. La future Première Oracle va devoir prouver sa valeur dans un combat magique !

— Je vais Regarder la Tapisserie du Destin. Compte jusqu'à cinq cents et secoue-moi pour me tirer de ma transe.

— Cinq cents ? Mais c'est trop court pour avoir une Vision correcte de l'avenir, même pour ta mère, la grande Chariclo !

— Ce n'est pas trop court pour moi, affirmé-je d'un ton sans réplique.

Maintenant, il va s'agir d'être à la hauteur d'une pareille prétention !

Je plonge dans la transe familière, portée, que dis-je, propulsée par la double dualité du crépuscule et du solstice qui fait écho à la mienne, à la fois homme et femme. Je force mes Yeux intérieurs à s'ouvrir et à se concentrer. J'y mobilise l'entièreté de mon être : l'oracle, le père, la grand-mère. Chaque fibre de mon esprit tressaille sous la violence de cet effort *exorbitant*.

Un battement de cœur me suffit pour localiser les fils que je cherche dans les insondables motifs dansant devant moi. Celui de Kéroub, incroyablement brillant, me guide comme un phare sur un océan nocturne. Ce n'est pas pour rien que je le considère comme le petit soleil de notre famille !

Je focalise toute mon attention sur l'avenir proche dissimulé dans cette saleté de grotte. Les Visions se superposent en un ballet inextricable dans lequel je me fraye un chemin avec une fougue impérieuse qui dévore ma vitalité à toute allure. Elles se muent en autant de créatures monstrueuses qui tentent d'aspirer le contenu de mon crâne sur le point d'exploser de souffrance. Je les repousse avec l'énergie du désespoir. La solution est là, quelque part, parmi ces images hallucinatoires et dévastatrices. Il FAUT que la solution soit là !

Des secousses me brutalisent, me font perdre pied, tentent de m'arracher sauvagement à ma transe. Mon corps et mon âme vont se briser !

Non, c'est seulement Ounchet qui me secoue comme je le lui ai demandé. Je reprends possession de ma conscience ordinaire si soudainement que mon estomac se révulse. Finalement, c'est une bonne chose que je n'ai pas eu l'occasion de dîner…

Il n'y a plus une seconde à perdre. Le fil de cet avenir possible est tellement ténu qu'il se rompra inéluctablement à la moindre erreur.

Mais je ne commettrai aucune erreur. Je suis né et re-née pour relever tous les défis de la Déesse de la Destinée, et tant pis pour la punition qu'elle m'infligera peut-être en représailles. Elle n'est pas spécialement réputée pour sa mansuétude envers nous autres, misérables mortels…

— Alors ? s'enquiert Ounchet sur un ton plus que dubitatif.

— Il y a un lapin là-bas. Attire-le ici avec un sort.

J'ignore si le claquement sec de ma voix ou la flamme de mes yeux d'or la convainquent ou l'effraient, mais elle obéit sans discuter. Quelques secondes plus tard, l'animal médusé se retrouve entre ses mains parcheminées. Je lui tords le cou d'un geste avant qu'il ait le temps d'avoir peur, puis je l'égorge avec la dague que je porte en permanence à la ceinture. Le sang gicle sur les vêtements d'Ounchet, qui pousse un cri dégoûté.

— Donne-moi ton écharpe multicolore.

Là encore, elle s'exécute sans protester. Je macule le tissu de sang tout en prenant soin qu'elle reste reconnaissable entre toutes, avec ses teintes vives et ses broderies étincelantes de pierreries et de coquillages. Enfin, je me baisse pour ramasser une grosse pierre.

Voilà, je suis prête à affronter le destin avec ces armes dérisoires.

— Reste ici et attends mon appel. J'aurai besoin d'un peu de ta Larmange. Ne me déçois pas !

— D'accord, répond-elle prudemment sans oser me demander comment j'ai découvert le secret le mieux caché des sœurcières, celui de leur longévité contre-nature.

Je crois que ma réputation vient de prendre une nouvelle tournure !

Je m'infiltre entre les épaisses parois aux angles froids et rugueux.

Après trois ou quatre mètres, le boyau s'élargit sur une cavité quasiment fœtale, chichement éclairée par la lueur d'une bougie. Je n'ai pas besoin d'attendre que mes yeux s'acclimatent à l'obscurité, car j'ai Vu toute la scène avec une netteté absolue.

Au fond à droite, une silhouette rabougrie se tapit dans l'ombre : l'esclave énigmatique de Méséhet.

Au centre, la centenaire avide emprisonne la petite tête innocente de Kéroub entre ses doigts noueux comme les serres d'une hideuse harpie.

Je me mets à crier en agitant l'écharpe ensanglantée.

— Au secours, Ounchet est grièvement blessée !

Méséhet, abasourdie par cette irruption inattendue dans son rituel malsain, lâche sa proie par réflexe et se relève d'un bond. Glapissante, je lui balance ma « preuve » à la figure, puis je me retourne vers l'esclave et me penche pour murmurer à son oreille.

— Aide-moi à sauver mon enfant et je te fais le serment que je te rendrai le tien, Karone.

Je n'attends pas de réponse de sa part. Cette graine à peine semée doit encore germer.

Je lève le bras et projette de toutes mes forces ma pierre en pleine tête de la sœurcière. Je sais qu'elle n'est qu'à moitié assommée et qu'elle va reprendre ses esprits dans une poignée de secondes. Je mets ces instants à profit pour bondir vers Kéroub et l'enserrer contre moi d'un bras. De l'autre main, je saisis le paquet d'amulettes au cou de mon adversaire et je l'en dépouille avec une brutalité dont je ne me savais pas capable, sans la moindre once de pitié pour les éraflures que je lui inflige peut-être, ou peut-être pas. Après tout, elle a sûrement la peau aussi dure que parcheminée.

Elle se met effectivement à hurler, mais pas de douleur : d'une rage explosive qui fait trembler les parois de la grotte. Décidément, sa coriacité n'a pas grand-chose d'humain !

Je pousse un hurlement à mon tour, aussi sauvage que possible, puis je lance mon dernier dé pipé.

— Entrez tous, j'ai arraché les protections de la deuxième vieille ordure !

Entre hébétude et indignation de s'entendre insultée ainsi, Méséhet fixe l'écharpe sanguinolente en croyant tout comprendre alors qu'elle tombe complètement dans mon piège. Elle est désormais convaincue que « nous » avons exécuté sa sœur et que « nous » voulons lui faire subir le même sort. Elle recule jusqu'à son esclave et lui lance un ordre dans une langue gutturale qui m'est inconnue.

Un voile de brume surgit comme si un mystérieux animal les engloutissait et la seconde suivante, ils ont disparu.

Chapitre 19 :
Le poids des serments

Cette éclipse de Méséhet et de Karone ne me prend pas au dépourvu : je l'ai Vue, je l'ai même traquée dans mes Visions pour être sûre de parvenir à ce résultat. Si elle pouvait encore m'entendre, je pourrais même lui annoncer que ce n'est que partie remise. Elle n'en a pas conscience mais elle n'est plus qu'une marionnette au bout du fil de son destin dont j'ai pris possession pour la manipuler à ma guise.

Elle n'aurait jamais dû s'en prendre à ma famille et provoquer la fureur de Tirésia, l'héritière légitime de la Première Oracle. Je n'ai plus le loisir ni le désir de tergiverser pour finir d'accomplir mon devoir. Je proclame solennellement que ceux qui s'opposeront à moi, vont s'en mordre les doigts !

Je chasse cette orgueilleuse pensée de mon esprit. Certes, je viens de remporter une victoire éclatante en exploitant mes dons à fond, mais je serais stupide d'oublier leur limite. Le souvenir de l'assassinat de ma tante Endaïs et de son groupe suffit à me rappeler à l'ordre.

De toute manière, j'ai bien mieux à faire que de me gargariser d'une gloire finalement accessoire. L'essentiel, c'est que je suis parvenue à sauver mon petit Kéroub… Enfin, presque. Il demeure inconscient, plongé dans un sommeil ensorcelé dont seule Méséhet est capable de le délivrer… Enfin, presque !

— Ounchet, tu peux venir me rejoindre. Ta sœur et Karone se sont enfuis, et j'ai un besoin impératif de ta Larmange pour guérir mon petit-fils.

Un froissement de couches superposées de vêtements plus tard, la deuxième sœurcière fait son apparition dans la grotte. Elle en explore tous les recoins du regard, l'air méfiant et incrédule, une main crispée sur sa grosse croix de vie dont l'or reluit avec un éclat surnaturel. Quand elle finit par poser ses yeux sur moi, je lis le respect et la peur sur son visage flétri.

— Comment as-tu fait ?

Je lui résume ma ruse en quelques mots.

— Ma sœur croit que je suis morte ? conclut-elle avec ébahissement. Mais c'est… c'est merveilleux ! Tu m'as libérée de son emprise !

— Tu m'en vois ravie, Ounchet. À présent, donne-moi ce que je t'ai demandé. Une toute petite quantité suffira.

À regret, elle sort une fiole opaque de sa poche aux secrets. Quand elle l'ouvre, je reconnais immédiatement l'odeur caractéristique de la Larme Divine. Une douce vague de bien-être vient tendrement baigner mon corps et mon esprit. L'atmosphère inquiétante de la grotte s'apaise et se pare de reflets iridescents sans pareils.

Ounchet se penche sur Kéroub, dont je saisis le bras par réflexe, afin de l'éloigner rapidement si nécessaire. Elle incline la fiole avec mille précautions pour ne surtout pas gaspiller la moindre particule du précieux liquide. Une gouttelette minuscule se forme au niveau du goulot puis se pose sur la lèvre inférieure de l'enfant ensorcelé. Hypnotisées, nous la contemplons pendant qu'elle coule tout doucement dans sa bouche.

Pendant plusieurs minutes, rien ne se produit…

Soudain, le corps entier du petit patient se met à luire du même éclat luminescent que la Larmange qu'il vient d'ingérer.

Puis il s'élève pour flotter à une vingtaine de centimètres au-dessus du sol ! Je raffermis ma prise sur son bras. Pas question de le laisser s'envoler loin de moi !

La lueur opalescente s'accroît jusqu'à l'éblouissement…

Quand je peux enfin rouvrir les yeux, je suis émue de voir mon petit-fils assis tranquillement, comme si de rien n'était.

— C'est très étonnant, observe pensivement Ounchet. Je n'ai jamais vu une Larmange agir de façon aussi spectaculaire. Je pensais pourtant à peu près tout savoir à son sujet…

Sans s'intéresser au radotage de la vieille femme, Kéroub me décoche un large sourire qui me transperce le cœur de bonheur.

— J'ai fait un rêve incroyable, papi-mamie ! Tu étais super forte et tu chassais un monstre qui voulait me faire du mal, puis tu me faisais boire la meilleure chose que j'ai jamais bue ! D'ailleurs c'est rigolo, j'ai le même goût dans la bouche que dans mon rêve !

— Il y a parfois des rêves qui rejoignent la réalité, mon chéri. Et je peux te promettre que je serai toujours prête à chasser les monstres qui te voudraient du mal.

— D'accord, papi-mamie. Mais j'ai faim, maintenant. On peut aller manger avec maman et tout le monde ?

— Ta maman sera justement là dans deux minutes pour venir te chercher. Elle sera avec ton papa et plein d'autres personnes. Vous pourrez aller manger tous ensemble.

Cet enfant est malin, il comprend ce que j'essaye de ne dire qu'à demi-mot.

— Tu ne viendras pas avec nous ? J'aime mieux quand tu es avec nous, papi-mamie, tu sais.

— Je sais, Kéroub, et moi aussi, j'aime mieux être avec vous. Mais j'ai encore un monstre à chasser avant de vous rejoindre. On se verra très bientôt, ne t'en fais pas.

Ounchet me lance un regard perçant. Elle aussi, elle me comprend à demi-mot !

J'entends des appels dans le lointain. Les renforts sont presque arrivés jusqu'à nous.

— On dirait la voix de maman et de papa !

— Je t'avais dit qu'ils arrivaient pour te chercher. Vas-y, file les rejoindre.

Avec un petit cri de joie impatiente, il bondit sur ses pieds et court vers la sortie de la grotte.

Ounchet attend qu'il soit hors de portée de voix pour s'adresser à moi d'un ton grave.

— Tu n'en as donc pas terminé avec ma sœur ?

— Non, en effet. Je suis navrée, mais je vais devoir la mettre définitivement hors d'état de nuire. Dans tous les avenirs que j'ai pu Voir, elle revient à la charge afin de s'emparer du pouvoir de Kéroub. Nous ne pourrons pas continuer ce petit jeu éternellement, car nous le perdrons à un moment ou à un autre. Je dois me débarrasser de cette intolérable menace qui pèse sur ma famille.

En prononçant ces mots, je fixe mon interlocutrice droit dans les yeux, afin qu'elle sache que ma décision est absolument irrévocable. Je clarifie mes intentions sans pitié.

— Je peux attendre deux ou trois jours si tu en as besoin pour te faire à cette idée, mais quoi qu'il en soit, l'issue sera la même. Je vais tuer Méséhet et pour ce faire, je vais devoir t'emprunter le bijou qui te protège.

— Tu veux que je te prête mon ânkh bouclier ? Mais… sans lui… ma sœur pourrait me soumettre entièrement à sa volonté !

— Comme tu l'as dit toi-même, elle te croit morte. Si tu ne te sers pas de tes pouvoirs, elle ne pourra pas savoir que tu es encore en vie.

— Mais… Je… je ne sais pas si…

La voix de la vieille femme s'éraille davantage et ses mains osseuses s'agitent de tremblements révélateurs de la peur profonde que mon projet lui fait ressentir. Moi, je sais que ma main ne tremblera pas, même au moment fatidique. Après tout, j'ai commis bien pire, même si ce monde n'en garde pas la trace. Je connais le poids de la mort que l'on inflige aux autres par nécessité. C'est une tache sanglante indélébile dans ma mémoire. Tant pis si la Déesse de la Mort n'apprécie pas les criminels ; elle n'avait qu'à pas m'obliger à le devenir pour son bon vouloir.

Mes pensées m'effraient presque. À côté de mon bouleversement intérieur, mon changement d'apparence physique n'est qu'un détail sans importance !

— D'accord, souffle douloureusement Ounchet. Je comprends qu'il n'y a pas d'autre choix. D'ailleurs, je crois que cela fait longtemps que j'essaye de ne pas voir cette vérité en face… J'ai toutefois deux conditions auxquelles je ne dérogerai pas.

— Dis-moi lesquelles, réponds-je sans m'engager à les tenir.

— La première, c'est que tu… tu mettes fin aux jours de ma sœur sans la faire souffrir, ou le moins possible.

— C'est déjà mon intention, je t'assure. Elle sera morte avant de se rendre compte de ce qui lui arrive.

— Oh, très bien, cela me soulage un peu, soupire-t-elle tandis qu'une larme se fraye un chemin entre ses paupières fripées. Quant à ma deuxième condition, elle concerne un anneau en forme d'ânkh, lui aussi. Elle le porte au majeur de sa main droite. Je voudrais que tu me le remettes dès ton retour. Ah, et j'oubliais…

— Une autre condition ?

— Pas exactement, disons plutôt une juste rétribution. Dans sa poche, ma sœur a la même fiole de Larmange que moi. Je voudrais la récupérer en échange du don que j'ai fait pour ton petit-fils.

À défaut de son écharpe, elle s'essuie les yeux dans un pan de sa robe aux multiples couleurs et épaisseurs du plus raffiné lin d'Égypte. Elle semble se recroqueviller sur elle-même comme une pauvre petite chose inoffensive. Qu'a-t-elle bien pu vivre sous le joug de cette sœur trop puissante pendant d'interminables décennies ? J'essaye d'adoucir ma voix pour faire preuve d'un peu de cette humanité qui n'est plus entièrement la mienne.

— J'accepte tes conditions et ta rétribution, dame Ounchet. Je suis vraiment désolée de ne pas avoir d'autre choix que cette extrémité… définitive.

Sans articuler un mot ni lever son visage vers moi, la malheureuse vieillarde accablée ôte son précieux « ânkh bouclier » de son cou et me le tend en tremblotant. Je l'enfile et le laisse peser sur ma poitrine. Cette croix de vie est beaucoup plus lourde qu'elle n'en a l'air, trop lourde pour être de l'or naturel. Peut-être que son cœur est constitué d'un métal pesant, ou peut-être que son sortilège modifie sa substance, mais ce n'est pas le moment de s'attarder sur ces considérations matérielles.

— Y a-t-il une formule ou quelque chose de ce genre pour l'activer ?

Sa voix me parvient à moitié étouffée par le tissu derrière lequel elle semble tenir à rester cachée, comme un dérisoire succédané de son amulette protectrice.

— Oui, mais je l'ai déjà prononcée tout à l'heure. Le bouclier reste actif pendant un cycle complet du grand Rê. Autrement dit, puisque c'était le crépuscule quand j'ai dit les mots sacrés, tu pourras utiliser son pouvoir pendant les douze heures de la nuit et les douze heures du jour à venir. S'il te faut davantage de temps, je devrai prononcer la formule à nouveau une fois ce délai écoulé.

— Je n'aurais pas besoin de tout ce temps. Je reviendrai au camp demain dans la matinée. Je te conseille de demeurer auprès de ma famille jusqu'à mon retour. Ils veilleront sur toi comme sur une amie qui nous vient en aide dans un moment difficile. À toi de voir si tu veux leur révéler ce que je vais faire pendant mon absence. Si c'est trop dur pour toi de leur en parler, je le ferai. Je ne me déroberai pas au fardeau du crime que je vais commettre.

À ce moment-là, comme je l'ai Vu, Mantè se faufile dans la grotte et court jusqu'à moi.

— Que s'est-il passé avec Kéroub ? Il nous a dit qu'il s'était bien amusé avec deux vieilles dames très gentilles mais qui avaient des auras très bizarres et très brillantes, une brillante comme les reflets du soleil sur une large rivière aux eaux noires et l'autre abritée derrière une espèce de bouclier doré. Puis elles se sont disputées. La première a surgi comme une immense créature pleine d'écailles et de dents, et l'autre s'est cachée en gémissant comme un drôle de petit toutou craintif. Et là, la plus forte a dit des mots que ses oreilles n'ont pas compris mais auxquels son esprit et son corps ont obéi en le faisant dormir. Et puis il s'est réveillé grâce à une merveilleuse clarté plus belle que le soleil et la lune et les étoiles tous ensemble, et il a été très heureux parce que tu étais venue le tirer de ce sommeil tout noir. Il a ajouté qu'il commençait à avoir très faim et qu'il était un peu triste que tu ne viennes pas manger avec nous. Voilà, j'ai essayé de répéter exactement ses paroles. Tu comprends quelque chose à tout ce charabia ?

— En grande partie, oui. Je vous expliquerai plus tard mais pour l'instant, j'ai une autre… mission à accomplir.

Ma fille ouvre la bouche pour protester et se ravise aussitôt. Elle sait bien que parfois, les oracles ont des devoirs cruels auxquels ils ne peuvent échapper.

— Je te confie dame Ounchet. Soyez attentionnés avec elle, car elle vient de subir un choc très fort. Je vous rejoins demain dans la matinée.

— D'accord, papa… Je veux dire, Tirésia, rectifie-t-elle en s'empourprant.

Quand l'émotion les étreint, mes filles m'appellent toujours ainsi, même si elles tentent de se surveiller quand des oreilles étrangères sont à portée de voix.

— Ce n'est rien, dame Ounchet sait parfaitement qui je suis. Je vous laisse, le temps est venu pour moi de suivre le chemin de l'avenir que j'ai choisi de rendre réel.

— À demain, papa. Sois prudente !

Je sors de la grotte et me glisse discrètement dans la nuit, m'insinuant entre les motifs de la Tapisserie pour passer inaperçue malgré la petite foule ameutée par Istoris. Malgré mes précautions, Kéroub m'adresse un bref signe de la main. Les dons de cet enfant n'ont pas fini de m'étonner !

Une assez longue marche nocturne m'attend jusqu'à l'endroit où Méséhet s'est réfugiée en compagnie de son esclave capable de voyager sans se déplacer. Elle aurait pu fuir loin, hors de ma portée, mais sa trop forte avidité a chassé sa prudence. Elle désire ardemment les pouvoirs de mon petit-fils et elle a bien l'intention de rester dans les parages pour guetter une nouvelle occasion de s'en emparer. Tant pis pour elle.

Après environ cinq heures d'une progression pénible sur le sol rocailleux et parsemé de buissons trop souvent porteurs d'épines à mon goût, j'atteins enfin mon but : un très ancien temple à puits des Nuraghes, à côté d'une source dont le clapotement couvre avantageusement le bruit de mes pas. L'eau est sacrée pour les habitants de cette île. Ils la vénèrent en lui offrant d'innombrables bronzettis scellés dans des murets de pierre et en bénissant son origine céleste par de grandes lances plantées dans le faîte du toit. De là, elles s'élèvent haut dans le ciel, surmontées de figures surnaturelles inspirées par les nombreuses créatures magiques qui ont élu domicile auprès de ce peuple à la vénérable sagesse.

Je me surprends à imiter Ounchet en serrant l'ânkh d'or ensorcelé dans ma main, en un geste protecteur peu utile mais apaisant.

Je m'immobilise et m'accroupis en silence, luttant contre une envie instinctive d'en finir au plus vite. Au contraire, je dois impérativement patienter avant de continuer. Ma Vision se superpose à mon environnement pour guider chacun de mes gestes avec précision. Je suis ébahie par ma propre capacité à maintenir ma double Vue depuis le sauvetage de Kéroub. Quand j'étais encore Tirésias, je n'avais jamais pu dépasser une heure, et c'était déjà un niveau exceptionnel. La plupart de mes semblables n'en sont capables que pendant quelques minutes. Ma propre mère n'atteint pas une heure et demie. Au moins, les épreuves que j'ai traversées ont porté leurs fruits. Si seulement cela pouvait être une consolation…

Ça y est, le moment est venu.

Je me relève comme une ombre, sors ma dague de son fourreau et m'enfonce sans hésiter dans les profondeurs humides du sanctuaire. Dès l'entrée passée, je me glisse vers la droite. Mes yeux humains n'y voient rien mais je n'ai pas besoin d'eux. D'ailleurs, je les ai machinalement fermés pour mieux me concentrer. Je me penche vers une respiration à la lenteur dérangeante et je chuchote à la limite de l'audible.

— Je suis venue tenir ma promesse, Karone. Aide-moi et ta descendance te sera rendue dans quelques instants.

— Que veux-tu que je fasse ?

La voix à peine perceptible est empreinte d'une résolution absolue.

— Compte lentement jusqu'à trente puis attire son attention en prétextant que tu as entendu des gens en arme à l'extérieur.

Ces quelques mots viennent de sceller le destin de ma proie. Je ne suis pas très fière de devoir attaquer Méséhet par-derrière, mais je serais insensée de l'affronter en face. Elle m'anéantirait d'un claquement de doigts ou pire, elle s'emparerait de ma conscience et se servirait de mes dons comme une marionnette impuissante.

Retenant mon souffle, je me coule jusqu'au fond de la pièce.

— Maîtresse, maîtresse, réveillez-vous ! s'exclame Karone avec une force qui me fait presque sursauter alors que ma Vision m'a prévenue.

— Hein ? Quoi ? Qu'est-ce que c'est ?

— Maîtresse, dehors, je viens d'entendre des hommes armés ! On dirait qu'ils sont toute une troupe, au secours !

Son appel est rendu crédible par l'angoisse palpable de sa voix, même si sa cause est très différente de cette prétendue irruption violente. Karone a décidé de me faire confiance, à moi l'étrangère cinglée qui s'en prend à sa surpuissante geôlière, mais il est bien normal que son cœur se serre avec terreur à l'idée que je puisse échouer. Je voudrais lui dire de ne pas s'inquiéter. Je ne vais pas échouer. Je ne peux pas échouer.

— Ces imbéciles croient qu'ils peuvent s'en prendre à moi en toute impunité ? Je vais leur montrer de quoi la vieille sœurcière est capable, même quand elle est solitaire !

Je ne perçois pas les auras, mais je suis littéralement submergée par l'énergie écrasante qui émane de cette silhouette voûtée à l'allure faussement fragile. Tout en s'avançant vers l'ouverture du temple, elle lève les mains et commence à marmonner l'un de ces incompréhensibles sortilèges dont elle a le secret.

En un geste vif et fluide qui me paraît irréel, je me rapproche d'elle et l'égorge de ma lame acérée. Elle porte les mains à son cou sans vraiment comprendre ce qui lui arrive. Elle ouvre la bouche comme un poisson hors de l'eau, à la recherche d'une bouffée d'air qui n'emplira plus jamais ses poumons. En quelques secondes, son sang a quitté son corps à grands jaillissements. Elle s'effondre sur le sol où elle reste étalée en tas inerte de chair, de tissu et de bijoux.

Je ne ressens évidemment aucune joie, mais un profond soulagement. C'était sale, c'était lâche, mais je me suis débarrassée de cette créature nuisible qui a osé se mettre en travers de mon chemin, comme si j'étais quantité négligeable. Une erreur qu'elle n'aura pas eu le temps de regretter.

— Elle est morte, révélé-je à son esclave brusquement libéré. Sortons d'ici, nous reviendrons quand le jour se lèvera afin de récupérer ce qui nous revient de droit.

Comme convenu, je suis de retour auprès des miens un peu plus tard dans la matinée. Un retour remarqué ! Mon nouvel ami et moi, nous apparaissons soudainement du néant, faisant bondir toutes les personnes assemblées pour m'attendre.

Sa faculté de déplacement instantané est vraiment déconcertante. J'ai eu l'impression qu'un gigantesque animal invisible m'avalait à un endroit puis me recrachait à un autre, après avoir digéré un soupçon de mon énergie vitale au passage. Karone s'éloigne rapidement, peu accoutumé à la foule. Il presse tendrement contre lui une sorte de boîte aux parois souples et tièdes qui, d'une façon ou d'une autre, constitue sa progéniture. Quand tout cela sera terminé, il faudra que je discute avec lui pour en apprendre plus sur son compte.

— Tirésia, alors tu as vraiment réussi !

Ounchet s'avance à petits pas pressé. Elle est stupéfaite de me voir revenir, ce qui veut dire que je suis parvenue à vaincre sa sœur contre toute probabilité. Kéroub, lui, exprime simplement son plaisir de me revoir en se précipitant vers moi pour se jeter dans mes bras, comme il a coutume de le faire. Quant aux autres, ils n'osent pas s'approcher, encore sidérés par mon arrivée surprise.

— Ze savais que t'étais la plus forte, papi-mamie, énonce-t-il sereinement. La méchante dame viendra plus m'embêter et faire pleurer maman.

— Et pour ce qui est de tes… engagements envers moi ? reprend la sœurcière survivante avec une certaine impatience.

— J'ai tout ici, la rassuré-je en désignant le sac à bandoulière où je garde mes biens les plus précieux.

Je fais basculer mon petit-fils sur ma hanche gauche pour le maintenir d'un bras, libérant l'autre pour farfouiller dans la poche de cuir. À tâtons, j'identifie sans mal la fiole de Larmange et l'anneau en forme d'ânkh, lui aussi beaucoup plus lourd que sa taille le laisse supposer. Ounchet tend une main fébrile. Ses petits yeux se plissent de convoitise. En voilà une qui, contrairement à ce que je croyais un peu naïvement, ne devrait pas porter le deuil trop longtemps…

— Non, papi-mamie ! intervient brusquement Kéroub. Ne lui donne pas ou il y aura beaucoup de gens qui pleureront encore plus que maman.

Interloquée, je suspends mon geste.

— Pourquoi dis-tu cela ?

— La dame n'est plus cachée, maintenant. Je vois ce qu'il y a dans sa tête. Elle veut faire du mal à tout plein de gens.

— Comment ça, du mal ?

— Elle croit qu'elle va nous protéger mais ce n'est pas bien. Il y a plein de gens gentils qui vont mourir si tu lui donnes la bague super brillante. Alara va mourir, et sa maman et son papa aussi, et tous les gens qui sont comme eux.

J'essaye de penser si vite que j'ai l'impression que mon crâne surchauffe.

— Qui sont comme eux ? Tu veux dire, des gens qui n'ont pas de pouvoirs magiques ?

— Oui, c'est ça.

Incrédule, je me tourne vers Ounchet, qui a reculé de deux ou trois pas en entendant la déclaration de l'enfant.

— Tu veux tuer tous les gens dépourvus de magie ?

Nullement gênée par l'accusation, elle hausse les épaules et m'adresse un clin d'œil de connivence.

— Ne fais pas l'innocente ! Toi et moi, nous avons le même objectif, Tirésia. Tu nous as tous conviés ici pour le plus grand Coven depuis le départ des anciennes divinités, afin de créer un monde débarrassé de la menace des sans pouvoirs contre nous. Eh bien, avec l'anneau de ma sœur et le talent harmonisateur de ton petit-fils, il ne me sera pas difficile de puiser dans toute cette concentration de magie ambiante afin d'éliminer ceux qui veulent nous voler notre magie et nous massacrer. Méséhet était trop faible pour supporter une telle responsabilité. C'est pour ça qu'elle m'avait ensorcelée pour m'empêcher d'agir à ma guise. Mais toi et moi, Tirésia, nous sommes de la trempe des êtres supérieurs. Nous n'hésitons pas à nous salir les mains pour accomplir les sacrifices nécessaires à la survie de notre espèce !

J'en reste bouche bée. Elle a bien caché son jeu, celle-là ! Mais comment se fait-il que ma Vision… Mais bien sûr ! Son ânkh bouclier l'a dissimulée ! Et moi, comme une idiote, j'ai cru que je dominais la situation. Je l'ai jugée à l'aune de ma propre culpabilité, alors qu'elle n'en ressent apparemment aucune face à l'exécution de sa propre sœur. Je suis tombée bêtement dans le piège qu'on apprend aux oracles débutants à éviter : l'avenir le plus solidement conçu est toujours bâti sur des sables mouvants. Mon orgueil m'y a enfoncée jusqu'au cou !

Je renfonce la fiole et l'anneau au fond de mon sac et je commence à reculer à pas lents. Du coin de l'œil, je vois que plusieurs membres de l'assistance, dont Pahur, l'élémentaire de feu fiancé de Mantè, entreprennent d'encercler la dangereuse ancêtre. A priori, ils ne sont pas abusés par son aspect décati. La réputation des deux sœurcières n'est plus à faire dans le milieu des lanceurs de sorts.

Réalisant que je refuse de lui donner son dû malgré mes belles promesses, Ounchet laisse éclater sa colère.

— Tu reviens sur ta parole ? Tu vas me le payer, Tirésia, et ce petit impertinent aussi ! Tant pis, je trouverai un autre vecteur pour utiliser la magie ambiante !

L'air se met soudain à crépiter, picotant méchamment la peau de tous ceux qui sont dans son champ d'action.

— Aïe, méchante madame chien bizarre ! s'écrie Kéroub.

Ounchet lève une main menaçante. Je n'ai pas besoin de ma double Vue pour deviner qu'elle va lancer son attaque. Je me déleste de mon petit-fils en l'envoyant derrière moi aussi vite que je peux.

Un éclair jaillit et me frappe en plein cœur. La douleur qui me traverse est si intense que je ne peux retenir un hurlement.

Mon adversaire lève un sourcil étonné.

— Tu es encore vivante ? Ah oui, c'est vrai, maudite sois-tu, tu as mon bouclier !

Elle éclate d'un rire mauvais.

— Ne crois pas qu'il va te sauver. Je vais te faire cramer à petit feu, Tirésia la traîtresse !

Un nouvel éclair me coupe le souffle. Sa brûlure s'imprime dans ma chair et enflamme ma tunique. À l'odeur qui se répand, je parie que mes cheveux ont pris feu, eux aussi. Je ne vais effectivement pas résister longtemps à ses assauts furieux…

L'éclair suivant me donne l'impression de me consumer de l'intérieur. La seule chose qui me fait encore tenir debout, c'est la pensée de mon petit-fils dans mon dos, mais je sens que j'arrive déjà au bout de mes forces.

Alors qu'elle s'apprête à lancer une quatrième attaque pour m'achever, je brandis l'anneau ânkh de Méséhet devant moi, dans une tentative désespérée d'absorber ou de dévier le choc. Cela fonctionne… plus ou moins !

En réponse à cette agression, l'anneau émet une langue de feu qui vitrifie le sol entre nous et fait disparaître presque instantanément Ounchet dans un nuage de cendres grasses.

Mais il n'a pas absorbé ni dévié son éclair meurtrier. Je hurle à nouveau d'agonie jusqu'à ce que mon corps brûlé vif s'effondre à terre. Tout disparaît autour de moi mais je meurs sur une pensée heureuse. Je ne faisais pas le poids face à l'inimaginable puissance de cette vieillarde plus que centenaire, mais j'ai réussi à protéger mon si gentil et adorable Kéroub…

Chapitre 20 :
Le monde au-delà des brumes

Je reprends lentement connaissance dans une quasi-obscurité, sur un sol sablonneux que je reconnais aussitôt. Me voilà de retour dans les limbes qui enveloppent le Royaume des Morts ; un retour beaucoup plus précoce que je l'aurais cru !

Il y a cependant un changement important avec mon premier passage ici : je n'ai pas cette horrible impression d'être aveugle. Je n'irais pas jusqu'à dire que j'y vois bien, mais suffisamment pour ne pas être perdue dans le néant. D'autre part, je suis attirée par une direction particulière, comme si j'avais hérité d'un nouveau sens de l'orientation spécifique à cet endroit. Cette fois, je suis morte ; il est donc logique que je me sente un peu comme chez moi. J'appartiens désormais au monde de l'au-delà.

Je me lève sans avoir besoin de faire appel à mes muscles. Je m'aperçois d'ailleurs que mes membres sont translucides. Je suis devenue une ombre, un fantôme, un esprit. Mon corps n'est plus qu'une habitude et non une nécessité. Me fiant à mon nouvel instinct, je m'avance en direction des hauts murs d'enceinte de la résidence qui m'attend pour les siècles à venir. Je souris en songeant que je vais retrouver ma chère grand-mère Eunoé, mais aussi ma tante Endaïs, et bien d'autres proches qui ont accompli leur dernier voyage avant moi. Enfin, dernier, peut-être pas ! Je me souviens des propos énigmatiques de mon aïeule sur le cycle des résurrections. Je vais bientôt avoir l'occasion de l'interroger sur ce sujet, tandis que nous attendrons ensemble que les autres membres de notre famille nous rejoignent lorsque leur heure sera venue.

Tout à coup, une étrange oppression m'étreint. Je n'ai plus besoin de respirer mais c'est comme si j'étouffais. Mes mains irréelles se portent instinctivement à ma gorge serrée, mon cœur inutile essaye de propulser un sang inexistant dans le souvenir de mes veines, de plus en plus vite, de plus en plus fort…

Peut-on mourir quand on est déjà mort ?!

Ma vision se trouble, mon champ de vision se rétrécit, et encore une fois – décidément, ça tourne à la mauvaise farce – tout disparaît autour de moi.

Au bout d'un laps de temps dont je ne peux évidemment pas savoir la durée, je rouvre une énième fois les yeux dans un endroit radicalement différent du précédent. Ça alors ! Me voilà dans les jardins de la Déesse de la Mort. Aurait-elle pris goût à ma compagnie ? Ou plutôt, veut-elle me demander des comptes sur mon stupide gâchis du don inestimable qu'elle m'a accordé ? Après tout, j'ai réussi à me faire tuer avant d'avoir accompli la quête pour laquelle j'ai osé violer l'entrée de son Royaume. Elle a des raisons légitimes de me blâmer, voire de me punir.

Un bruit attire mon attention. Des pas se dirigent vers moi, mais je doute que ce soient ceux de la souveraine des lieux. Ils manquent trop de légèreté et d'élégance.

Une silhouette émerge d'un sentier, derrière un sublime bosquet fleuri. C'est un homme de taille modeste, à la démarche un peu bizarre. Il balance amplement ses bras qui semblent trop longs pour son corps. Je le distingue de mieux en mieux au fur et à mesure de sa progression, et mon étonnement va croissant. Son visage est difforme, avec sa mâchoire proéminente et ses gros sourcils sous lesquels ses petits yeux s'enfoncent trop profondément. Sa peau mate a l'air couverte d'un fin duvet qui amplifie son aspect quelque peu bestial. Pour être honnête, il me fait penser au croisement contre nature d'un humain et d'un singe… Mais alors, pourquoi me semble-t-il aussi curieusement familier ?

Une étincelle jaillit enfin dans ma cervelle. Elle doit être en train de se décomposer pour que je ne l'aie pas reconnu plus tôt !

— Premier Né, quelle joie de te revoir !

Il s'arrête à quelques pas de moi et m'offre un sourire grimaçant qui lève les derniers doutes que je pourrais avoir sur son identité.

— Tu as changé, Tirésia de partout et de nulle part !

J'éclate de rire à cette sortie saugrenue.

— Tu peux parler ! Qu'est-il advenu de ton crâne cristallin dont tu étais si fier ?

— Il est là mais tu ne le vois pas, c'est tout. Ce ne serait pas pratique pour ma Dame de me porter à son cou sous cette forme bipède, pas vrai ?

— J'imagine que non, en effet. Dois-tu me mener à elle tout de suite, ou avons-nous le temps de discuter un peu ?

— Qu'est-ce qui te fait croire qu'elle désire te voir ?

— Eh bien… ma présence dans son jardin, bien sûr ! Qui d'autre qu'elle pourrait m'avoir transportée ici depuis les limbes, sans que j'aie besoin de passer par la porte d'entrée comme les autres âmes défuntes ?

— Tu as raison, c'est son pouvoir qui t'a invoquée ici, mais elle n'a pas manifesté le désir de te rencontrer.

Mon air perplexe me donne droit à une autre risette simiesque.

— Tu n'es ici que de passage, Tirésia, me confie-t-il. Rappelle-toi des paroles de la Dame : tu n'auras pas ta place en son domaine tant que tu ne seras pas la dernière de ta lignée.

La tristesse et l'angoisse m'assaillent.

— Tu veux dire que… je vais être condamnée à errer solitaire dans les limbes pendant une éternité au lieu de rejoindre mes ancêtres ?

— Quoi ? Non, pas du tout ! Tu vas être renvoyée sur Terre.

— Mais… Mais… Mon corps a été brûlé vif ! Il doit être très abîmé. Je doute qu'il soit capable d'héberger mon âme, et encore moins de se relever et de marcher au milieu des vivants !

Premier Né paraît gêné par ma remarque ou par mon ignorance. Il dissimule son émoi derrière un de ses sempiternels ricanements.

— Oui, ça… Écoute, il se pourrait que, comme toi, j'ai failli à l'accomplissement complet de ma mission… À ce propos, je suis content de savoir que tu peux commettre des erreurs, ô toi l'oracle tellement supérieure aux autres !

— Comment ça, tu as failli ? Qu'est-ce que tu as fait ?

— Le problème, c'est plutôt ce que je n'ai pas fait. J'ai, comme qui dirait, omis de te donner certaines informations…

— Des informations ? Quelles informations ?

— Ah, cesse de m'interrompre ou j'y arriverai jamais ! C'est à cause de tes bavardages que j'ai manqué à mon devoir, pour sûr ! Tu m'as brisé le crâne, si je puis dire !

— Mais quelle mauvaise foi ! Moi, je ne me cherche pas d'excuse : j'ai perdu la tête parce que mon petit-fils était en danger, je le reconnais. Ça m'a fait oublier la plus élémentaire prudence et je me suis jetée directement dans la gueule du chacal !

— C'est pas vrai, tu réussis même à échouer mieux que les autres, s'esclaffe-t-il.

Je ne peux m'empêcher de l'imiter. Notre complicité discordante m'avait vraiment manqué, et je constate avec plaisir que la réciproque est vraie.

— Bref, reprend-il avec plus de sérieux, j'ai deux ou trois trucs à t'expliquer avant ton renvoi sur Terre.

Des « trucs », qu'il dit… Ce n'est pas exactement la façon dont j'aurais qualifié ses hallucinantes révélations !

Pour simplifier, je suis devenue immortelle. Enfin, pas tout à fait puisque je peux mourir, mais je serai dorénavant ressuscitée à chaque fois, tant qu'un de mes descendants vivra. Quoi qu'il me soit arrivé, je recevrai un nouveau corps – une sorte de copie du corps féminin réclamé à la Déesse – et je serai renvoyée sur Terre au milieu de la nuit, lors de la pleine lune suivant mon trépas.

J'apprends aussi qu'en échange de ma vie quasi éternelle, je n'ai pas la capacité d'enfanter. Je trouve cela fort dommage. J'aurais adoré ressentir ce que mon épouse a ressenti lorsqu'elle a porté nos enfants… Bah, de toute façon, je n'aurais pas pu être enceinte d'elle, alors ce n'est pas si grave. Je n'ai pas envie d'avoir d'autres enfants que les nôtres.

Et puis, j'ai plus urgent à penser pour le moment. Si j'étais morte pour de bon, j'aurais laissé à ma mère le poids de la responsabilité de Première Oracle. C'est elle qui aurait été chargée d'accomplir la fin de la mission qui m'incombe. Mais désormais, je vais pouvoir la soulager de son fardeau comme je le lui ai promis, en lui succédant dans ce rôle magnifique mais très pesant. D'ailleurs, un soupir m'échappe en songeant à un détail pratique qui risque de faire durer mon absence.

— Qu'est-ce qui te chagrine ? Imagine un peu le nombre de gens qui aimeraient pouvoir revivre comme tu vas le faire !

— Ce n'est pas pour cela, mon ami. J'étais simplement en train de me dire qu'entre le fait de devoir attendre la prochaine pleine lune, et le voyage que je vais devoir entreprendre depuis la colline en face de mon ancienne maison thébaine jusqu'au royaume des Nuraghes, je ne suis pas là de revoir mes proches !

— Ah… Oui, eh bien, à ce propos…

L'air gêné de Premier Né m'interpelle. Qu'est-ce qu'il va encore m'avouer de stupéfiant, voire choquant ?

— J'aurais déjà dû t'expliquer ton nouvel état de morte-vivante en détail pendant que je t'accompagnais dans l'accomplissement de la volonté de ma Dame. A priori, ça faisait partie de mon rôle de guide, sauf que j'avais pas vraiment compris ça comme ça… Faut dire que c'était la première fois que je devais accompagner un mortel dans ton genre, ou même dans n'importe quel genre, d'ailleurs. J'ai pas l'habitude de ce genre de choses, moi… Enfin bref, t'as gagné un bonus pour cette fois-ci, afin de me faire pardonner mon oubli.

— Un bonus ?

— Ouais, un bonus : t'es pas obligée d'attendre la prochaine pleine lune pour être réincarnée. En fait, tu peux choisir le moment que tu veux, à partir de maintenant.

— Vraiment ? Mais c'est génial ! Tu es tout pardonné, mon ami. Je suis prête à repartir tout de suite ! Mais dis-moi, il y a un décalage entre le temps d'ici et celui du monde des vivants, non ? Quand est-ce que je vais revenir exactement ?

— T'as raison, y'a une espèce de décalage, mais il est fluctuant, en quelque sorte. Je peux te renvoyer sur Terre au milieu de la nuit juste après ton combat contre la vieille qui t'a mis une raclée, si tu veux.

— D'accord, c'est parfait ! Mais si le temps est fluctuant, cela veut dire qu'on peut passer encore quelques heures ensemble à discuter avant que tu me renvoies de l'autre côté ?

Les yeux de Celui-qui-verse-l'eau s'embuent tellement tout à coup que je comprends la raison de ce surnom, bien mieux que sous sa forme forcément impassible de crâne de cristal.

— T'es sérieuse, t'as envie de perdre du temps à bavarder avec moi ?

— Non, pas de perdre du temps : de passer du temps avec toi.

* * * * *

Quelques heures *décalées* plus tard, j'ouvre mes nouveaux yeux sous la voûte étoilée. La lune n'est qu'un mince croissant ascendant, signe que je n'ai effectivement pas dû attendre le délai qui me sera dorénavant prescrit. Je crois qu'il va me falloir du temps avant de m'habituer à ma nouvelle réalité.

Je reconnais le camp où nous vivons depuis plusieurs semaines, non loin d'une tour nuraghique à la silhouette caractéristique. À cette heure avancée de la nuit, les conversations qui vont habituellement bon train durant la journée se sont tues depuis longtemps. Certes, il y a des créatures magiques nocturnes, mais elles sont installées dans un autre secteur. Ainsi, chacun peut vivre à son rythme sans perturber ses voisins.

J'avance donc à pas légers pour ne réveiller personne mais bientôt, mes efforts s'avèrent vains. Mes proches étaient en train de veiller tous ensemble, pleurant ma mort tragique en silence, autour du reste d'un bûcher funéraire où la précédente version de moi-même a dû finir calcinée un peu plus tôt. Connaissant mon attachement particulier aux heures du crépuscule, les miens ont logiquement choisi ce moment pour permettre à la fumée de mon âme d'être transportée jusqu'au firmament où résident nos divinités.

C'est mon adorable Kéroub, exempt de toute blessure – mon sacrifice aura au moins servi à quelque chose – qui est le premier à m'apercevoir. Mon apparition ne l'effraie pas le moins du monde. Non seulement il est encore trop jeune pour comprendre le côté théoriquement définitif de la mort mais en plus, il a l'habitude d'être confronté à des événements plus ou moins invraisemblables, surtout depuis que nous sommes arrivés chez les Nuraghes avec d'innombrables autres utilisateurs de la magie.

— Ça va, papi-mamie, t'as pas eu trop chaud dans le feu ?

— Non, je te remercie, mon chéri, ça va très bien.

Des regards stupéfaits. Des bouches béantes. Et l'instant d'après, des effusions de cris joyeux qui réveillent tout le campement !

* * * * *

Les semaines et les mois se sont succédé à un rythme effréné depuis mon retour surprise de l'au-delà. Bien des choses ont déjà changé, mais ce n'est rien en comparaison de ce qui nous attend cette nuit, la plus longue de l'année. Nous avons choisi le solstice d'hiver, symbole d'un monde renaissant, pour invoquer tous les pouvoirs des membres du Coven Majeur et accomplir l'impossible.

La vieille Ounchet n'avait pas tout à fait tort : c'est vrai, je veux créer un monde nouveau où les êtres magiques n'auront plus rien à craindre des menaces des individus sans magie jaloux de nos dons. Mais ce qu'elle n'avait pas compris, c'est que je parlais au sens littéral du terme. Nous allons réellement créer un *autre monde*, auquel nous avons déjà trouvé un nom adéquat : Brumeterre, le monde issu des Brumes de la magie primordiale. Ce projet presque insensé a nécessité de nombreux préparatifs et d'interminables débats pour savoir comment il serait organisé. Finalement, nous sommes tombés d'accord pour faire au plus simple – si on peut dire !

Nous allons devoir concentrer toute l'énergie magique de là Terre en un seul point pour ouvrir une brèche entre les univers et créer notre nouvelle terre d'accueil. De ce fait, notre ancienne planète sera ensuite pratiquement dépourvue de magie. Cette sécurité est indispensable pour empêcher définitivement les humains de trouver comment s'en servir pour nous traquer à l'avenir.

Cependant, un lien subsistera afin de passer d'un monde à l'autre, ou plus exactement, quatre Ponts aux quatre points cardinaux. Il reste en effet des créatures magiques disséminées sur Terre, trop loin pour avoir reçu le message de ralliement au Coven. Elles pourront ainsi traverser sans danger les Brumes pour rallier notre nouvelle patrie. De plus, certains de nous ont des rapports amicaux ou familiaux avec des humains sans pouvoir, et nous désirons avoir la possibilité de leur rendre visite. En revanche, pour qu'un humain puisse se rendre à Brumeterre, il devra impérativement être accompagné d'un être magique, et ses intentions seront sondées durant le passage.

Une autre particularité déconcertante de prime abord, c'est que la géographie de notre futur monde ne sera pas figée. Pas de pays aux frontières limitées, cela veut dire pas de conflit pour s'emparer des terres des autres. Il suffira d'invoquer une formule particulière, que les sorciers et sorcières les plus sages ont soigneusement élaborée, pour générer un lieu habitable tiré directement des Brumes, doté de l'apparence de son choix. Les seuls points fixes seront les quatre Ponts au Nord, à l'Est, au Sud et à l'Ouest, plus une zone centrale totalement inattendue : le Vortex Majeur. Plus exactement, un reflet ensorcelé de ce Vortex, arraché à la Tapisserie du Destin pour être sûr qu'il ne pourra plus jamais en dévorer la trame. Il a été décidé que chaque habitant adulte de Brumeterre devrait y être confronté, afin de ne jamais oublier les raisons de la création de ce monde ni la cruauté dont certains humains dégénérés sont capables.

Pendant que je fais nerveusement les cent pas dans l'attente de la tombée de la nuit, qui ne devrait plus tarder, je repense aux événements de ces derniers mois.

Bien sûr, nous avons fait venir de partout des provisions en dépensant sans compter. Après tout, une fois de l'autre côté des Brumes, nous n'aurons plus besoin de métaux précieux ni de pierreries prisées. Cependant, ce ne sont pas ces aspects pratiques qui me viennent à l'esprit, même s'ils m'ont tenue très occupée depuis que j'ai pris officiellement la tête du Coven pour que ma mère puisse enfin se reposer de sa charge de Première Oracle.

Ce sont – enfin – des souvenirs plus heureux qui dansent dans ma mémoire. Ceux de mes retrouvailles avec ma famille qui pensait m'avoir perdue, tout d'abord. Nous étions déjà proches avant, mais nous sommes maintenant inséparables. Philoctète, l'époux d'Istoris, a dû se faire une raison : sa femme n'acceptera plus jamais de vivre séparée des siens ! Cela ne semble pas lui déplaire, d'ailleurs, pas plus qu'à sa mère qui est heureuse de nous suivre dans nos aventures surnaturelles.

Il y a aussi eu le changement radical survenu chez nos amis Tushan, Chabaqa et Alara. Après ma résurrection, j'ai récupéré les affaires de mes deux victimes, les sœurcières. J'ai tout donné au groupe de lanceurs de sorts chargés de créer les nombreuses et puissantes invocations nécessaires à l'émergence de Brumeterre, sauf trois toutes petites gouttes de Larmange. Je les ai offertes à mes compagnons de voyage afin de guérir le ventre balafré de l'une, la langue et la main coupées des autres. Cela a évidemment fonctionné ; d'ailleurs, Alara aura un frère ou une sœur d'ici quelques mois !

Ce à quoi je ne m'attendais pas, c'est que cela a métamorphosé Chabaqa et Tushan, d'une certaine manière. Est-ce un effet secondaire des Larmes Divines elles-mêmes, ou est-ce dû à la présence d'un très grand nombre de créatures magiques autour de nous ? Je ne le saurai sans doute jamais. Ce que je sais en revanche, c'est qu'ils ne sont plus simplement humains, maintenant. Ils ont acquis un étrange talent lié à la séduction et à la sexualité, qui étaient pour ainsi dire les pouvoirs qui leur ont permis de survivre à Atalantis. À présent, ils sont irrésistibles, et l'amour avec eux est une expérience absolument hors du commun ! J'ignore encore si leurs dons se transmettront à leur prochain enfant mais si c'est le cas, ils donneront peut-être naissance à une toute nouvelle espèce magique.

Enfin, mon plus doux souvenir m'envahit de la tête aux pieds, me faisant frémir encore bien plus que les caresses pourtant exquises de mes *amis intimes*. Telfousa, ma bien-aimée, l'amour de ma vie, m'est revenue. Elle m'a avoué qu'elle luttait contre ses sentiments depuis que j'étais devenue une femme, car elle n'arrivait pas à se faire à l'idée que je n'étais plus l'homme qu'elle avait épousé. Cependant, le jour où je suis morte sous les coups d'Ounchet, son cœur a vaincu ses dernières réticences. Elle a tant pleuré de m'avoir perdue, puis de m'avoir retrouvée une seconde fois ! Cette fois, elle n'a plus hésité.

Depuis ce jour béni, nous vivons à nouveau comme un couple et, même si nos rapports peuvent sembler différents en apparence, ils sont restés fondamentalement les mêmes.

Je suis tirée de mes agréables pensées par le bruit de petites jambes qui galopent à toute vitesse vers moi. Par réflexe, j'ouvre les bras avant même de voir arriver Kéroub. Je n'ai pas hâte de le voir grandir et perdre cette joyeuse habitude !

— Papi-mamie, maman m'envoie te dire que c'est bientôt l'heure pour que toi et moi, on transforme le rêve en réalité.

Comme toujours, ses paroles enfantines ont un écho bien plus profond qu'il n'y paraît. Effectivement, nous avons un rôle important à jouer, lui et moi. Je vais devoir me focaliser sur le Vortex Majeur afin qu'il soit vidé de sa substance et copié au cœur de Brumeterre. Quant à mon vaillant petit-fils, il donnera la main aux invocateurs et invocatrices qui, grâce à son pouvoir passif, pourront harmoniser toute la magie de la Terre et la transférer de l'autre côté des Brumes.

— Tu as raison, mon chéri. Allons-y vite, il y a tout un nouveau monde qui nous attend !

Les aventures de Tirésia sont à suivre dans « L'Oracle de Brumeterre ».

Épilogue :
La dernière de ma lignée

Plus de trois mille six cents ans ont passé depuis la création du monde merveilleux de Brumeterre, dans lequel je me suis aussitôt sentie chez moi.

Que de jours heureux j'y ai vécu ! Du moins, dans les premiers temps…

Depuis les quatre Ponts qui nous relient à notre monde d'origine, de nombreuses créatures magiques nous ont rejoints petit à petit. Elles ont fondé leur foyer, leurs villages, leurs villes, agrandissant au fur et à mesure la carte mouvante recensant les secteurs habités.

Selon les règles définies par le Coven Majeur qui a donné naissance à ce lieu magique, il suffit à quelqu'un d'invoquer la théurgie, c'est-à-dire la magie ambiante, pour créer le paysage de son choix à l'endroit de son choix, afin d'y habiter librement sans crainte de conflits territoriaux. On a dénommé cela la « cristallisation des Brumes ». Autant dire que la géographie brumeterrienne est une science en perpétuelle évolution !

Hélas, j'ai eu l'occasion d'assister directement à l'extension de notre pays sans limite, au fil des décennies, des siècles, des millénaires…

Le temps cruel s'est enfui en arrachant successivement tous mes proches à mon affection. Quelle insoutenable douleur de pleurer à nouveau mes parents, puis ma bien-aimée Telfousa, puis mes trois filles chéries, puis leurs enfants et les enfants de leurs enfants, tous ceux que j'ai tant aimés ! En dépit du temps qui passe, ma peine ne s'est jamais atténuée. Mes larmes me brûlent toujours autant les yeux quand je pense à eux. J'ai connu des aventures amoureuses occasionnelles, mais personne n'a remplacé ma véritable famille dans mon cœur trop profondément meurtri.

J'ai tenté par tous les moyens de retrouver les miens dans le Royaume des Morts. J'ai mis fin à mes jours d'innombrables façons, jusqu'à supplier un Dieu de m'accorder une goutte fatale du Nectar divin censé anéantir les mortels… mais rien n'y a fait.

J'ai essayé mille et mille fois de convaincre Premier-Né, qui me reçoit à chacun de mes brefs passages dans les jardins luxuriants de sa maîtresse, d'intercéder auprès de celle-ci en ma faveur. Il a fini par accepter, en ami sincèrement ému par ma détresse insondable, mais là encore, rien n'y a fait.

Quelles que soient les circonstances, l'inflexible Déesse de la Mort ne reviendra pas sur sa décision. Tant que l'un de mes descendants vivra, je vivrai aussi.

Combien ai-je de descendants aujourd'hui ? C'est une question à laquelle je n'ai pas de réponse. J'ai perdu le compte des générations, dans un monde comme dans l'autre. Certains d'entre eux se sont en effet établis sur Terre, souvent par amour.

Parfois, un jeune garçon ou une jeune fille m'aborde timidement dans ma demeure proche d'Héliante, la ville fondée près de Pont-Sud où je me suis établie dans un paysage qui me rappelle ma Grèce natale, et me dit en balbutiant que je suis son aïeule. J'ai plaisir à les connaître, bien sûr, mais c'est un plaisir mêlé d'amertume à l'idée que je vais inéluctablement devoir porter leur deuil…

À part ces quelques arrière-arrière-arrière-arrière-arrière – et j'en passe – petits-enfants qui se présentent à moi, il y en a évidemment d'autres dont je n'entendrai jamais parler. Qu'ils soient issus d'unions légitimes ou illégitimes, ni eux ni moi ne pouvons savoir qu'un lien de sang nous unit. Au moins, ceux-là, je n'aurai pas à pleurer leur mort.

Malheureusement, connus ou inconnus, tous me lient à cette existence interminable… Faudra-t-il que j'attende jusqu'à la fin du monde ? Je m'efforce de ne pas songer à cette perspective plus que déprimante mais quelquefois, je suis submergée par la rage impuissante du désespoir.

Des centaines de milliers de jours se sont implacablement écoulées. J'ai calculé que j'avais déjà largement dépassé un million trois cent mille journées de vie. On pourrait croire que j'ai tout vu depuis belle lurette…

Et pourtant ce soir, tandis que je remplissais mon devoir millénaire en observant la Tapisserie du Destin au crépuscule, un phénomène inédit s'est produit. Deux destinées sont apparues dans un motif de l'avenir proche de Pont-Sud, d'où je surveille tout ce qui peut provenir de la Terre, mais ce n'est pas cela qui a attiré mon attention. Après tout, il n'est pas si rare que quelqu'un traverse le Pont dans un sens ou dans l'autre. Généralement, il s'agit simplement d'un résident de Brumeterre qui décide de faire un petit séjour sur Terre, que ce soit pour des raisons familiales ou pour des envies d'exploration.

Ces deux fibres entortillées auraient donc pu passer inaperçus… si elles ne brillaient pas d'une lueur extraordinaire, une lueur que j'ai identifiée instantanément. Pourtant, je ne l'avais plus revue depuis ce jour lointain où mon adorable petit Kéroub s'est élevé dans les airs, enveloppé du pouvoir mystique d'une minuscule gouttelette de Larmange.

Je n'ai pas la moindre idée de ce que cette singularité peut signifier, mais une chose est sûre. Que ces deux individus mystérieux soient porteurs de promesses ou de menaces, moi, Tirésia la Première Oracle de Brumeterre, je suis prête à les accueillir !

Fin

PS : L'identité de ces deux étranges visiteurs en provenance de la Terre est révélée dans le roman « Brumeterre 2 – La Soumise ».

J'ai besoin de toi !

Tu as aimé ce roman ?

Merci de **laisser ton avis** sur le site d'Amazon.

C'est une contribution très précieuse pour les auteurs et autrices que tu apprécies. **En deux minutes**, tu les aides à se faire connaître et à vivre de leur plume… donc à écrire plus pour ton propre plaisir : un vrai cercle vertueux. :)

À très bientôt !

Lunerielle

Restons en contact !

Rejoins-moi sur mon site et deviens membre VIP : ebooks offerts, chapitres gratuits, goodies uniques, infos en avant-première, promos exclusives, jeux-concours privés, découvertes inspirantes, et bien plus encore ! *(infolettre mensuelle)*

www.luneriellegoldenoak.com

100 % gratuit et 0 % spam ! ;)

PS : Tu peux également me suivre de façon conviviale sur Instagram, via mon compte « @lunerielle.autrice ».

Autres œuvres de
Lunerielle Goldenoak

Saga d'Ember Beltaine *(urban fantasy 16+)* :

> ➤ Brumeterre 1 – La Mercenaire

> ➤ Brumeterre 2 – La Soumise

> ➤ Brumeterre 3 – La Cobaye

> ➤ Brumeterre 4 – La Dominatrice

> ➤ Brumeterre 5 – La Proie

> ➤ Brumeterre 6 – La Protectrice

Sylvanÿa *(science-fantasy 12+)* :

> ➤ Le Cœur des Fées

> ➤ Le Cœur des Dragons

Cosy mystery SF *(12+)* :

> ➤ Crimes sur la Lune

Table des matières

Avertissement de contenu sensible :

Ce roman contient des scènes ou thèmes susceptibles de heurter la sensibilité de certains lecteurs. Il s'adresse à un public de plus de 12 ans.

Trigger Warnings (TW) :
- Questionnement identitaire profond et crise existentielle
- Violences physiques et psychologiques
- Scènes de deuil

Ces éléments sont traités dans une perspective sombre et critique, cohérente avec l'univers de *Brumeterre*, sans glorification de la violence.

E.I. FeuillePlume
63 rue Albert Poidevin
59229 Uxem
France

Dépôt légal : décembre 2024

ISBN : 9782487775121